しねるくすり

平沼正樹

SHINERU
KUSURI
MASASHIGE
HIRANUMA

SHC

しねるくすり

僅《わず》か数センチのクッションの沈みが永遠に続いているようだった。

もう後戻りできない。いや、今立ち上がればまだ引き返すことができるという葛藤が、硬いソファーに座った瞬間から体が落ち続けているような錯覚を引き起こしているのだろう。もしくは、体の緊張状態を感じ取った大脳皮質周辺の神経細胞が興奮して、不安という感情を作り上げているのかもしれない。しかし生憎《あいにく》、今日はベンゾジアゼピン系の薬は持ち合わせていなかった。

ぼくはカフェの二階席で、やがて現れるはずの男か女かもわからない人物を待ち続けていた。

どんよりとした雲で拡散された光は、その明度を減衰させながら窓際の席に座るぼくの体を包み込んでいる。五反田駅前にあるコーヒーチェーン店は、その立地にしては店内が広く、客一人に対してのスペースも余裕を持って設計されていた。一階で注文した商品を持って階段で二階へ上がると、正面の中央には大きなラーニングテーブルが置かれている。テーブルの各所には電源が用意されており、ノートパソコンで仕事をしたり勉強などをすることができるようになっていて、主に一人客が利用することを目的として設置されていた。そのテーブルを挟むように左右に客席が用意され、右奥には天井までガラスの壁で仕切られた喫煙席があった。

休日の午前中ということもあり、三〇坪以上はありそうな二階席はまだ半分も埋まっていなかった。客層は様々で、教科書とタブレットを持ち込んで勉強する若者、くたびれたスーツを着てノートパソコンのキーボードを叩く男性、込み入った話に熱中する五〇代くらいの二人組の女性など、その店は世代や性別が偏ることなく利用されていた。

ぼくの隣席には誰もいなかったが、その先にはリクルートスーツを着た女性が座っていた。頭を小さなテーブルにくっ付きそうなほど近づけ、一心不乱に履歴書を書いている。休日に面接をする会社などあるのだろうか、それとも慣れるためにスーツを着ているだけだろうか。前者なら事前の準備不足だし、後者なら準備過多のような気がする。女性は足を組んでいるせいで太ももが露わになっていることに気づく様子もなく、白い用紙に自分の履歴をゴリゴリと書き続けている。彼女の太ももを盗み見しているうちに、体が落ちていくような錯覚はどこかに消えていた。

新たな客が階段を上がって二階席へと入って来た。カーキ色のジャンパーの下に地味なスラックスを着けた、六〇代くらいの男性だった。彼は階段を上がりきったところで立ち止まり、二階席を見渡した。誰かを探しているようにも見える。

鼓動が一気に跳ね上がり、ぼくはその男から視線をそらして身構えた。

しかし、男はガラスの壁で仕切られた喫煙席に直行した。探していたのは灰皿だったようだ。ぼくが待ち合わせをしている人物ではなかった。跳ね上がった鼓動はしばらく収まりそうにない。しかし生憎、今日はニトログリセリンなどの硝酸薬も持ち合わせていなかった。

ぼくはmozuku1950という人物を待っていた。mozukuというアルファベットからだけではその人物の性別はわからない。しかし後ろに付けられた1950という数字からは、その人物が生まれた年の西暦ではないかという推測ができた。それが正しければmozuku1950は現在六七才ということになる。だが、ぼくは実際に会うまではその人物の情報をできるだけ遮断することに決めていた。

mozuku1950とは待ち合わせ場所を決めるためにSNS上でメッセージを数回やりとりしたのみだったが、その文脈から女性ではないだろうと予想していた。だがそれは、文面が短かったから、という取るに足らない理由でしかない。メッセージを交わす中で事前にお互いの詳細な情報を聞いておくこともできたし、相手もいくつかの質問を投げかけてきたが、ぼくはそれを拒んだ。非公開のアカウントとはいえ、できる限り記録を残したくなかったからだ。同時にその人物に情が移ってしまうことも恐れていた。ぼくがmozuku1950に伝えたのは、指定した日時にこのカフェの窓際席に座っているという情報のみだった。

ぼくもまたmozuku1950に関しての情報は一切持っていなかったが、一つだけわかっていることがあった。それは、その人物が死を必要としている、ということだった。たった一錠、服用するだけで苦しむことなく確実に死ぬことができる薬。

ぼくはその薬を渡すために、五反田の駅前にあるカフェの二階席で二時間以上もmozuku1950を待ち続けているのだ。

ぼくはなかなか収まらない鼓動を鎮めようと再びリクルートスーツの女性の太ももに目をやったが、それと同時に彼女は勢い良く立ち上がった。そして、マグカップがのせられた小さなトレイを持ち上げ、鞄とコートを抱えて腕時計を確認しながら席を離れていった。やはりこれから面接があるのだろうか、とぼくは階段を下りていくリクルートスーツの女性が見えなくなるまで見送った。

針が剥き出しのデザインの壁時計を確認すると、待ち合わせの時間までまだ二〇分以上あった。ぼくは約束の時間よりもだいぶ早く到着してしまったことを後悔した。だが、決心がつかないまま駅前をうろうろと徘徊するよりはマシなはずだと、気を鎮めるように小さく息を吐いて窓の外を見つめた。

駅前は忙しい平日とは異なり、ロータリーを徘徊するタクシーも、駅に向かう人も、改札から出てくる人も疎《まば》らだった。この時間は交番にさえ誰もいないようだ。ぼくは平日であれば人で埋め尽くされているはずのスペースに芹澤《せりざわ》ノエルの姿を探した。だが、立ち止まってこちらを見ている者など何処《どこ》にもいなかった。

馬鹿らしくなり店内に視線を戻すと、一人の男がぼくの席の前に立っていた。白髪混じりでべっ甲フレームの眼鏡をかけたその男は、グリーンの厚手のブルゾンの下にライトグレーのニットを着て、ゆったりとした茶色のコーデュロイパンツを穿いていた。初冬と呼ぶにはまだ早いこの季節には不釣り合いな服装にも思えた。

男は胸元でセカンドバッグを抱え、黙ったままぼくを見つめている。

ぼくらはお互いの性別はおろか、年齢や当日の服装さえも知らない。お互いが知っている唯一の情報はアカウント名のみだ。だが、ぼくは今目の前に立っている白髪混じりの男がmozuku1950であることを直感していた。

声をかければもう後戻りはできない。知らない振りをすればまだ引き返せるという気持ちが、ぼくの体を硬直させていた。もしかすると、目の前に立つ男も同じことを考えているのだろうか。そうであれば、一刻も早くここを立ち去って欲しかった。しかしぼくの微《かす》かな期待も虚しく、男は穏やかな声でその沈黙を破った。

「セリーヌさん、でよろしいでしょうか」

今ならまだ間に合う。ぼくは早起きをしてしまった休日の朝に偶然見つけたカフェで温かいカフェラテを飲みながら考え事をしているただの学生です、と言えばそれで済むのだ。いや、そんなに長たらしい言葉は必要ない。怪訝《けげん》な表情を浮かべ、違いますと否定するだけでいい。黙って首を傾げるだけでもいいはずだ。ぼくはその意を伝えようと顔を上げた。

べっ甲フレームの奥には、救いを求めるような瞳があった。セカンドバッグを抱えた指先は少し震えているようにも見えた。

「はい。mozuku1950さんですね」とぼくは立ち上がっていた。

目尻が下がった優しそうな顔をした男に、否定的な言葉を投げる隙間などなかった。ぼくは覚悟を決めた。

mozuku1950はコーヒーを注文して来なかったようだ。ぼくは男を席に着かせると、一階に下りてあらためて自分の分も注文し、二階の窓際の席へと戻った。

ブラックのコーヒーを差し出すと、mozuku1950は深々と頭を下げて礼を告げた。

ぼくは再びカフェラテを注文していた。

「あらためまして」とmozuku1950は膝の上に置いていたセカンドバッグから慌てて何かを取り出そうとした。

「名刺はいりませんので」とぼくは男の動作を止めた。

「ああ、そうではありません。ほんの気持ちです。年金生活なものですから、大して入ってはいませんが」と茶色の封筒を狭いテーブルの上に差し出した。

湯気が立つカフェラテの隣に置かれた封筒は、それなりの厚みがあった。いくら入っているかはわからないが、それが金だということはすぐに察した。

「受け取れませんのでどうぞしまって下さい」とぼくは封筒をmozuku1950の手元に戻した。見た目より厚さがあり、しっかりとした重みを感じた。手にしたことはないが、百万円くらいは入っているのかもしれない。

「しかし、私はもうこれを使うこともありませんし。それに今日お薬をいただくことができなければ」とmozuku1950は縋《すが》るようにぼくを見つめ、封筒を再び差し出した。

もとから目尻が下がっているためか、男の顔に悲壮感が増した。

「人目もありますので、とにかくこれはしまって下さい」とぼくは男の手ごと持ち上げ、セカンドバッグの上に押し付けた。

mozuku1950は渋々封筒をセカンドバッグの中にしまい、俯《うつむ》いたまま黙っていた。

金を渡されるという予想外のできごとに脳がうまく対応できなかったのか、ぼくは言葉を失った。ただ、mozuku1950が薬をもらうという前提でぼくに会いに来たということは明確になった。しかし、求められれば誰にでも渡せるような薬ではない。別のことに悪用されるようなことだけは避けなければならなかった。目の前の男が本当に死を必要としているのか。それを見極めた上でなければ、薬を渡すことはできない。だが、どうやってそれを見極めればよいのか。ぼくは事前に何も考えていなかったことを後悔した。

二階席を利用する客は昼前にもかかわらず三割程度まで減っていた。ぼくとmozuku1950が座るテーブル席付近には誰も座っていない。

「犬が、殺せなかったんです」とmozuku1950は俯いたまま小さな声を震わせて言った。

犬？　ぼくは男の唐突な告白に戸惑ったが、何か続きがありそうだったので黙って聞くことにした。

mozuku1950は一階のエスプレッソマシンの音に掻き消されてしまうほど小さな声で話を続けた。

「三年前、妻が病に倒れ、余命半年だと宣告されました。医師からは治る見込みはないとはっきりと言われていましたから、せめて私は自宅で妻の余生に付き添うことにしました。妻が在宅死を望んでいたからです。私はあと一年ほどで定年を迎える予定でしたが、妻のために早期退職という形で会社を辞めました。マンションのローンも終わっていましたし、いくばくかの蓄えと年金もありましたから、二人がどうにか暮らしていくことはできました。

私と妻は学生の頃からの付き合いでした。物心ついた時からいつも一緒にいましたし、気づいた時には結婚していました。二人がいつもそばにいることは、それほど自然なことだったのです。しかし子供には恵まれなかったため、私たちは犬を我が子のように育てていました。犬の寿命は短いですから、私たちは新しく迎える犬にはずっと同じ名前を付けていました。もずくという名前です。妻が名付けました」

mozuku1950は深呼吸の代わりのように、コーヒーをほんの少し口に含み、ゆっくりと息を吐いて続けた。

「しかしよく考えてみれば、それまで妻も私も四六時中一緒にいることなどありませんでした。当然私には仕事がありましたし、休日でさえどちらかに予定は入っていましたから。妻の余生をせめて毎日一緒にいてやりたいと考えてはみたものの、四六時中家の中で二人きりになったことなどなかったのです。

もちろん、そこにはもずくも一緒にいました。いつもは妻がやっていたもずくの世話や家事がいかに大変なことだったのかと、私は思い知らされました。そこに妻の看病がのしかかっていたのです。正直言って私は疲れてしまいました。そんな私の表情を読み取ったのでしょう。妻は死なせて欲しいと言いました。私は、馬鹿なことを言うものじゃない、と強く言いました。しかし同時に私は、妻が死んでしまった後の生活を、その時初めて想像しました。その部屋にはもずくと私だけが残されるのです。よくよく考えてみれば、近所付き合いも、親戚付き合いも、それ以外のコミュニティとの繋がりも、全ては妻が持っていました。現に近所を散歩しても、私に挨拶してくれる人など一人もいません。私はそれほど妻に依存していたのです。

仕事がなくなり、社会との接点さえなくなってしまった私は、妻がいない世界でどうやって生きていけばよいのか想像することすらできませんでした。私にとって妻が死ぬということは、私が死ぬことと同一なのだと気づかされました。私は妻を看取ったあと、自分も死のうと決めました。もずくと一緒に妻のもとへいこうと決心しました。しかし、その日は思ったよりも早くやって来ました。妻の容態が急変したのです。人はこんなにもあっけなく死んでしまうものかと、虚しさだけが残りました。

それ以来、私は毎日死ぬことだけを考えて生きてきました。少しでもはやく妻のもとへいきたい。それだけを考えて過ごしてきました。しかし、もずくをおいてはいけません。ましてや殺すことなんて、私にはできませんでした。結局もずくは一九年生き、先月老衰で死んでいきました。妻が亡くなってから、もずくは私にとって唯一の生きる意味でした。しかしそれもなくなりました。

ようやく私は死ぬことができるのです。どのような死に方でも構いませんが、人に迷惑をかけるような死に方だけは避けたいと思っています。できれば体に傷をつけるような死に方もしたくありません。あの世があるかどうかなど私にはわかりませんが、もしまた妻に会うことができるのであればと、年甲斐《としがい》もないことを考えておりまして。私はもう十分に生きました。景気の良い時代も経験しました。しかし、妻がいない人生などなんの意味もありません。私は妻を失った日から、毎日死んでいるのです」

ぼくは身を乗り出していた。mozuku1950の話に聞き入っていたというより、声が小さかったからだ。周囲の人に聞こえてはならないという男の配慮でもあったようだ。見た目と同じように、優しい人柄が滲み出た言葉に嘘があるとも思えなかった。mozuku1950が死を必要としていることは間違いないだろう。薬を悪用する心配もないはずだ。なにより、ぼくが薬を渡さなくてもこの男が死を選ぶことは明白だった。

客が入り始めたのか、一階から店員の声が頻繁に聞こえるようになっていた。

ぼくは着ていた上着の内ポケットから白い封筒を取り出した。

「お気持ち、お察しします。決して悪用をしないという約束をして下さるのであれば、薬をお渡しいたします」

mozuku1950は心底嬉しそうな表情を浮かべた。

死を手に入れた人間はこんなにも優しい顔をするものなのだろうか、とぼくは思った。

ぼくは白い封筒の中に入った分包に指紋が付かないように、滑らせるようにそれをテーブルの上に落とした。本来なら粉薬を入れる透明の分包の中には、一センチ弱の大きさの錠剤が一粒だけ入っている。

間違った服用をされては困るため、ぼくはその用法を説明することにした。

「見た目は悪いですが、打錠法を用いて錠剤として形成してあります。ただ、市販薬ではありませんのでコーティングは施されていません。ですので、口の中に入れておくとすぐに溶けてしまいます。また、甘味料なども入っていませんので、相当まずいと思います。少し大きいですが、口に入れたらすぐに水で飲み込むようお願いします。これは大事なことですが、必ず水で飲んで下さい。お茶などで飲んでしまうと、中に入っているタンニンという成分が様々な物質と結合してしまい、薬の吸収を弱めてしまいます。最悪の場合、目的が達成できずに重度の後遺症だけが残ってしまう可能性があります。しつこいようですが、必ず水で飲むようにして下さい」

一階から聞こえる音は、更に騒がしくなっていた。

「ありがとうございます。なんとお礼を申し上げればよいかわかりません。やはり気持ちだけでも受け取っていただけないでしょうか？」とmozuku1950はセカンドバッグに手をかけた。

「そういうのは本当にいりませんので。これも早くしまっていただけますか」とぼくは男を制した。

mozuku1950は慌ててテーブルの上に置かれた分包を掴み、セカンドバッグに入れた。

若いカップルが二階席に現れ、ぼくたちが座っている席の並びに腰を下ろした。続いてトレイに軽食をのせた女性客が階段を上がって来た。

ぼくは一刻も早くここから逃げ出したかった。人に紛れていたほうが薬を渡しやすいと考えてこの場所を選んだが、もっと慎重に考えるべきだったと反省した。

「それでは、これで失礼させていただきます」とぼくは立ち上がろうとしたが、言い忘れていたことに気づいて留まった。

「一つ、約束していただけますか」

「はい。なんでしょうか」

「最低でも一週間以上空けてから服用していただきたいのですが」

mozuku1950の眉がべっ甲フレームの形と重なり少し考えるような表情を見せたが、すぐに言葉の意味を理解したように言った。

「セリーヌさんにお会いしたその日に、という訳にもいきませんよね。万が一でも、あなたに疑いがかかるようなことがあってはいけません。それこそあなたの好意に背くことになってしまいます。私にはもう少しだけ片付けなければならないこともありますし、その件はお約束致します。本日は、本当にありがとうございました」とmozuku1950は深々と頭を下げた。

男の頭はそのまま動かなかった。

「失礼します」とぼくは呟《つぶや》くように言って立ち上がった。

前庭器官からの刺激かはわからないが、嘔吐中枢が何らかの活性物質に反応しているようだった。ぼくは強烈な吐き気を堪《こら》えながらその場を立ち去った。

第1章　テトロドトキシン

ふぐなど食べたことのなかった数納薫《すのうかおる》は、料亭にでも連れて行かれるのではないかと身構えていたが、落ち着いた小料理屋のような店内に少し安堵《あんど》していた。

烏森《からすもり》神社付近の雑居ビル二階にあるふぐ料理店は、薄い壁で仕切られた個室のテーブル席が五つと、掘りごたつ式の座敷席が三つほどの小さな店だった。壁のあちこちには丸い穴が開けられ、その中には間接照明に照らされた一輪挿しが飾られており、それが店内の高級感を演出していた。客の年齢も性別も様々だが新橋という土地柄のせいか会社員がほとんどで、すでに六つのテーブルが埋まっている。ざっと店内を見渡しただけでも、平日の夜に大学生が二人で入るような店ではないということだけは確かだった。

ただ、メニューを見る限りは薫が想像していたほど高くはなかった。もちろん、それが妥当な金額かどうかは薫にはわからない。

数納薫と芹澤ノエルは、座敷の一番奥の席に座っていた。テーブルの上には、カセットコンロの上で煮立つふぐちり鍋、小さな七輪の上にのせられたふぐの網焼き、ふぐの唐揚げが盛り付けられた皿が並んでいた。そして、それらの真ん中には大きな皿に花びらのように丁寧に盛り付けられたふぐ刺しが置かれていた。どの皿も中途半端に手がつけられていて、四人席のはずのテーブルは、肘をつくスペースもないほどふぐづくしとなっている。料理は全て芹澤が思いついたままにアラカルトで注文したため、前菜もへったくれもなかった。

芹澤は奥の壁際の席に座り、薫は通路側に座っていた。テーブルは掘りごたつになっているが、芹澤は胡座《あぐら》をかいてぐつぐつ煮立った鍋のあくを神経質そうにすくっていた。胡座をかいているのは、買ったばかりのジーンズが細過ぎて、少し伸ばしたいからという理由らしい。ジーンズの上には、Vネックのカットソーを着て、柔らかそうなグレーの生地のジャケットを羽織っていた。芹澤は細身で背が高く色白で、目鼻立ちがはっきりしているため何を着ても様になるのだが、それが嫌味に見えることはなかった。二重で少しだけ垂れた愛嬌のある目が親しみやすさを醸成しているのかもしれない。

一方の薫は、少しゆとりのあるストレートタイプのジーンズに明るいベージュのフリース、というごく一般的な学生スタイルだった。今は脱いでいるが、その上にはライトブルーのダウンジャケットを着ていた。ファッションにこだわりがないという訳ではないのだが、清潔感と色使いだけには気を使っている。というよりも、学生らしいスタイルになるように心がけて服を選んでいた。顔立ちのバランスは悪くないほうだと自認しているが、整っているからといってそれが必ずしもイケメンにはならないということも認識している。つまりは特徴のない顔立ちということである。

鍋のあくをすくっていた芹澤がその手を止め、薫の頭の上に向かって甘い声を出した。

「あ、女将《おかみ》さあん」

暫《しばら》くして「はいはい」と弾むような声が薫の頭の上から聞こえてきた。

声がするほうを振り返って見ると、着物を着た女将が壁に開けられた丸い穴の中から顔を出し、悪戯《いたずら》っぽい笑顔を作っていた。おでこが綺麗な四〇代くらいの女性だ。

女将の態度から推測すると、芹澤はこの店のかなりの常連なのかもしれない。だがどんな女性ともすぐに親密な関係になるという彼の才能を考慮するならば、その程度はわからない。

「ほら、茶碗蒸しあれへんかった？」

どうやら芹澤はまだ注文をするようだ。しかし茶碗蒸しと聞いてやっとふぐ以外の料理が食べられると薫は微かに期待した。

「ああ、ふぐ出汁《だし》の茶碗蒸し？」

女将の言葉に薫の期待は脆《もろ》くも崩れ去った。

「そうそれ。二つくれへん？　あとさ、そろそろふぐ雑炊もよろしく」

「はーい」と女将は妙に若い声を出して丸い穴から消えた。

いつの間にか、隣の席には若そうな社会人カップルが座っていた。男は初めてふぐを食べるという彼女に、得意げにメニューの説明をしている。

なるほど、彼女の初めてを一つ奪いたくて、わざわざふぐ料理店に誘ったようだ。となると二人はまだ付き合う手前の段階で、今日を境に一歩前進するかどうかという大事な時期なのかもしれない、と薫は勘ぐった。

しかしそんな薫も、ふぐを口にしたのは今日が初めてだった。もちろん出されたものは全て美味しかったが、初めて食べるという体験的な要素のほうが優《まさ》っていた。それに加え、刺身に鍋に網焼きと、様々な姿に変えられたふぐを芹澤に勧められるままに食べていたため、一つの料理をじっくりと味わうことができなかった。ビュッフェで取り過ぎてしまった料理を片っ端から口に入れているような感覚だ。それでも、ふぐ料理の代表格ともいえるふぐ刺しだけはその味を忘れたくなかったので、注意深く味わうことにしていた。白く透き通った刺身は、小ネギやもみじおろしを入れた酸味の強いぽん酢との相性が素晴らしく、その舌触りも歯ごたえもとても心地よかった。

薫はその歯ごたえを確かめるために、再び刺身を一枚口の中に入れた。

やはり、こんなにも歯ごたえのある刺身は食べたことがない。ふぐ料理とはきっと食感を楽しむものなのだろう、と薫は自分なりに結論づけた。

「大学生が二人でふぐってのもなかなかオツやろ」と芹澤が箸でつまんだふぐ刺しを天井の照明に透かしながら言った。

隣のカップルが芹澤の言葉に反応して一瞬こちらを見たような気がした。

「料亭とかに連れて行かれるのかと思ってましたよ」

「なんだ薫、料亭行きたいのか？　連れてってやろか」

「いえ、全く興味ないです」

ちなみに、薫は芹澤との食事で一度も勘定を支払ったことはない。

「なんだ。あ、これな。こうやってしゃぶしゃぶして食ってもうまいで」と芹澤はふぐ刺しを鍋にくぐらせながら続けた。「薬理の丸川がそろそろ言い出す頃だと思ってな。薬剤師を志す者、一度はふぐ食っとけ、毒も薬も紙一重だ。ってな」

その通りだった。薫はちょうど先週、薬理学の授業でふぐの毒性について学んだばかりだった。芹澤はそのタイミングを見計らって今日この店に連れて来てくれたようだ。

「ええ。丸川先生、全くおんなじこと言ってました」

「あいつ、毎年同じこと言ってんだな」と芹澤はしゃぶしゃぶにしたふぐを口に入れて続けた。「お、うまいで。薫もやってみ」

薫は芹澤を真似て鍋の中にふぐ刺しをくぐらせた。

「なんかさあ、惜しいんだよなあ。あと一歩足りないって言うんかなあ」と芹澤は新たなふぐ刺しを手づかみで一枚取り、ジーンズでも伸ばすように両手でそれを伸ばしている。

「惜しいって、何がですか？」

「テトロドトキシンのことに決まってるやろ」

「ああ」と薫は悟った。仮にも薬学部の学生同士がふぐを食べているのだ。その手の話題は避けては通れない。薫はしゃぶしゃぶにしたふぐ刺しを口に入れて続けた。「ほんとだ、うまいですね。で、テトロドトキシンが一歩足りないっていうのはどういう意味ですか？」

「せやなあ」と芹澤は少し考えて続けた。「たった二ミリグラムの経口摂取で死ねるってところは合格やねん。毒性で言えば青酸カリの約千倍はあるし、サリンにも匹敵するんやからな。服用して三〇分程度で効果が現れるってのも悪くない。まず舌や唇が痺れてくるやろ、そんでその麻痺状態は指や手足に広がって歩くこともできなくなって呼吸も止まってポックリ。しかもふぐや。その気になれば誰だって手に入るところが共感持てる」

芹澤は伸び切ったふぐ刺しをポン酢につけて口に放り込んだ。

ふぐの毒の正体は、神経の活動を抑制する働きを持つテトロドトキシンという水溶性の有機物質だ。ふぐにあたった人の症状でよく知られる、口内の痺れやろれつが回らなくなってしまう原因は、このテトロドトキシンが神経の伝達を途中で止めてしまうからだ。テトロドトキシンは水溶性のため口から摂取した場合は血液に入るまで若干の猶予はあるが、微量でも血中に入り込んでしまえば一瞬で全身を麻痺させ、呼吸さえもできなくなってしまうという非常に恐ろしい物質なのだ。ちなみに医療が発達した現代においても、テトロドトキシンの解毒剤は存在していない。従ってふぐを食べて万が一痺れを感じるような症状が現れたらすぐさま救急車を呼び、病院に到着するまで胃の中のものを全て吐き出す努力をするしかない。薬理学の丸川が言っていたが、膨大な時間なり国家予算なりを注ぎ込めば解毒剤は作れるはずだが、ニーズが少ないため作る意味がないのだそうだ。ふぐの解毒剤と、何万という人々が苦しむ難病の治療薬の開発、そのどちらを先行させるべきかに議論の余地はないだろう。しかし、テトロドトキシンにあたり年間一、二名の死者が出ていることもまた事実ではある。

　ところで、芹澤のいう合格という言葉の意味は一体なんだろうか。　考えてもわからなかったので聞くことにした。「じゃあ、テトロドトキシンは不合格ってことですか？」

　「まあ結論を急ぐな。ええか？　テトロドトキシンの最大の欠点は死ぬ直前まで意識がはっきりしてるってところや。ええか？　死にたくてしょうがなかった奴がおって、どうにか楽に死ねる薬を手に入れて飲みました。さあ、これからいよいよ死ぬって時に、あー俺ごっつ痺れてるわあ。って死んでいくのってなんか味気ないやろ？　どうせ死ぬならなんの苦しみもなく、もちろん痺れもなで、眠るようにスーっと死にたいやろ」

　薫は芹澤が言いたいことを理解した。「例の、理想的な死に方ですか」

　芹澤は人には安らかに死ねる方法、つまり理想の死に方を選ぶことができる権利が必要だという独自の死生観を持っていて、ことあるごとにその話を持ち出すのだ。

　「せや。あ、テトロドトキシンって水溶性だろ。だったら、静脈注射使えばええんちゃうか？　そんなら経口摂取の百倍以上の速さで全身に回るで」

　芹澤がどのような死生観を持とうが彼の自由だ。だが、その思考の延長に薬理学を重ねてしまうのは危険な気がしてならない。

　「芹澤さん、死にたい人がふぐを食べるっていう前提で話すのやめて下さいよ」

薫は隣のカップルが気になってこっそりと覗いてみた。二人の会話は神経が遮断されてし

まったかのように完全に止まっていた。

芹澤の声は決して大きくはないのだが、よく通るのだ。

「ちゃうちゃう、薬理学の話をしてるだけや。そもそも毒なんか入ってないんやで。テトロ

ドトキシンはたまたま神経を遮断する作用を持っていたから、毒って言われてる可哀想なや

つなんや。現に昔はこいつだって、リュウマチや神経痛の鎮痛剤として使われてたんやで」

と芹澤はぐつぐつ煮える鍋の中で溺れているようなふぐの切り身を箸で突いた。

話し疲れたのか、芹澤は半分ほど残っていたコーラを飲み干した。続けて箸を上手に滑ら

せてふぐ刺しを五、六枚すくってポン酢につけると、一気に口に放り込んで心底うまそうな

表情をした。

ほう、これがかの有名な長嶋食いというやつか、と薫は今日一番の感動を覚えた。

「同じ物質でも毒とするか薬とするかは時代が決めてるってことや」あ、江戸時代はヤギの

乳を薬として患者に飲ませてたらしいで。な、立派な薬理学の話やろ」と芹澤は鞄のポケッ

トから煙草とライターを取り出して立ち上がった。

同じタイミングで女将が座敷に入って来た。

「ああノエルくん。茶碗蒸しねえ、今日は一つしかないのよお。だから今日はこれ、サービ

25

スでいいわ」

「えぇの？　ありがとう。ほんなら薫に食わせてやって。あそうだ、コーラと薫のビールもよろしく」と芹澤は座敷を去って行った。

女将はテーブルの上で雑炊の支度をしながら言った。「ノエルくんの後輩なんですってねえ。今後ともご贔屓《ひいき》に」

「あ、はい。とても美味《おい》しいですね」

「気に入って下さって良かったです。またいらして下さいね」と女将は芹澤への話し方とは明らかに違う態度で言った。

ノエルくんと呼ばれているところをみると、やはり芹澤はかなりの常連なのかもしれない。それとも女将とは特別な関係なのだろうか。そんなことを考えていたら、雑炊の準備をする女将の指先が卑猥に見えてきた。薫は不埒《ふらち》な思考を追い払うべく、隣のカップルを覗いた。とりあえず会話は止まっていないようで安心したが、得意げにメニューを説明していた男の表情はどこかに消えていた。高い金を払って女性の気持ちを掴もうとする男の努力を台無しにしてしまったようで、少しだけ申し訳ない気がした。

「もう召し上がれますよ。ごゆっくり」

雑炊の支度を終えた女将がいくつかの皿を片付けて座敷を去って行った。

あらためて店内を見渡すと相変わらず満席だった。芹澤はまだ帰って来そうにもないので、薫は長嶋食いをやってみようと箸を手にした。しかし、ご馳走になっている身分だということを思い出して箸をそっと戻した。

芹澤ノエルは、薫よりも二年長い一二年の浪人生活を経験した大学三年生である。従って薫にとって学年は二つ上になり、年は四つ上ということになる。芹澤は大阪の吹田市にある大きな病院を運営する医療法人の理事長の孫だった。ちなみに父親はその病院の院長で、芹澤はその一人息子だ。浪人を機会に東京へ出てきてからは、祖父と父の威光を余すところなく享受し、都会の生活を思う存分に謳歌していた。芹澤にとって長い浪人生活はむしろ自慢であり、果ては裏口で大学に入学したことさえ誇らしげに語っていた。さすがの父も東京で一二年間も遊び呆けていた息子に愛想を尽かし、医師への道を諦めさせ、コネのある大学の薬学部に入学させたのだそうだ。もっとも、裏口というのは芹澤から聞いた話なのでその真意はわからない。

薫も病院院長の息子という意味では同じではあったが、田舎町で子供と老人ばかりを相手にする内科専門医の息子と芹澤ではスケールが違った。しかし、一〇年という取り返しのつかない浪人生活を送ってしまった薫にとっては、芹澤は別の生き方を選択したもう一人の自分を見ているようで、清々しかった。暗く長い人生の躓《つまず》きに負い目を感じながら大学に入学した薫は、もしそこで彼に出会えなければもっと違った学生生活を送っていたに違いない。

女将から受け取ったコーラとビールを持って、芹澤が寒そうに身を震わせながら座敷に戻って来ると、隣のカップルの男のほうが少し嫌な顔をした。

「おお、雑炊できてるやんけ。なんだ遠慮すんな、茶碗蒸しも食っててええで」と芹澤が薫の前にビールを置いて座った。ちなみに芹澤は酒が全く飲めない。

ジーンズはもう十分に伸びたのか、掘りごたつに足を入れて子猫のように姿勢を丸めている。まっすぐに薫を見つめる潤んだ瞳も子猫のようだ。大抵の女性はこの目にやられてしまうのだろうが、薫にとっては良からぬ前兆でしかない。

なるほど。今日のふぐはその対価だったようだ。本題を勿体《もったい》ぶるような芹澤に付き合うのが面倒になり、薫は先に尋ねることにした。

「なにか頼みごとでもあるんですか」

「……この店、なかなかうまいやろ。遠慮せんでええからな」と芹澤は雑炊を小鉢に取り分けて薫の前に置いた。

「いつもすみません」

「やめてえな。俺と薫の仲や」

芹澤の垂れ目がいつも以上に下がっている。

「いや、大したことではないんやけどな、また貸してくれへんかなあ」

今度は唇の両端も下がった。笑顔も行き過ぎると怖くなる。

「またですか？」

もちろん、金の話ではない。

「いや、今回はちょっと違う」

「もしかして、こないだ言ってた歯科衛生士ですか」

芹澤は少しだけ間を置いて言った。「あの子とはもう終わった」

そもそも始まっていたのか、と呆れてそれ以上質問する気になれなかった。加えて、薫は人の女性関係に口を挟むほどの経験もない。

芹澤が貸して欲しいと言うのは薫の部屋のことだった。本気で落としたい女子を口説こうとしている時、彼は必ず薫の部屋を使わせて欲しいと言うのだ。もっとも、薫にとってはどれも遊びにしかみえないのだが。

芹澤は、大病院の理事長の孫という割には意外と質素なマンションに住んでいた。西五反田にある1Kマンションで部屋の広さは六畳ほどしかなく、後は小さなキッチンとユニットバスがあるだけだった。外観はコンクリート打ちっ放しになっていて、一人住まいの社会人をターゲットにしたデザイナーズマンションのため、部屋の狭さを除けば洒落《しゃれ》た造りの建物ではあった。ただ、浪人時代から数えて十数年もそこに住んでいる芹澤の部屋は、足の踏み場もないほど荷物で溢れていた。もちろん家賃は親が支払っているのだが、大学に受かったからといって広い部屋に越す必要はないと言われたそうだ。

一方、薫は田町にあるタワーマンションの2LDKに住んでいた。もちろんそんな贅沢な部屋を望んだ訳でもないし、住みたくて住んでいる訳でもない。諸事情で、大学を卒業するまではそこに住むことになっているだけのことだった。

「本気なんですか、今度の子」

「まあな、先のこと考えると迂闊《うかつ》には手え出せへん」と芹澤は神妙な顔つきをしている。

「手を出した後のことを考えるなんて珍しいじゃないですか。そこまで本気なら、変な嘘つかないほうがいいと思いますけど」

「ええか？　俺は大病院の理事長の孫やで。女の子もそれを前提に付いて来るんや。そこは夢見せてやらんと。目一杯盛り上げといて最後の最後にあの納屋だか物置みたいな部屋に連れ込んでみい。ドン引きされるわ」

「あのマンション、全然悪くないと思いますけどね。芹澤さんが掃除してないだけでしょう。確かに僕らはいい年かもしれませんけど、世間的にはまだ大学生なんだし、部屋の広さなんて気にする必要あります？」

「あんなに広い部屋に住んでる薫に言われたくないわ」

「僕の場合はちょっとした事情でそうなっただけですから」

芹澤の瞳が実験に使われるラットのように見えてきた。

「珍しく本気みたいだし、一日くらいだったらいいですよ。でもこないだみたいに、同時に二人も三人も連れ込むのはやめて下さい。うるさくて眠れませんでしたよ」

「わかってるって、あれは流れでそうなっただけや」

「芹澤さんの場合、その流れってのが一番怖いんです。それで、今度は誰なんですか？」

相手が誰かなど興味もないし聞く必要もないのだが、なぜか言葉が先行していた。

「成瀬《なるせ》や」

芹澤があまりにも自然に答えたため、薫は一瞬言葉を失った。

「え、成瀬って、成瀬由乃《よしの》ですか」

「せや」と芹澤は鍋の火を止めた。

薫は軽い目眩《めまい》を覚えた。

成瀬由乃は薫と同学年の学生だった。しかも、薫と由乃は前期に振り分けられたクラスが同じだったため、後期から始まった実習でも同じ時間になることが多く、週に何度も顔を合わせていた。薫はほかの学生と年が離れていることもあり、芹澤を除いては学内に友人と呼べる学生はいない。そのため薫は由乃ともほとんど話したことはなかったが、実習で同じグループになることもあり、軽い挨拶程度は交わすようになっていた。

薫の尺度で言えば、由乃は学内で一番の美人だった。もちろん、学内には学生とは思えないほど綺麗で華やかな女子は何人もいる。由乃は服装も質素だし友人とも群れたりしないため、決して目立つようなタイプではない。しかし一つ一つの仕草はしなやかで、いつも慎重に物事を観察するような眼差しには力強さがあった。そんな由乃と午後の実習で同じグループになることを密かな楽しみにしていた薫が、彼女に特別な感情を抱いていないと言えば嘘になる。薫はその年の差を理由に自分の気持ちを鎮めようと努めていたのだ。

「なんで成瀬と」

「なんでって、可愛いからに決まってるやろ。どう見てもあいつがうちの大学で一番可愛いと思うで」と芹澤は自分の雑炊を小鉢に取り分けた。

薫はどうやって由乃と知り合ったのかと聞きたかったのだが、聞くだけ無駄だった。芹澤に限ってはその方法など無限にあるからだ。いやちょっと待て。彼女が現役で入学したとすれば現在一九才、一方の芹澤は一二年浪人した三年生なので現在三二才だ。

「年、離れすぎてませんか？」

もちろん、薫が言えたセリフではない。

「恋愛に年なんて関係あるか？」

まさか芹澤は由乃と本気で恋愛をしようとしているのだろうか。

「お、いけるでこれ。ところでさあ、成瀬って絶対処女だよな」と芹澤は雑炊を口に入れながら言った。

薫も雑炊を口に入れていたら吹き出していただろう。

「なんでそんなことわかるんですか」

「わかるわ。化粧っけもないし、服もそこまで気を使ってないみたいだし。そもそも薬学部に入るようなリケジョや」

「リケジョが処女っていうのは偏見じゃないですか」

「そうか？　薫、高校は理系やろ。クラスに何人女子おった？」

「……三人でしたけど」

「そんなら、その中で処女じゃなさそうな子、何人おった？」

薫は少し考えてみたが、思い当たらなかった。「でもそれは一〇年以上前の話ですよ。うちの大学だって、男女比率ほとんど同じじゃないですか」

「男女比率なんて今も昔も変わらへんて。確かに薬学部は女子が多いけど、それは勘違いやで。クラスで三人しかいなかった女子の集まりが薬学部なんや」

薫は思わず芹澤の理屈に感心してしまいそうになった。

「それはそうとな」と芹澤の甘いマスクが甘い声を出した。

「嫌です」と薫は思考よりも早く言葉が出たことに自分でも驚いた。しかしここははっきりと断るべきだと妙な胸の痛みが訴えていた。「キャバクラの子とか知らない人なら構いませんけど、成瀬とは同じクラスですし、卒業するまで顔を合わせることになるんですからね」

「でも学内に友達おらへんて言うてたやろ」

「そうですけど、薬学部は六年まであるんですから今後打ち解けたりするかもしれないでしょう」

それは建て前だ。僕の家で成瀬由乃の処女を奪うとかだけはやめて欲しい、というのが薫の本音だった。

「そうか……困ったなあ」と芹澤はテーブルに肘をついて大袈裟《おおげさ》に頭を抱えた。

「別にうちじゃなくても、自分の家があるじゃないですか。しかも相手は同じ大学生でしょう。見栄を張る必要なんてどこにもないじゃないですか」

とは言ったものの、できることなら彼女には手を出して欲しくない。

「実はもう言っちゃったんだ。薫は俺のルームメイトだよって。成瀬、薫のこと知ってるって言うてたし、俺んち来るの楽しみにしててさあ。あ、俺んちってのは薫んちってことだけどな」

開いた口が塞がらなかった。薫は新橋のふぐ料理屋で、テトロドトキシンにも匹敵する毒を盛られたように硬直していた。

鼻腔に入って来た匂い分子に嗅覚受容体が反応し、その情報が神経を辿って大脳皮質へと伝えられている。薫はコーヒーの香りで目を覚ました。しかもそれは特別な人が淹れたコーヒーである。

そうか、昨日は由乃が泊まっていたのか、と薫はベッドから身を起こして部屋のカーテンを開けた。

向かい合った太陽に軽い目眩を覚えたが、すぐに目は慣れた。眼下にはお台場へと続くレインボーブリッジが見え、その先には日差しを煌《きら》びやかに弾き返す東京湾が広がっている。青々とした空には雲一つなく、その色を映したような広大な水面には何艘もの大型タンカーが港を目指していた。薫はこの部屋に一年以上住んでいるが、高層階から見下ろす景色を眺めるたびに、足元の水平感覚が失われるような感覚になった。

もとはと言えば、この部屋は弟の家族が住んでいたマンションだった。しかし地方の大学病院への異動が決まり、家族全員で引っ越したのだ。もちろん賃貸なので弟は部屋を返すつもりでいたのだが、ちょうど薫の大学入学とタイミングが重なったのだ。

薫の実家は千葉県の市原市で、地図で言えば房総半島のほぼ真ん中にある田舎町だった。大学へはどうにか通える距離ではあるのだが、三十路《みそじ》近くにもなって実家で暮らし続けることにも窮屈さを感じていたため、薫は入学と同時に家を出ることに決めていた。その意を父に告げたところ、だったら弟が住んでいた部屋にそのまま住めばいい、とこのマンションの契約を更新してしまったのだ。もちろん、薫がどんなにバイトしたところで田町にそびえ立つタワーマンションの三五階の２ＬＤＫの賃料など払えるはずもなく、父に面倒を見てもらうことになった。

薫の入学が決まると、父の態度は浪人していた頃とは違い、かなり寛容になってきていた。一〇年も浪人していた息子が薬学部とはいえようやく大学に入ったことで、重い肩の荷が下りたのだろう。もっともそれは、弟が現役で医学部に合格して順調に医師の道を進んでいる、という保険があっての話だ。結局、医学部に入学できなかった薫は弟に先を越されたばかりでなく、医師になるという父の意に沿えないことに変わりはない。

窓を少し開けると肌寒い風が部屋の中に入り込んだ。

風は強いようだが今日もいい天気になりそうだ、と薫はダイナミックな景色を残して部屋を後にした。

気づけば春休みも明け、薫は大学二年生になっていた。

二〇畳ほどのダイニングキッチンに広がる心地よいコーヒーの香りが、薫のアドレナリンを刺激して心拍数を上げた。正確に言えば、薫はまだカフェインを摂取していないので、鼓動の高鳴りはコーヒーのせいではない。

広々とした部屋の奥には対面式のキッチンがあり、その手前には四人掛けのダイニングテーブルが置かれ、反対側の壁にはテレビやソファーが置かれている。弟の家族がほとんど全ての家具を置いていったため、薫が自分で購入した家具はなかった。電子レンジ、鍋やフライパン、包丁などの調理器具でさえ彼らが置いていった物だ。もちろんコーヒーメーカーもそうである。もしかすると、弟はものぐさで世間知らずの兄を気遣って置いていったのかもしれないが、その使い道さえわからない薫は、それらを初めから備わっていたインテリアくらいにしか考えていなかった。

しかし、薫にとってはどこに何が置いてあるかさえもわからないキッチンでも、成瀬由乃はまるでそこが自分の職場であるかのようにその空間を自在に操っていた。

「おはよ。あ、ちょうど良かった。スクランブルエッグとオムレツ、どっちがいい？」と由乃は軽やかに卵をといていた手を止めて言った。

薫はキッチンの中にいるエプロン姿の由乃と目が合った。いつの間にか、自分のエプロンまで持ち込んでいるようだ。

「おはよ。じゃあ、オムレツで。あれ、芹澤さんは？」と薫はわざと眠そうな声を出した。

「じゃあチーズ入れとくね。ノエルくんねえ、今日は基礎研なんだって。ずいぶん早くに行っちゃったよ」と由乃は備え付けのＩＨに温められたフライパンの温度を確認しながら言った。

基礎研とは、基礎薬学研究といって学生が自主的に研究室の手伝いをする制度のことだ。春から四年生になった芹澤は自ら志願して薬理学の授業を教えている丸川の手伝いをしていた。薫には信じ難いのだが、彼は授業や学校行事には真面目に出席する優秀な学生だった。

「そうなんだ」

薫は努めて関心がなさそうに言ったが、朝自分の家でエプロン姿の由乃と二人きりという状況で平常心を保つことは容易ではない。もう四ヶ月ほどこの状況が続いているが、慣れるどころか複雑な思いは募るばかりだった。

「先にシャワー浴びてくる」と薫は眠くもない目を擦りながら浴室へと向かった。

薫はシャワーの温度をいつもより二度ほど高く設定した。由乃が芹澤の彼女だとわかっていながらも、自分のために朝食を作ってくれている、という浮き足立った邪気を追い払うためだ。

由乃が処女だったのかどうかはわからないが、芹澤が新橋のふぐ料理屋で部屋を貸して欲しいと頼んできた翌月には、由乃は薫のマンションに泊まり込むようになっていた。だがそれは、薫にとって実に理不尽な話でしかなかった。なぜなら、由乃が泊まりに来る日は、薫は自分の家を失うことになるからだ。つまりその間このマンションは芹澤の家となり、薫はそこに居候しているルームメイトを演じなければならないのだ。しかも由乃はそれをなんの疑いもなく信じていた。挙げ句の果てには、芹澤家と数納家は家族ぐるみの付き合いがある、という設定まで勝手に作られている始末である。

由乃は週に二日ほどのペースで薫の家に泊まるようになっていた。毎日芹澤と由乃が寝泊まりしている訳ではないということだけがせめてもの救いではあったが、彼らの私物は日を追うごとに増えていった。それらは芹澤が使う部屋のみならず、洗面台や玄関にまで侵食していった。掃除や洗濯など、ある程度の家事を由乃がしてくれるようになったことは助かっているが、もし毎日がこの状況なら、薫は本気でどこかのアパートを探すことになるだろう。ちなみに、由乃は親に大学の女友達の家に泊めさせてもらっていると説明しているらしい。もし彼氏の家に寝泊まりしているなどと知れば、その時点で大学を辞めさせられるほど厳しい親なのだそうだ。

　成瀬由乃は熱海にある小さな旅館を営む家の娘だった。経済的に余裕がある訳ではないそうで、彼女は親の負担を少しでも軽くしようと、熱海からの距離を新幹線を使わずに通っていた。そうであっても電車代はかなり高いはずだが、通学時間を勉強する時間にあてることもできるし、一人暮らしよりは節約できるというのが由乃の考えのようだった。

　薬学部は学費が高く六年間もある上に最終的には国家試験が待ち受けているため、一般的に想像されるような大学生活とは異なり、よほど器用に立ち回らなければバイトをする時間さえ作ることが難しいのだ。

　由乃は幼い頃から旅館の手伝いを進んでしていたが、弟がいるため家業を継ぐ必要はないらしい。彼女が旅館とは縁のなさそうな薬剤師を目指すようになったのは親戚の影響だそうだ。なんでも調剤薬局を夫婦で経営している親戚が近所にいるらしく、由乃は彼らに憧れているようだった。しかし将来の話とは言え、芹澤と由乃が夫婦で調剤薬局を営んでいる姿など、どう転んでも薫には想像ができなかった。

　髪を乾かしてダイニングキッチンに戻ると、テーブルには整然と朝食が並べられていた。

白い大きな皿には、サラダとほどよく焦げ目がついたウィンナーソーセージ、そしてできたてのチーズオムレツが絶妙なバランスで品良く盛り付けられている。その左右には、温められたクロワッサンが二つのせられた皿と、食べやすくカットされたグレープフルーツとガラスの小皿に取り分けられたプレーンヨーグルトが添えられた皿が置かれている。その脇には二つのグラスが用意され、それぞれにオレンジジュースと牛乳が注がれており、その隣には小分けになったバターとジャムが置いてあった。

決して高価な食材を使用している訳ではないのだが、いつもの見慣れた木製のテーブルは目を疑うほどにキラキラと輝いていた。キッチンから漂ってくるドリップされたコーヒーの香りが、その輝きをいっそう増幅させている。由乃は旅館で朝出している程度の料理しか作れないというが、朝食とはこんなにも人を幸せな気持ちにさせるものか、と薫は心の底から感心していた。

薫がテーブルに着くと、キッチンにいた由乃も向かいの席に座った。彼女は薫が浴室から戻るのを待っていたようで、自分の朝食にはまだ手を付けていなかった。

由乃はエプロンを外しており、花や葉の柄が施された白いレース地のカットソーと七分丈のジーンズを着けていた。カットソーの下には水色のキャミソールが透けて見えるのだが、胸元が大きめに開いたデザインのため、薫はどうしてもその豊かな膨らみに目がいってしまう。肩まである髪は首の後ろで束ねられているため、胸元から続く滑らかな白い肌が鎖骨や首筋の形状に合わせて繊細に隆起しているのがよく見える。化粧はほとんどしていないようだが、少し切れ長で華やかな目元や、ほんのりと赤みを持った頬、そして薄いピンク色をした上品な唇は、そこに何かを付け加える必要性を感じさせなかった。

由乃の涼やかな目が、薫を観察するように見つめていた。薫が今口にしたオムレツの感想を求めているようだ。

「ケチャップなんか必要ないね」

「よかった」と由乃は目を細めて自分のフォークを手にした。

薫はほんの数ヶ月前まで軽い挨拶を交わす程度の仲でしかなかった由乃と、自分の家で朝食をとることになるとは夢にも思っていなかった。もちろん由乃にとってここは芹澤の家だし、彼女が薫に対して警戒心のかけらもない接し方をするのは、自分が彼氏の後輩でルームメイトだからということは承知している。とはいえ、ほとんど口をきいたことのなかった女性との距離は、間接的な関係が一つできただけでこんなにもあっけなく縮まってしまうものだろうか、と薫はつくづく不思議に思った。

食事が終わると、由乃はキッチンからポットを持ってきてカップにコーヒーを注いだ。もくもくと湯気が立つコーヒーカップを眺めていると、朝っぱらから上質なおもてなしを心ゆくまで受けている気分になり、気持ちが高揚しているのが自分でもはっきりとわかった。旅館の娘という生い立ちがそうさせているのかはわからないが、芹澤への接し方や家事を進んで行う様子を見ている限り、由乃は今時には珍しく男性に尽くすタイプであることは確かだった。

「これね、戸越《とごし》銀座の小さなコーヒー屋さんでノエルくんに買ってもらったの。その場で挽いてくれるんだよ」と由乃はその香りを確かめるようにカップに唇をつけた。

戸越銀座とは商店街のことだ。薫たちが通う大学の最寄駅の一つが戸越銀座という駅で、線路を横断するように長い商店街が続いている。

薫も由乃を真似て、カップに鼻を近づけてからコーヒーを飲んだ。コンビニのコーヒーが一番美味しいと思っているほど拘《こだわ》りを持っていない薫でも、その香りや酸味は別格のような気がした。もしかすると、由乃が淹れたコーヒーならなんでも美味しいのではないか、とも考えてしまう。

「確かに美味しい。芹澤さん、お酒呑まない代わりにコーヒーにはうるさいからね」と薫は言った。

由乃の指先がコーヒーカップを受け皿に置いたままぴたりと止まった。

「ノエルくん、お酒呑むよ」

今度は薫の指先がぴたりと止まった。どこか歯切れの悪い由乃の言い方も気になった。

「でも芹澤さん、変異ホモ型だって言ってたけどな」

由乃は首を振って言った。「ううん。自分ではヘテロ型だって言ってた」

薫が通う大学では、一年次の実習で口内の粘膜からアルコールの分解酵素を調べる実習がある。そのため、学生は皆自分がアルコールに強い体質かどうかを知っているのだ。ちなみに、変異ホモ型は全く呑めない体質、ヘテロ型は強くはないが呑める体質、野生ホモ型は酒豪確定体質、といった感じである。

「グラス一杯飲んだだけでも吐いて寝ちゃうって言ってたけどな」

「そう。薫くん、ノエルくんとお酒呑んだことないんだ」

由乃は薄いピンク色の下唇を少し噛むようにして、表情を失ったようにカップの中の黒い海を見つめていた。

芹澤には都内のあちこちの店に連れて行ってもらっているが、薫は彼が酒を呑む姿など一度も見たことがなかった。芹澤が美食家であることは確かだ。だがあらためて考えてみると、彼が行くほとんどの店は酒を中心にメニューを構成していた。

もし酒が呑めるのであれば、なぜ僕だけに勧めておいて自分は一滴も呑まなかったのだろうか。そしてなぜ、由乃の前では酒を呑むのだろうか。薫は軽い嫉妬のようなものを覚えた。

「芹澤さん、呑むとどうなるの？」

由乃は視線をすっと黒い海からそらして言った。「どうにもならないよ。ノエルくん、家では呑まないの？」

家というのは、もちろん薫の家のことだ。

「家でも外でも、僕といる時に芹澤さんが酒を呑んでいるところなんて見たことがないよ」

「そうなんだ」と由乃は少し考えを整理するような間を作って続けた。「私も何度かしかないんだけどね。とにかく凄い呑むの。しかも際限ってものがなくて、お店が閉店になってもまだ注文して平然と呑んでるのよ。ほらノエルくん、いろんなお店の人と仲良いでしょ。だからお店の人も止めたりしなくて」

「ただ、呑み続けてるの？」

「そうよ、ただただ呑み続けるの。私、ノエルくんは絶対に野生ホモ型だと思うな」

いつもコーラかジンジャーエールしか注文しない芹澤を見ている薫には想像もつかなかった。

「ノエルくんがお酒呑み始めたら終電なんか乗れなくなっちゃうでしょ。だから彼も私に気を使ってくれて、先にタクシーで家に帰っってていいよ、とは言ってくれるんだけど、置いて帰るわけにもいかないような気がして。それで結局、私も朝まで付き合うことになるの。ああ、私はそんなに呑めないからお酌係になってるんだけどね」

薫は真夜中に由乃が一人で家に帰って来たところを想像してみたが、どう対処すれば良いのか見当もつかなかった。

「こないだもそうだったの。ほら、薫くんに今日は泊まりに行くねって学校で言った日、結局ここへは来なかったでしょう？　あれは、西麻布の串揚げ屋さんでノエルくんがお酒を呑んでたからなの」

「確かにあったね。ただ、そういうことは以前にも何度かあったし、芹澤さんと一緒なんだろうと思って心配はしてなかったけど」と薫は言ったが、本当は由乃の朝食を楽しみにしていたこともありかなり心配していた。

「でも、次の日は遅刻することもなく由乃も芹澤さんも、ちゃんと大学に来てたよね」

「私は意地でも行くわ、出席日数が足りないだけで単位取れない授業もあるから。でもノエルくんは四年だし、もうほとんどが実習でしょ。多少の遅刻くらいは許されるはずなんだけど、なぜかちゃんと行くのよね。彼、浪人時代遊んでたなんて言ってるけど、あれ絶対嘘よね」と由乃は唇を少し尖らせた。

酒を呑んだ芹澤の話をする由乃を見る限り、何かに怯《おび》えるような態度はなかった。特に暴力などを振るわれている様子もなく安心したが、薫は念のため聞いてみることにした。

「芹澤さん、酔っ払って暴れたりしないの？」

「しないよ」と由乃は即答して続けた。「そうねえ。うまく言えないけど、どんどん距離が離れていくって感じかな」

呑めば呑むほど距離が離れていくとは、どういうことなのだろうか。

「喋《しゃべ》らなくなるとか、静かになるってこと？」

「ううん、いつものペースでずっと話してる。あ、ちょっとは落ちるか。知らない人が見たら、少し酔っている人、くらいにしか見えないと思うわ。逆に呑むペースはどんどん上がっていくけどね」

「距離が離れていくっていうのは、どういう意味？」

「うまく言えないんだけどね、私の知らない人になるの」

「人格が、変わるってこと？」

由乃は中途半端に頷《うなず》いて言った。「でもね、自分ではそれがすごく恥ずかしいって言ってたから、私の口からは言わないほうがいいかもしれないわ。まさか、薫くんがそれを知らないとは思わなかったけど」

どこから湧いてくる感情かはわからないが、薫は由乃に対してますます嫉妬を覚えた。

一瞬だが、由乃の顔からふっと表情が消えたような気がした。

「全く知らない人を前にしているような、そんな気持ちになる。それでちょっと怖くなることはあるわ」

芹澤は酔っても暴れたりはしないが、薫さえも知らない別人格になってしまうという意味だろうか。聞いていた薫も少しだけ怖くなった。

「このところ、呑む機会がどんどん増えているような気がするのよ。ねえ薫くん、最近のノエルくんに変わった様子とかないかな」と由乃は薫の目の奥を覗くように言った。

由乃は、薫が芹澤と毎日一緒にいると思ってその質問をぶつけている。しかし、そもそもここは薫の家のため、由乃が泊まりに来る日以外芹澤は西五反田のマンションに住んでいるのだ。むしろ最近では、薫より由乃のほうが彼と接する機会は多いはずなのだが、そんなことと言えるはずもない。

「特に変わった様子とかはないと思うけど」と薫は心あたりがない素振りをした。

「そう」と由乃は肩を少し丸めた。白い肌に浮き出たしなやかな鎖骨も一緒に動いた。

「何か気づいたことがあったら、すぐに由乃に知らせるよ」

由乃は整った眉を少しだけ下げて言った。「あの、ノエルくんがお酒を呑むっていう話なんだけど」

「わかってる。僕からは言わない」

「ありがとう」と由乃は屈託のない笑顔を見せ、食事が済んだ食器をいくつか重ねてキッチンへと運んで行った。

薫も立ち上がり、残りの食器をキッチンへと運んだ。

「洗い物すぐに済ませちゃうから、ちょっと待っててね」と再びエプロン姿になった由乃が言った。

一緒に学校へ行こうという意味だ。薫は男の妄想が満たされるような気分に浸ったが、同時に自分が由乃に嘘をつき続ける芹澤の共犯者であることに罪悪感を覚えた。

第2章　薬理学

正門から第一校舎へと続くイチョウ並木に生い茂った緑葉《りょくよう》は、生気を抜かれたようにゆらゆらとぶら下がっていた。今日は今年最初の夏日だそうで、彼らも早過ぎるその季節の訪れに面食らっているようだ。

学生たちにとっては夏休み前の前期テストを控えた大切な時期でもあり、大学内には緊張感が溢れている。教壇から扇形に広がる教室の最後列に座った数納薫は、午前中最後となる薬理学の授業を受けながら、予期せぬ不意打ちに見舞われたようなイチョウの木々を見下ろしていた。

成瀬由乃から芹澤ノエルの相談を受けた日から二ヶ月ほどが過ぎていた。あの日以来、薫は芹澤を注意深く観察してはいるが、特に変わった様子は見られなかった。彼は相変わらず薫を都内あちこちの料理屋へ連れ回し、由乃と会わない日も田町のマンションに泊まりに来ていた。もちろんこの二ヶ月の間においても、薫の前で酒は一滴も呑んでいないし、その度に自分は変異ホモ型だとも言い続けている。薫と芹澤の関係は、彼が由乃と付き合う前と何ら変わりのないまま続いていた。ちなみに、今のところではあるが由乃以外の女性を薫の家に連れ込むようなこともしていない。

もちろん由乃が嘘をついているとは思っていない。しかし芹澤を大学で唯一の友人だと思っている薫でさえ、彼と酒を重ねるのは難しかった。どんなに穿《うが》った目で彼を観察しても、それらは水と油のように分離してしまうのだ。由乃は芹澤が酔うと人格が変わると言うが、そもそも彼と酒を結びつけることができない薫には、それを想像することさえできなかった。

ただその一方で、芹澤から泊めさせて欲しいという連絡をもらいながら、二人が薫の家に現れない日も何度かあった。由乃の言う通り、芹澤が朝まで酒を呑んでいるのであれば、その回数は以前よりも増えていることは確かだった。

気づけば、先ほどまで続いていた咳はすっかり鎮まっていた。喉の痛みもだいぶ治っている。薫は授業が始まる前に学内の薬局でもらった薬の効力を実感していた。ちなみに学内にある薬局では、この大学の学生であれば無料で薬をもらうことができる。

薫の体は季節の変わり目特有の激しい気温の変化にうまく対応できなかったようで、昨夜から喉の痛みと咳が続いていた。普段からほかの学生たちとの年の差はあまり考えないようにしているが、今日もピンピンしている彼らの様子を見ると、こういう時にその差は如実《にょじつ》に現れてしまうようである。

とりわけこんな夏日に一日中マスクを着けていなければならないのは辛かった。教室のエアコンもイチョウや薫と同じように連日の気温変化に対応ができてないようで、室内はひどく暑苦しかった。更にはマスクの息苦しさが余計にそれを増幅させている。薫は熱がある訳でもないのにぼうっとして、講師の丸川の声さえ耳に入らなくなっていた。

一応気を使って最後列の窓際に座っているのだし、咳も鎮まったのだからマスクを外したところで迷惑にはならないはずだ、と薫は耳元に手をかけた。

その時、丸川のかんだかい声が教室に響いた。

「はい次のページ。咳は気道上の異物を排除するために備わる正常な生体防御、のところから」

続いて、学生たちの失笑が聞こえてきた。

マイクを使わずに講義をする丸川はいつも張り上げるような声を出して授業を進めていた。そのため語尾がしょっちゅう裏返ってしまい、その度に学生たちの失笑が起こるのだ。しかし本人がそれに気づいている様子は微塵《みじん》もない。

丸川は四〇代前半だが、見た目よりかなり老けて見えた。服にはかなり気を使っているようでブランド物が多いのだが、背が低くずんぐりとした体格のせいかサイズオーバーの服ばかり着ているため、いつもだらしなく見えるのが残念だった。また、頭頂部の薄毛を気にしているのか、後ろの髪を無理やり前に流しているため、髪型に妙な違和感があった。それらが実年齢より老けて見える明らかな原因なのだが、もちろん本人はそれに気づいていない。それら変わり者の研究者タイプと言えばそれまでだが、特に女子受けは悪かった。彼が声を裏返すたびに失笑するのは女学生がほとんどである。

ただ、薫は丸川に対して苦手意識はなく、むしろ彼の授業は好きだった。本人が意識しているかどうかはわからないが、授業のスピードは速くも遅くもなく適切に進み、テキストだけではない彼自身の経験を交えた説明も非常にわかりやすかった。薬理学は薬品の化学名がずらりと並ぶため多くの学生に嫌厭される科目ではあるが、苦手意識を感じずにいられるのは丸川のおかげだと薫は思っている。芹澤もわざわざ丸川の基礎薬学研究を受けているところを見ると、きっと薫と同じ考えなのではないだろうか。

タイミングが良いのか悪いのか授業の後半は、咳の仕組みと鎮咳薬《ちんがいやく》について、という内容に移っていた。鎮咳薬を処方されたばかりの薫にとって、丸川の話はとても興味深かった。薫はマスクの存在を忘れて授業に集中していた。

まず、丸川は咳のメカニズムについて簡単に説明した。咳という動作は、炎症や異物による気道粘膜などへの刺激を、刺激受容器が受け取ることで始まる。そして、その刺激が神経を通って延髄付近の咳中枢へと伝えられ、咳という一連の動作を反射的に引き起こす。つまり、咳は咳中枢の命令なしでは引き起こされない。脳内にはわざわざ咳専用の中枢が用意されているほど、咳は人間にとって重要な動作なのだ。

続いて丸川は鎮咳薬として用いられる薬の中からリン酸コデインを挙げた。リン酸コデインはアヘンから抽出された麻薬性鎮咳薬ではあるが、百倍に薄めれば法律的には麻薬として扱われないため、市販薬にも使われているのだ。麻薬の代表格と言えばモルヒネが浮かぶが、それに比べるとアヘンのほうが鎮咳作用が強いためにこちらが使用されている。ただ、薄めるとは言え麻薬としての作用は残っているため、連用や大量の使用を行うと依存性などの危険があるため気をつけなければならない。

薫は先ほど薬局でもらった薬の成分表をあらためて眺めてみた。処方された一般的な風邪薬や抗生物質の中には、鎮咳薬としてリン酸コデインが使われている薬も入っていた。もしその量を少しでも間違えて服用すれば麻薬にさえなり得る薬が簡単に手に入るということだ。ふぐのテトロドトキシンもそうだが、それを薬と使うか、毒と使うかは、やはり紙一重のようである。

丸川の話を整理すると、薫の咳が鎮まったのは咳中枢からの指令をリン酸コデインが止めたからで、喉の炎症はまだ治っていないということになる。事実、喉の違和感はまだ残っていた。やはりマスクは安易に外さないほうが賢明だろう。

教室内に女学生たちの失笑が起きた。

丸川の言葉の語尾がまた跳ね上がったからだ。

「咳を止めたければ鎮咳薬を服用すれば治る。だが、それはあくまでも対症療法なのである」

授業を締め括ろうと力が入っているようで、その声はいつも以上に甲高くなっている。

「つまり、咳の主原因は気道粘膜上の炎症や異物の発生のためで、それを取り除くことが原因療法。しかし、咳そのものを止めるには咳中枢からの指令を止める必要があるので、それは対症療法。ただ、一般的に風邪薬と言われる薬の中には、抗生物質や炎症を抑える薬も同時に入っているため、結果的には原因療法と対症療法を同時に行っているということにもなる。このように、薬理学は薬の作用から人の体を探ることができる学問なのである。君たちの中には薬理学を毛嫌いしている学生も多いと思うが、薬に対する体の反応を理解できれば十分に面白い学問のはずだ。今日はここまで」

最後の「で」が、盛大に裏返った。

失笑を堪えながら鞄にテキストやノートを詰め込む学生の中には、嘔吐の仕草を真似て見せる女学生までいる。ちなみに嘔吐中枢は咳中枢のすぐ近くにある。

薫は少し丸川が気の毒になった。

しかし当の本人はそんな学生たちの様子に気づくこともなく、さっさと教室を出て行った。

午前中の授業が全て終わったためか、丸川の不人気が原因かはわからないが、教室にはすでに数名の学生しか残っていなかった。

時計を見ると一二時を少し過ぎていた。普段であれば学生会館の中にある学食で一人で定食を食べるのだが、今日は薬を飲むために授業前に菓子パンを三つも食べてしまっていた。

薫は昼休みの一時間をどうやって潰そうかと考えながら、鞄に荷物を詰め込んでいた。

「やっぱり風邪ひいたんだ」

鈴のような声が薫の首筋を撫でた。振り返ると成瀬由乃が立っていた。

少し裾が短い半袖の白いブラウスに、ふわふわとした軽そうな生地の膝丈までのスカート姿の由乃は、夏そのものだった。

やっぱりというのは、年をいたわってくれているという意味だろうか。

「あれ、由乃この授業受けてたっけ？」

「違う違う」と由乃は丸川を全力で否定するかのように即答して続けた。「微生物の教室が隣だったから覗いてみたの」

由乃は重そうなリュックを机の上に置いて、薫が座る席の隣に腰を下ろした。椅子が繋がっているため、由乃の重みが伝わってきた。

扇型の教室には、最後列に並んで座る薫と由乃しかいなくなっている。

薫は由乃と二人きりで話すのは久しぶりのような気がした。

「マスク着けた薫くん見て、なんかちょっと安心した」と由乃はなぜか笑みを浮かべている。

どうやらマスク姿の中年をいたわってくれた訳ではなさそうだ。

「さっき、やっぱりって言ってたけど、どういう意味？」と薫は尋ねた。

「心配してたんだよ。ほんとはね、昨日の夜顔出そうと思ってたんだから」

薫は由乃の言葉を理解できず、思わず首を傾げた。

「ノエルくん、ここ三日間ずっと寝込んでるでしょう。彼が三日も学校休むなんて今までなかったし」

そうなの？　と薫は言いかけて口を閉ざした。

由乃にとって、薫は芹澤と一緒に住んでいることになっているのだ。それを知らないとは口が裂けても言えない。しかしようやく話が見えた。彼女は、薫が芹澤に風邪をうつされたと思っているらしい。

「ねえ、やっぱり今日行こうかな。食事とかちゃんととってないんじゃない？　薫くんの分も作ってあげるよ」

是非ともお願いしたい。が、今日来られても芹澤はいない。彼は西五反田のマンションに住んでいるのだ。

「今日はやめといたほうがいいんじゃないかな。ほら、テスト前に風邪うつす訳にはいかないし」

由乃は薄いピンク色をした唇を少し尖らせ、その形を指先で確認するようになぞっている。善意の申し出を断られたことに納得がいっていないようだ。

「芹澤さんとは、連絡取り合ってるんでしょう」

「それがね、風邪ひいたから今日はキャンセルさせてっていうメッセージが三日前に来たきりなの。そのあと何度も連絡したんだけど、ずっと返事がなくて」

由乃の細い指先は唇に触れたままだった。

「そうだったんだ。わかった、今日帰ったら連絡するように言っておくよ」

薫は言った瞬間後悔した。

「ほんと？　ありがとう」と由乃は唇に触れていた指先を薫の手の上に置いた。

やさしい由乃の体温が薫の手を包み込んでいた。後悔は嘘のように消え、薫は為す術《すべ》もなく体を硬直させた。

「連絡待ってるね。じゃあ、友達が学食で待ってるから」

由乃の指先が名残惜しそうにゆっくりと離れた。

薫は教室を出て行く由乃を見送りながら、予期せぬ日差しに面食らったイチョウたちに自らを重ね合わせていた。

夏という本番を前に一日だけ自らの余力を確かめたかのような太陽も、まもなく沈もうとしていた。目黒川沿いに植えられた桜の木々も穏やかな夕風に安堵するように、その葉を揺らしている。

今日は臭くない。

薫は目黒川を見るたびにその匂いを確認する癖があった。初めて目黒川沿いを歩いた時に大雨が降っていて、川全体にドブのような匂いが漂っていたからだ。田舎から出て来たばかりの薫にとっては、それがそのまま都会の川の印象になってしまっていた。以来、何度かこの川沿いを歩いてはいるが、あの時のような匂いを感じたのは最初の一回だけなので、単にその印象だけが記憶に残っているのだろう。

芹澤ノエルのマンションは目黒駅と五反田駅の中間にあり、五反田駅から目黒川に出て一五分ほど歩いた場所にあった。目黒駅で東急目黒線に乗り換えて一つ隣の不動前という駅が一番近い最寄駅ではあるが、長い階段を使った乗り換えが面倒のため、薫は五反田駅から歩くことにした。

午後は実習だったため、授業が全て終わった頃には六時半を過ぎていた。薫はそのタイミングで芹澤に電話をかけてみたがコール音が続くのみで繋がらなかった。休み時間にも一度メッセージを送っていたが、そちらも未読のままになっている。

普段はどんなに夜遊びをしても遅刻さえしなかった芹澤が大学を三日間も休んでいるとい

うのは、薫にとっても気がかりだった。薫もここ数日間は彼と連絡を取っていなかったが、四年次にはオスキーやCBTと呼ばれる単位とは別の試験が控えているため、その対応で忙しいのだろうと思っていた。しかし、由乃でさえ三日間連絡が取れていないと言うし、薫からの連絡にもリアクションがないというのはやはり心配だった。芹澤から連絡をさせると由乃に約束してしまったこともあり、薫は授業が終わった後に直接彼のマンションへ訪ねてみることにしたのだった。

指先に食い込んだビニール袋の持ち手がじりじりとした痛みに変わり始めていた。袋の中には戸越銀座の酒屋で買った焼酎と数本の缶ビールが入っている。薫はまだ夕食を食べていないため、酒と一緒に買った二人分のおにぎりや腹持ちしそうなつまみの重さもそこにのしかかっていた。

焼酎は以前由乃が話していた、芹澤が好きだという銘柄を選んだ。食事にはあれだけ金をかける割に、どこにでも置いてあるような庶民的な酒が好きだというのは意外だった。風邪をひいている相手に酒を持って行くのもどうかとも迷ったが、薫が知る芹澤と、由乃が知る芹澤の、あまりにも大きな隔たりをこの際自分の目で確かめたいと思っていた。

それに、芹澤が風邪をひいた程度で大学を休むようにも思えなかった。由乃には言えない別の理由があるのかもしれない。となると彼の場合、ほかの女ができたとしか考えられないが、それは三日間も大学を休む理由には当てはまらないだろう。身内や親族に何かあって実家に帰っているという可能性もある。彼は大阪にある大病院を運営する理事長の孫であり、その院長の一人息子なのだ。親族に何かあれば真っ先に呼ばれるのは彼だろう。ただその場合でも、薫からの連絡くらいには返事をくれてもいいような気がする。

どのような理由があるにせよ、薫にとって芹澤は唯一の友人なのだ。一方的にそう思っているだけかもしれないが、一〇年間の浪人を負い目に感じていた薫はもし彼がいなければ友達とは無縁の孤独な大学生活を送っていたはずだ。口に出して言ったことはないが、芹澤には恩を感じていた。だからこそ隠し事をされるのは嫌だったし、もし思い悩んでいることがあるのであれば打ち明けて欲しかった。

しかしそんな大切な友人であるはずの芹澤が酒を呑む姿を、薫は想像することさえできなかった。由乃の前では呑めて、薫の前では呑めないという特殊な事情でもあるのだろうか。薫が連れて行ってもらう料理屋では、大将や女将は芹澤が呑めないとわかっていたし、決して彼に酒を勧めることもなかった。どの店に行っても酒が呑めないキャラクターは確立されていて、本人も変異ホモ型であることをネタにして会話を楽しんでいたほどだ。

ではなぜ芹澤は由乃の前では酒を呑むのだろうか。以前、由乃から芹澤に連れて行ってもらった店の名をいくつか聞いたことがあったが、そのどれもが薫が行ったことのない店ばかりだった。もしかすると、芹澤は酒を呑む店と呑まない店を使い分けているのだろうか。彼には好きな銘柄が置いてある店でしか呑まないというルールがあり、薫が連れて行ってもらう店にはそれがたまたまなかったのかもしれない。だが、芹澤が好きな焼酎はどの店にも置いてあるような銘柄である。連れて行ってもらった店にそれが置いてないはずはなかった。

それにもし芹澤が呑むと止まらなくなるほど酒が好きなのであれば、薫だけが酒を呑んでいる状況で平然とコーラを飲んでいるという彼の精神状態も理解し難かった。酔うと人格が変わる、という由乃の言葉の意味もまったく理解できない。由乃は別人を前にしているようで少し怖くなる時があるとも言っていたが、もしかすると芹澤には本当に別の人格が宿っているのだろうかとさえ勘ぐってしまう始末であった。

手に食い込んだビニール袋の痛みが限界に近づいていた。酒を持って行くべきか否か、正直言うと薫はまだ少し悩んでいた。もし今日芹澤に酒を差し出せば、由乃が薫に彼の酒癖のことを告げたことは明らかになってしまう。薫が芹澤の好きな焼酎の銘柄を知っているはずがないからだ。それどころか、薫は芹澤が酒を呑むということを知らないはずなのだから。由乃が口止めをされていたかどうかはわからないが、そのことで彼らの関係を気まずくさせてしまうのも嫌だった。だが今日というタイミングを逃せば、薫が知る芹澤と、由乃が知る芹澤の、大きな隔たりは永遠に埋めることができないような気もしていた。薫は芹澤のことを考えれば考えるほど、彼との距離が遠く離れていくような寂寥《せきりょう》を覚えていた。

ぶら下げたビニール袋の重みがいよいよ限界に近づいた頃、薫は芹澤のマンションに到着した。

薫はあらためて彼の本当の自宅を見上げた。一人暮らしの社会人を対象に建てられたコンクリート打ちっ放しのデザイナーズマンションで、こぢんまりとはしているが洗練された雰囲気があった。暖色の照明に浮き上がるエントランスにはオートロック式のガラスの自動ドアが設置されて、その奥には外観と同じ素材を使った階段が見える。階段は吹き抜けになっており、各部屋はその外周に沿うように配置されていた。

何度見ても素敵なマンションである。芹澤が恥じる要素は一つも見当たらないし、由乃にこのマンションを見せたくないと考える理由も見つからなかった。

「こんばんは」という涼やかな声がビニール袋をぶら下げた薫の後ろを通り過ぎて行った。女性は設置されたオートロックの暗証番号を軽やかに押し、開いたドアから流れ出た風に長い髪とブラウスを揺らしながら奥へと進んで行った。

後ろ姿しか確認できなかったが、薫と同じ二〇代後半くらいに見えた。

マンションの前でぼうっと立っていた薫だが、怪しまれている様子もなかったのでそのまま一緒に中へ入れてもらおうかとも考えたが、微かな躊躇《ためら》いが足を止めた。久々に来たため芹澤の部屋番号を忘れていたからだ。中に入って女性の前で挙動不審になる訳にもいかない。

部屋番号を確認するために郵便受けを探すと、芹澤の名前はすぐに見つかった。『Noel S』とだけ書かれているのが彼の部屋である。余計なお世話だが、これを見る度にちゃんと郵便物が届くのだろうかと不安になる。

薫はインターホンで芹澤を呼び出した。

カメラが付いているので、芹澤の部屋には薫の姿が映し出されているはずである。彼が今日、薫からの連絡に返事をしなかったことを考えると、突然の訪問に困惑しているかもしれない。彼だって人に会いたくない日はあるだろう。薫はしばらく待って応答がなければ帰ろうと決めていた。

しかし酒が詰め込まれたビニール袋の重みはそのまま不安に変わっていた。もしかすると芹澤は風邪どころではなく、家から一歩も出られないほどの重病に苦しんでいるのではないだろうか。酒など持って来ている場合ではなかったのかもしれない、と薫は今更ながら彼の身を案じた。

閉ざされたガラスの扉が急に重々しく見えた。

やはり先ほどの女性に入れてもらえば良かったとビニール袋の持ち手を握りしめると、インターホンから芹澤の声が聞こえてきた。

「おう薫か。マスクしてるから怪しいやつかと思うたわ。どないした、風邪でもひいたんか？」

自動ドアが軽々しく開いた。

芹澤の風邪を心配して様子を見に来たはずだが、一瞬にしてその立場は逆転してしまったようだ。薫はこれまでの心配が急に馬鹿らしくなり、マスクを外して吹き抜けの階段へと向かった。

芹澤は薫が持ってきた焼酎を黙々と呑み続けていた。

Tシャツにスウェットという部屋着姿でベッドを背に片膝を立てて座っているだけでも、切り取れば一枚の写真になってしまうのは羨ましい限りである。芹澤は備え付けの天井光が嫌いで、部屋の四隅に自分で設置した間接照明しか使わないため、それが彼の持つ都会的な雰囲気をより演出していた。

ただ、頭頂部には輪ゴムで縛ったような跳ね上がった寝癖がついていて、それが不思議な親近感を薫に抱かせていた。どんなに完璧で近寄り難い存在でも、どこか一つ欠けていたり崩れていたりするだけで共感に転じてしまうのは、社会の中で互いの欠点を補い合いながら生活する人間の心理なのかもしれない。その理屈が正しければ、芹澤にとってのそれは、寝癖をそのままにしておくような飾らない性格や、顔に全く似合っていない関西弁にあたるのだろう。

様々な木材で組まれたローテーブルの上に置かれたグラスに、半分ほどまで焼酎が注ぎ足された。薫が玄関先で酒を差し出した時から、芹澤は何事もなかったようにそれを呑み続けているのである。

酒が全く呑めないはずの相手に焼酎を差し出したのだ。しかも彼が好きな銘柄など知るはずがない薫が差し出したのである。もう少し違う反応があってもおかしくはないはずだが、芹澤は玄関先でビニール袋に入った酒を一瞬見つめると「気ぃきくやんけ」と真顔で言っただけだった。恐らくその一瞬で由乃から酒の話を聞いたことを察したのだろう。彼は酒を受け取ると玄関近くのキッチンからグラスを取り出し、そそくさと奥の部屋へと進んで乾杯もせずに呑み始めてしまったのだ。

あまりにも唐突に酒の席が出来上がってしまったので、薫もそれに付き合うしかなかった。薫は買ってきたおにぎりやつまみを食べながら、そろそろ一本目の缶ビールを空けようとしていた。芹澤は腹が減っていなかったようで、つまみにはほとんど手をつけずにストレートでちびちびと焼酎を呑み続けている。

薫は間接光に照らされた薄暗い部屋をあらためて見渡した。

部屋は前に訪れた時よりも広く感じられた。それもそのはずで、芹澤が由乃と付き合うようになって以来、彼はベッド以外の荷物の半分以上を薫のマンションに移していたのだ。足場がないほどの衣類や書物で覆われていた床には綺麗なフローリングが蘇り、高々と積まれた荷物で塞がれていた壁は本来の質感を取り戻していた。薫は今日まで知らなかったが、一部の壁は綺麗に磨かれたコンクリート素材になっていた。

以前から感じていた通り、荷物さえ片付ければ一人暮らしの部屋としては十分過ぎるほどに素敵である。換気扇か室外機の調子がおかしいのか、ベランダのほうからたまに細い鉄が弾かれたような小さな音は聞こえるが気になるほどのものではないし、一四年もこの部屋に住んでいることを考えれば多少の劣化は許容範囲だろう。

もしかすると芹澤はそういった年月の経過を由乃に見せたくないのかもしれない、と薫は少しだけ共感を覚えた。

薫はすでに二本目の缶ビールに手をつけているが、なぜ芹澤が酒を呑めないという嘘をついていたのかという本題を切り出すことができずにいた。もちろん、由乃との約束もまだ果たせてはいない。酒を呑んでいながら酒の話はタブーというなんとも奇妙な空気が、ビールを空ける速度を遅らせていた。

しかし一方の芹澤は黙って呑んでいる訳でもなく、並べられた料理をつまみ食いするかのように楽しげに会話を進めていた。一時間に数回吸っていたはずの煙草も今日は吸っていない。彼が酒を呑んでいるということを除けば、二人の関係はいつもとなんら変わらなかった。つまりそれは、彼のペースに今日も薫が付き合っているだけ、ということである。

二人の話題は薬理学の講師である丸川の素行に移っていた。

「しっかしあんな陰気な実験ばっかしてたら、あいつ一生結婚できへんやろな。ていうか絶対童貞だな」と芹澤は長い足を折りたたむように胡座をかいた。

由乃の時もそうだったが、芹澤は処女か童貞かを基準に人を判断しているようだ。

「丸川先生って、うつ病に有効な薬を研究してるんですよね。日本人の三人に一人はうつ病だとも言われてますし、患者の一五パーセントが自殺する可能性があるって言われてますから変な話、抗うつ薬ってこれから更に需要が上がっていくでしょうね。今では心の風邪だとか言われるくらい一般的な病気ですし」と薫は言った。

丸川は脳に働く薬を専門に研究していた。芹澤は基礎薬学研究という形で丸川の研究を手伝っているのだ。

「そこ、間違ってるで。確かにうつ病はポピュラーな病気として認識されるようにはなったけど、それだけで風邪と同じレベルで語ったらあかんで。風邪とうつ病は全く別物や。そもそも風邪ひいて自殺するやつなんておらへんやろ。しかもうつ病は風邪とちがって原因がはっきりしている病気なんや」と芹澤は妙に熱っぽく語った。

さすが、丸川の研究を手伝っているだけあって言葉に説得力がある。

現在においてその全てが解明されている訳ではないが、うつ病は脳内のノルアドレナリン作動性神経とセロトニン作動性神経の働きに関係があることは間違いないというところまで研究が進んでいる。その中でも主流となっている考え方は、うつ状態の脳内ではセロトニンが不足しているということだ。セロトニンはＳＳＲＩと呼ばれる選択的セロトニン再取り込み阻害薬を投与することでその量を増やすことができるため、うつ病は薬の投与で改善することができる病気なのだ。

確かに、ここまでメカニズムが解明されているのであれば風邪と同列に考えるのは間違っているかもしれない、と薫は芹澤の言葉に納得した。

芹澤はすでに一人で半分以上の焼酎を空けていたが、別人のようになってしまうという酒癖はまだ表出してはいなかった。もしかすると彼はこういった真面目な学生という一面を、由乃の前で隠しているだけではないか。薫は酒に酔った芹澤が一体どのような変貌を見せるのかと内心怯えていたので、いつも通りの彼に安堵していた。

「丸川先生、しっかりと人の役に立つ研究してるじゃないですか。うつ病に効く薬の研究が別に陰気だとは思いませんけど」と薫は丸川を庇《かば》った。

「ちゃうちゃう、陰気ってのはあいつ本人のことや。全部のラットに名前つけて赤ちゃん言葉で話しかけてるんやで。昨日はよく眠れまちたかーとか、ご飯おいちかったでちゅかーとか。ありゃ、毎日一緒に寝てる勢いやで。いや、もっとキモいことやってるかも。ぞっとするわ」と芹澤は体を身震いさせた。

薫は、ずんぐりむっくりした小さな体を更に丸めて赤ちゃん言葉でラットに話しかけている丸川を想像してみた。確かに気持ち悪かった。丸川が女学生たちに嫌われている原因は授業以外の部分にもあるようだ。

「ラットって、研究室に何匹くらいいるんですか?」

「さあなあ、二〇匹くらいはおるんちゃうか。ラットだけじゃなくて、マウスもモルモットもいるからなあ。もちろんあいつはそいつら全員の生年月日まできっちり憶えてるんだろうけど。その前に薬剤管理のほうをしっかりやったほうがええと思うわ。ま、そのおかげでこっちはどんな薬だろうがもらい放題だけどな」

丸川は薬剤の管理がずさんだということは薫も噂で聞いたことがあった。薬剤は光や空気に触れると品質が劣化したり性質が変化する可能性があるため、それぞれに暗所保存、防湿保存、密閉保存などと、保存方法が決められているのだ。薫は、芹澤が丸川の基礎研を取った本当の理由がわかったような気がした。

そろそろ三本目の缶ビールを開けようかと迷いながら視線を床に落とすと、ベランダへと通じる窓付近に置かれた小さな袋が目に入った。それは、薫が部屋に入った時からずっと気になっていたドッグフードだった。しかも高級そうなそのパッケージは、封が開けられているのだ。

ドッグフードが酒に繋がるような話題にはならないだろう、と薫は謎に包まれたその小袋について質問してみることにした。

「芹澤さん、犬なんか飼ってましたっけ？」

「おうそれか？　セリーヌの餌や。実験動物用飼料ばっかじゃ可哀想だからな」

「セリーヌって、ラットのことですか」

「せや。一匹だけ妙に懐《なつ》いてくるやつがおって、そいつがほんまに可愛くってな。俺が研究室に入っただけで嬉しそうに瞳ウルウルさせながら顔をシコシコ擦ったりして。手ぇ出すと指に抱きついたりすんねん。せやから、特別に高い餌やってんねん」と芹澤は今にも溢れそうな笑みを浮かべ、自分の瞳までウルウルさせている。

小袋の謎はあっけないほど簡単に解けてしまった。

「丸川先生のことキモいとか言ってる割に、自分だって同じようなことしてるじゃないですか」

「懐いてくるやつは可愛いに決まってるやろ。女と一緒や」と芹澤は鼻を膨らませた。

高級ドッグフードというところが芹澤らしい。どうやら彼がいい格好を見せようとする対象は人間だけではないようだ。

「うつ病の研究って、当然ラットを使うんですよねえ。でもうつ病のラットなんて、一体どうやって探してくるんですか？」

「あほ言うな、探せるわけないやろ。うつ病にさせるんや。さっきも言うたろう、うつ病は原因がはっきりしている病気だって。ラットをうつ病にさせるなんてお茶の子さいさいや」

「そんなに簡単にうつに？」

「ああ、レゼルピンを投与し続けるだけや」

薫は思わず感心してしまった。レゼルピンは交感神経の影響を排除できることから実験にはよく使われる薬だが、脳内のノルアドレナリンを枯渇させる作用がある。その働きを利用することでセロトニンを減少させ、うつ状態を作り出すことができるのだ。しかし、感心はすぐに嫌な予感に変わった。

「ちょっと待って下さい。じゃあ、セリーヌも？」

一瞬、芹澤の目が泳いだように見えた。

「……せや」

溢れそうだった笑みは跡形もなく消えていた。

「部屋の隅っこでな、一人で震えてるんだ。それまではいつだって仲間と身を寄せ合って生活してたのに、セリーヌだけが隅っこでブルブルと震えててな。寝る時でさえ部屋の隅っこで一人っきりや。あんなにウルウルさせてた瞳も、なんだか死んだような目つきに変わってしもうた」

芹澤はドッグフードが入った袋をぼうっと眺めながら続けた。

「なんでセリーヌだったんかな。なんであいつが選ばれなきゃならんかったんやろ。ラットならほかにも沢山おったのに……。丸川のやつ、やっぱ頭おかしいんちゃうか。ありゃサイコやで」

隠しているつもりだろうが、その瞳は今にも涙で溢れそうになっていた。

名前をつけて特別な餌まで用意していたのだから、本当にそのラットのことが気に入っていたのだろうと薫は同情した。

だがしかし、そういった尊い犠牲の上に薬学が発展してきたことも事実だった。実験体に感情移入することが間違っているとは言いたくはないが、薬学を学ぶ者にとってそれは避けて通ることができない宿命でもあるのだ。

重たい空気が部屋中に充満していた。

芹澤は大きな瞳から涙が溢れる前にこっそりとそれを拭いた。

薫は居た堪《たま》れなくなり、思い切って話題を変えることにした。

「そう言えば芹澤さん、なんで三日間も大学休んでたんですか？　由乃が連絡つかないって心配してましたけど」

なるべく自然に聞いたつもりだが、その発声のぎこちなさは自分でも手に取るほど伝わってきた。

芹澤はなぜか小さなため息をついて、グラスに残っていた焼酎を呑み干した。

「彼女、かなり心配してるみたいですよ。連絡くらいしてあげたらどうですか」

「せやなあ……」と芹澤は焼酎をグラスに注ぎ足してそのまま黙っている。

薫は短い沈黙の意味をなんとなく理解した。今度は自分がため息をつく番だった。

「芹澤さん、僕ふぐ料理屋で言いましたよね。同じ大学の子に手なんか出したら後々面倒なことになるって」

「勘違いしてるで、俺は由乃のことが嫌いになったわけやないで」と芹澤は即答した。

それを聞いて、薫はなぜか救われた気持ちになった。

「じゃあ、なにが問題なんですか？」

芹澤はグラスの中の透明な焼酎をじっと見つめたまま言った。「息苦しいって言うんかなあ。今まで付きおうてきた子たちとは距離感が違うねん」

女性問題で思い詰めるような表情をする芹澤を見るのは初めてだった。

常に不特定多数の女性と関係を持っていないと不安になってしまうような彼には珍しく、由乃と付き合うようになってからはほかの子と遊んでいる気配はなかった。もしかすると隠れて遊んでいるのかもしれないが、女性には常にオープンというか割り切った関係を求めていた芹澤は、特定の人とだけ付き合うということに息苦しさを感じているのだろう。遅かれ早かれ、いずれはこういった状況に直面するであろうことは薫も予想していたので驚きはなかった。

まさか芹澤は本当に由乃に惚れてしまい、人を好きになるという苦しみを生まれて初めて味わっているのだろうか。もしそれが原因で大学を三日間も休んだのであれば、彼に限ってはその理由に納得ができるような気もする。彼はその外見からは想像もつかないほど不器用な一面を持っているからだ。

部屋の隅で背中を丸めて焼酎のグラスをじっと見つめている芹澤が、傷を負った小動物のように見えていた。

「俺には重すぎるんだよ、あいつ。なんか面倒だな、女って」と芹澤は吐き捨てるように言った。

耳を疑うような言葉だった。薫は友人のことを真剣に案じていた自分が急に愚かしく思えた。そもそもなぜ僕は芹澤の女性問題にここまで介在させられているのだろうか、薫はどこからともなく湧き上がる苛立《いらだ》ちを覚えた。それが由乃に対して嘘をつき続けている芹澤に対してなのか、その嘘に付き合い続けてきた自分に対してなのか、それとも彼女に対しての同情からなのかはわからないが、その感情は薫の中で一気に膨らんでいった。

「とりあえずメールしてあげて下さい。由乃、今も心配してると思いますから」

薫の言葉に棘《とげ》を感じたのか、芹澤は仕方なさそうにベッドの上のブランケットに手を突っ込んでスマートフォンを取り出し、短いメッセージを打ち込んで送信した。

「これでええか？」

芹澤は厄介な物を捨てるようにそれをベッドに放り投げた。

「やめてもらえますか。由乃のことそういうふうに扱うの」

薫はローテーブルを叩きつけていた。なぜこんなにも感情が昂《たか》ぶっているのか、自分でもわからなかった。

床に落ちた瓶の中に焼酎はもう入っていなかった。

「薫、やっぱり由乃のこと好きなんだな。最初から知ってたら手え出さんかったし、巻き込んだりもせえへんかったのに」と芹澤は床に倒れた瓶を見つめながら言った。

否定する言葉が一つも浮かんでこなかった。

部屋は先ほどよりもずっと重たい空気に支配されていた。

ベランダからは再びカランカランと細い鉄を擦るような音が聞こえている。だがそれは、先ほどよりも明らかに不規則なリズムに変わっていた。その音は暴力的な音にさえ聞こえ始めている。換気扇や室外機の音なんかではない。はっきりとした意志を持った生命が、何かを要求している音だった。

薫は立ち上がり、窓を開けてベランダへ出た。

そこには小さな檻の中に入った一匹のラットがいた。ラットはガリガリに痩せていて、眼球は少し飛び出していた。

ラットは檻の骨組みを小さな手で掴み、それを必死に上下させ続けていた。

薫は呆然とそれを見下ろすことしかできなかった。驚きよりも一つの謎が解けたような思いのほうが勝っていた。これが、芹澤が大学を休んでいた理由なのだ。彼は丸川の研究室からセリーヌを勝手に持ち帰ったのだ。

暫《しばら》くすると芹澤がベランダに出て来た。

そして檻の前でしゃがみ込み、小指の先ほどのドッグフードを一粒差し出した。

ラットはそれを乱暴に奪い取り、貪《むさぼ》るように食べ始めた。

「食欲はあるんだ。でもさ、いろんな薬を投与されて、その副作用でセロトニン過剰になってしまったんだ。錯乱状態が続くこともあるから、もしかすると幻覚とかも見えてるかもしれない。なんでお前だけがこんな辛い思いしなければならないんだろうな。辛いなら無理して生きることなんてないのに。なあ、そう思わないか？」と芹澤はしゃがんだまま言った。

薫はそれが自分への質問なのか、ラットへの質問なのかわからなかった。

「自分が生まれてきた意味をずっと見つけることができないんだ。世の中にはさ、そういう種類の人間もいるんだよ。俺もこいつと一緒なのかもしれないな、結局は死ぬまで見つからないんだ」

芹澤は立ち上がり、雲間に見える濁った星空を眺めた。

気のせいだろうか。具体的に言い表すことはできないのだが、薫は芹澤に対して妙な違和感を感じた。

「なあ薫、覚えてるか？　初めて飯食い行った時、話してくれただろ。ずっと死ぬことだけを考えて生きていた時期があるって。俺さ、あの話聞いてお前のこと好きになったんだ。きっとこいつなら俺の境遇や、俺が考えてることに共感してくれると思ったよ。だからあん時はすげえ嬉しかった。照れ臭くて口になんか出せなかったけど、俺はあの時薫に救われたんだ。だから、由乃のせいでお前との関係が少しでも悪くなるのなら、俺は迷わず薫を取る。俺が本当に大切にしたいのは、薫だけなんだ」

芹澤の迷いのない澄んだ眼差しが、薫を射抜くように見つめている。

薫は先ほど感じた違和感の正体を見つけた。彼は関西弁ではなく、標準語で話していた。芹澤の少し跳ね上がった寝癖の髪が夜風にそよいでいる。

甘い顔立ちも、よく通るその声も、薫が知っているはずの人物の特徴である。しかし、目の前にいる男は芹澤ではなかった。

だが、薫は突然現れたその男をずっと前から知っているような気がした。それは遥か遠い過去から呼び覚まされるような、郷愁と寂寥が入り混じったような孤独感だった。水のない広大なプールの真ん中で、誰かがそれを満たしてくれることをじっと待ち続けているような孤独。それが初めて芹澤に会った時に感じた印象だった。薫は彼に出会った瞬間に自分と同じ匂いを感じ取っていたのだ。

しかし彼が放つ煌びやかなオーラやその都会的な生活に付き合ううちに、その男はどこか遠くへと消えてしまっていた。

そして今、その男は深い孤独を纏《まと》い再び薫の前に現れたのだ。

薫の声帯は完全に萎縮していた。

「今日は、帰ります」

それが、やっとの思いで絞り出された言葉だった。

薫は逃げ出すように彼のマンションを後にした。

背後から「おやすみ」という力ない声が聞こえたような気がしたが、振り返ることはできなかった。

翌日も、その翌日も、芹澤が大学に姿を現すことはなかった。

誰かが満たしてくれた水の中に沈んでいくように、彼は二度と目覚めることのない眠りについたのだ。

第3章　水のないプール

これは夢である。

僕が昔、何度も繰り返し見続けていた夢。その導入部は冷たい孤独に覆われているけど、結末は必ず優しさに包まれて終わる。物語と言えるほどドラマチックな展開はない。でも、最後は決まってあの人が僕を救い出してくれる。

とても冷たくて、とても孤独で、とても暖かい夢。

少し怖いけど、僕はその夢にそっと身を委ねるだけでいい。恐れる必要などない。僕はその結末を知っているし、自分が夢を見ていることを自覚しているからだ。僕の脳内には夢を見ている僕と、睡眠状態を脱した覚醒している僕が同居しているのだ。

覚醒している僕が、悪い夢に魘《うな》されて夜泣きをする子供を抱きかかえるように僕を諭し始めた。

「睡眠にも種類があるんだ。徐波《じょは》睡眠と呼ばれる深い睡眠状態と、レム睡眠と呼ばれる脳内の活動が高まっている睡眠状態さ。それらは一度の睡眠の中で交互に入れ替わるように何度も出現するんだ。でもね、レム睡眠のない睡眠は宿酔《しゅくすい》をもたらし脳に悪影響を与えてしまう。つまりどんなに寝ても不眠状態になってしまうということなんだ。もし今君が夢を見ているのであれば、君はレム睡眠状態にいるということさ。それがどんな夢であれ健全な眠りにつけているという証拠なんだ。だから何も心配はいらないよ」

彼は、夢の導入部に怯えている僕を案じているようだ。

僕は誰もいない空間で仰向けに寝ていた。だが、自分の力では起き上がることはできない。脳からの指令を伝達するはずの運動神経の全てが遮断されてしまったように、指先さえも動かすことができないのだ。だが、目だけはしっかりと開けることができていた。僕は体の自由を奪われた腹いせとばかりに、必死に目玉だけを動かしていた。

そんな僕を見て、覚醒している僕が心配そうにこちらを見下ろしている。

仰向けでギョロギョロと目玉だけを動かしている僕を見て、彼は気持ち悪がっているのかもしれない。僕は芹澤さんのマンションのベランダにいた、眼球が飛び出したラットのような気持ちになった。

「気にしないでくれ。これは昔よく見ていた夢なんだ」と僕は彼に伝えた。

僕の言葉に安心したのか、覚醒した僕は精製水に溶けていく顆粒のように姿を消した。

この世界には、夢を見ている僕一人になった。

部屋の天井にはぽっかりと大きな丸い穴が開いていた。そう言えば新橋のふぐ料理屋の壁にも丸い穴が開いていたな、と僕は芹澤さんを懐かしんだ。ただ、天井に開いた穴はそれとは比較にならないほど大きかった。しかもその穴は天井だけではなく屋根まですっぽりとくりぬかれていた。だが、その穴の先に空は存在していない。全ての光や色を吸収してしまうほどの漆黒の闇が見えているだけだった。

僕はその闇から運ばれてくるひんやりとした空気を鼻腔で感じていた。

冷たい感触は指先からも伝わっていた。床には数センチほどの小さな正方形がびっしりと並べられている。体が動かないので確認することはできないが、何度も来ている場所なので僕はその正体を知っている。その正体は、敷き詰められたブルーのタイルだ。

僕は水が入っていない広大なプールの真ん中で仰向けに横たわり、天井にぽっかりと開いた穴を見つめているのだ。そして、誰かがこの巨大な水槽の中に水を満たしてくれるのをじっと待っている。それが完全に満たされるまで、僕は体を動かすことができないのだ。

動けないとは言っても、神経筋接合部に作用するような筋弛緩薬を投与された訳ではなく、自分が作り出した夢の中の設定だということも認識している。つまり僕は動けないふりをしているのだ。少しでも動けば、あの人に会う前にこの夢が終わってしまうからだ。

水が入っていない巨大なプールがあるこの部屋は、なぜか病室と繋がっていた。僕は仰向けのまま、全ての意識をその病室の中に集中させている。なぜなら、プールの水栓を開けてくれる人がそこにいるからだ。だから僕は漆黒の闇を見つめながらその人のことだけをじっと考えていた。

やがて、病室へと続く扉がゆっくりと開いた。

僕の夢は順調にその結末に向かっている。もう少しの辛抱だ。もう暫くすればその人はゆっくりと姿を現すはずだ。

天秤の上で完璧な平行を保つほど、期待と不安の重さはぴたりと一致していた。

僕は目を閉じて、ひんやりとした空気を鼻腔で受け止めた。穴の向こうに見える漆黒と繋がったような気分になり、僕は深い孤独に全身を包まれそうになった。

きっと大丈夫。その人はもうじき現れて、溢れるほどの愛でプールを満たしてくれる。それまでの辛抱だ。

だが今日に限って、その姿はいつまでたっても現れない。

天秤は急速に傾いていく。タイルの一つ一つが漆黒で塗りつぶされていくように、部屋中を不安が覆い尽くそうとしている。

なにかがおかしい。昔よく見ていた夢とは明らかに違う。このままでは僕が知っている結末にはならない。

いよいよ最後のタイルが塗りつぶされそうになった時、ようやくその音は聞こえた。

とても大きな水の粒が次々にタイルにぶつかる音。

僕はその音に安堵したが、完全に傾いてしまった天秤はそのまま動こうとしなかった。水栓を開けたのは僕が待っている人ではないような気がしたからだ。しかし、プールが満たされるまで動けない僕はその人を確認することはできない。水面に浮き上がるまでじっと待つしかできないのだ。

でも、やはりなにかがおかしい。いつもの夢ならば、僕の体はその優しさに包まれながら浮上していくはずなのに、今日はなぜかプールの底に沈んだままなのだ。

僕は息苦しさに耐えられなくなり思わず水面を睨みつけた。誰かがプールの外からこちらを覗き込んでいるのが見えた。だがその人影は水面のせいでゆらゆらと歪んでいて誰かはわからない。

それが誰なのか、どうしても知りたかった。僕は夢の中のルールを破り、大脳皮質の一次運動野からそれぞれの運動神経に命じた。全身の筋肉は、鉛のように重くなった体を必死に動かした。

ようやく水面に半分ほど近づくと、歪んでいた人影が像を結び始めた。

こちらを覗き込んでいたのは、覚醒している僕だった。

「あの人はどこ？」と僕は水の中から尋ねた。

彼は一体なんの話をしているのかわからないといった表情で首を傾げた。

僕は最後の力を振り絞って水面から顔を上げた。


「おばあちゃん」

数納薫は自分の声で目を覚ました。絡まった毛布から足を抜き出し、スマートフォンで時間を確認すると深夜三時を過ぎていた。

ベッドから降りてカーテンを開けると、月明かりと共に窓ガラスの冷気が指先に伝わってきた。薫は暖かい部屋の中で冬の近づきを感じていた。

タワーマンションは日中の強い日差しで建物全体が温められるため、冬の夜でも室温は比較的暖かかった。逆に夏の室温はサウナのように上昇するが常に空調でコントロールされており、館内は年間を通して快適な生活気温が保たれているのだ。もしこの部屋から一歩も外に出ない生活を送れば、季節感などすぐに失ってしまうだろう。

きっと芹澤さんが死んでから半年も過ぎていることさえ気づかないのだろうな、と薫は微かな風の音しか聞こえない部屋で月明かりに照らされた東京湾を見下ろしていた。

一艘の大型タンカーが、雲間が作り出した月のスポットライトから逃げるように太平洋に向かっていた。薫が一生をかけても訪れることのないであろう異国の港へと向かうその後ろ姿が妙に愛おしく見えた。

やがて雲が月を覆うと大型タンカーは見えなくなった。薫は完全に色を失った海に、漆黒の闇に包まれたプールを重ねていた。

水のないプール。それは、薫が大学受験に失敗し続けた時期に見ていた夢だった。大学に受かってからは見ることはなくなっていたが、数週間ほど前から再び現れるようになったのだ。きっと芹澤の死に起因しているのだろうと自己分析をしているが、なぜその結末だけが違うのかはわからなかった。

薫が何度も受験に失敗した原因は過敏性腸症候群だった。だが、それを知ったのは残念ながら今の大学に入学して暫く経ってからのことである。

過敏性腸症候群は、レントゲンや内視鏡検査をしても外的な異常が見つからないにもかかわらず、腸が運動異常を引き起こして脳にまで影響を与えてしまう病気だ。腸には脳と同じ神経が多く分布し、それらは自律神経で繋がっている。そのため、脳が感じた不安やストレスは直接腸に伝わってしまうのだ。不安やストレスを感じて腹痛や下痢を起こす原因はそこにあると考えられている。逆に、腸の不調も直接脳にストレスを与えてしまう原因となる。一つのストレスを脳と腸が共有するという悪循環により緊張状態が続き、不安やうつといった症状へと悪化させてしまうのだ。

薫の場合、そのストレスにあたるのが受験だった。医者になりたくなかった訳ではない。父は都内の大学病院に勤めた後、千葉の田舎町で数納内科医院という小さな病院を開業していた。病院と家は同じ敷地にあったが、父は訪問診療も受け付けていたため家にいることはほとんどなかった。そのため誕生日にケーキやプレゼントをもらったり、家族旅行をしたという記憶は薫にはない。ごく一般的な家族としての温かみという意味ではほかの家庭を羨んだりしたことはあったが、病院のスタッフや患者たちの賑わいが薫の寂しさを紛らわせてくれていた。むしろ薫は父を誇りに思っていたし、将来は医師になるという与えられた環境に不満を持ったこともなかった。

実際のところ、薫も弟も成績は優秀だった。二人揃って県内屈指の進学校に入学したこともあり、父も病院の関係者もご近所さんも、誰もが数納家の二人息子は有名医大に入って医師の道に進むことを期待していた。薫もそんな周囲の期待をごく当たり前のこととして受け止めていたし、プレッシャーを感じたこともなかった。その道へと続く橋があまりにも自然に架けられていたため、立ち止まったり足元を眺める必要さえなかったのだ。

だが、薫は最初の大学受験で躓《つまず》いた。

一度目は誰もがよくあることだと容認してくれたが、二度目の受験も失敗し、三度目で弟に先を越されてからは周囲の目は明らかに変質した。その目はやがて、来院する患者たちにまで伝染していった。ダメな兄と優秀な弟という気の毒な構図は、院内の待合室の格好のネタとして広がっていった。

たった三回躓いただけだ。弟に先を越されてしまったことは事実だが、自分が大学に受かりさえすればそんな話はなんの意味もなくなる。僕は待合室のお年寄りたちに、退屈しのぎにはもってこいの話題を提供しただけだ。ただ運が悪かったのだ、と薫は考えるようにしていた。

それは本心だった。それ以外の理由が見当たらないのだ。なぜなら、薫は予備校でも模試でも常に良い結果を残し続けていたからだ。

だが、四度目も失敗した。

さすがに薫も自らの体に異常があると考え、父に相談して検査を受けることにした。しかし異常は何一つ見つからなかった。薫にとってはそれが一番辛い結果だった。過敏性腸症候群は炎症や潰瘍《かいよう》といった症状さえ認められないため、専門医でない限り見落とされてしまうことが多い病気なのだ。

「お前は精神が弱いだけだ」

異常なしの文字が並ぶ診断結果報告書にそう宣告されているようだった。

口にこそ出さなかったが、父もそう思っているようだった。事実、その頃になると父の目は医学部へ通う弟にしか向けられなくなっていた。

数納薫という存在を形成する、内外における全てのバランスは急速に崩れていった。そこに用意されていたはずの橋はあっけないほど簡単に分解され、遥か川下へと流されてしまったのだ。受験日が近づくたびに体調に異変が生じるという原因のわからない不安を抱え、その恐怖が悪循環のサイクルを加速させた。まるで遠心分離機が感情を排除していくように、薫の心は空洞になっていった。

僕は数納家の恥さらしだったのだ。待合室の患者たちは初めから見抜いていたのだ。待合室で繰り広げられているであろう世間話が幻聴となり、どこで何をしている時も薫の耳を襲った。やがて頬がこけるほど体重は減り、髪が抜け始めた。薫は家から出ることさえできなくなっていた。

頑張ったところでなりたいものにはなれない。僕という人間は心が弱いせいでどんなに努力をしても報われることはないのだ。

いつしか薫は次の試験に落ちたら死ぬことだけを考えるようになっていった。

空には月明かりが戻っていた。薫は大型タンカーの姿を探したがその姿はもうどこにも見えなかった。

「自分が生まれてきた意味をずっと見つけることができないんだ。世の中にはさ、そういう種類の人間もいるんだよ」

ふと芹澤の言葉が脳裏をよぎった。

もしあの時、彼に同じ言葉をかけられていたら僕は別の選択をしていたかもしれない、と薫は思った。だがそれは芹澤に出会う以前の話だ。そんなことを彼を失った今になって考えていることが虚《むな》しかった。

当時の薫を支えてくれたのは祖母だった。母は幼い時期に他界していたため、薫にとっては祖母が唯一の理解者であり、母親代わりでもあったのだ。

薫は母の死因について確かな情報を持っていない。しかし、それが自殺だったということは薄々勘づいていた。医師であるはずの父が、母の死因を身内や親戚にさえ語ろうとしないのはどう考えても不自然だったからだ。だが、薫はそれを誰かに問い質すつもりなどなかった。母の代わりを務めようと必死に兄弟の面倒を見てくれる祖母を傷つけてしまうような気がしていたからだ。

母がいないという寂しさを感じることはもちろんあったが、祖母の愛情に包まれて育てられたおかげで薫も弟も何一つ不自由することはなかった。薫にとっての母は祖母なのだ。それで満足だった。

だが、薫が五度目の受験を失敗した年に祖母は脳梗塞で倒れた。

祖母はそのまま昏睡状態となり、病室のベッドで寝たきりの植物状態となってしまったのだ。担当医からはもう意識はない状態だと告げられていたが、薫は毎日祖母が入院する病院に通い、面会時間が終わるまで付き添った。だがその小さな体は一度たりとも薫の言葉に反応することはなかった。

手を握り返すことさえできなくなってしまった祖母を早く楽にしてあげることはできない

か、と薫は父に訴え続けた。しかし父は聞く耳を持たなかった。自分が医師であるというプライドがあったからだ。それどころか、父は壊死《えし》した祖母の両足を切断してまで延命処置を続けたのだ。

それは、夜泣きをする薫を抱き上げて寝るまで歩き続けてくれた足だった。それは、幼稚園の運動会で膝の痛みを隠しながら薫と一緒に走ってくれた足だった。それは、受験の日には必ず玄関先で薫の帰りを待っていてくれた足だった。どんな時も薫を守ってくれた祖母の足だった。薫は自分の体の一部が引きちぎられるほどの痛みを味わった。

一体、医療とは誰のために存在するのだろうか。薫は両足を失った祖母が横たわる病室で自分の無力さを呪《のろ》った。

「もう起きなくてもいいからね」

薫は両足を失った祖母に毎日そう願い続けた。切断された両足を見せたくなかったからだ。

そして、祖母はそんな薫の願いを聞き入れたかのように静かに息を引き取った。薫が九度目の受験に失敗した年のことだった。

部屋の扉を叩く音がした。

遠慮がちなその音は更に二回続いた。それは、心のどこかで薫が待ち望んでいた音だった。

「起きてる？」

か細い成瀬由乃の声が、扉の隙間から部屋に届いた。

「起きてるよ、入る？」と薫は扉に向かって言った。

「うん」

ゆっくりと扉が開くと、唇と同じ薄いピンク色のパジャマ姿の由乃が枕を抱えて立っていた。

「起こしちゃった？」

由乃は小さく首を横に振った。「一緒に寝てもいい？」

薫が頷くと、由乃は緊張が解けたようにベッドに横たわり、枕を抱えて丸くなった。

月明かりに包まれた由乃が神聖な置物のように見えた。

由乃の白い肌を窺うと、その姿が芹澤と重なった。月光が芹澤の幻影を由乃の体に投影しているようだった。

考えてみれば芹澤さんの肌も由乃と同じくらい白かったな、と薫は芹澤を偲《しの》んだ。

薫はすぐにベッドに入ることが卑俗な行為のように思え、もうしばらく窓の外を眺めていることにした。

芹澤が死んでからも、由乃は薫のマンションに泊まりに来ていた。ここが芹澤の家だと信じていた頃よりも、むしろその回数は増えている。最近では週のほとんどを泊まることも珍しくはなくなっていた。正確に言えば、彼女は芹澤が使っていた部屋に泊まりに来ているのだ。彼女にとって、ここは今でも芹澤の家という認識なのだろう。

薫は、由乃が泊まりに来る理由も一緒に寝て欲しいと言う理由も聞かないようにしてはいるが、彼女が不眠症に悩まされていることに気づいていた。由乃が一緒に寝ることを求めるようになったのは最近になってからのことだが、それは薫がプールの夢を再び見るようになった頃と重なっているからだ。彼女は決まって薫が立てた物音を確認してから部屋を訪れてくるのだ。睡眠がうまくとれないという不安が今もここへ泊まりに来ている理由なのだろう、と薫は考えていた。

由乃は芹澤を失うと同時に、笑顔も失っていた。ただ、生活する上での必要最低限の笑顔は保たれているし、彼女はもともと声をあげて笑うようなタイプではないため、それに気づいているのはごく少数の人だけかもしれない。大げさな表現を避けるのであれば、リビングでコーヒーの香りを楽しんでいる表情や、初夏に見せたような晴れやかな表情を失ってしまった、と言ったほうが正しいかもしれない。無色透明に輝く隠しようのない彼女の内面が、少しずつ現実界に存在する色に染まっていくような感覚だった。それは薫にとって、芹澤を失うことと同じほどの喪失感をもたらしていた。

だが、不眠は薬を処方してもらえば治すことのできる病気である。睡眠が改善すれば精神面での不安は取り除かれ、笑顔も取り戻すことができるのだ。薫は由乃に心療内科を受診させることを真剣に考えた。しかし、その診断内容によっては彼女の進級に大きく響く可能性があった。高い学費を支払ってくれる親のためにも留年や休学など許されないと考えている由乃を思うと、安易にそれを勧めることなどできないのだ。自分が無力で無責任であることは胸を削がれるほど痛感しているが、今の薫にできることはどんなに些細なことも否定せずに彼女を受け入れることくらいしかなかった。

だが決して由乃を独り占めしようとか、現在の状況を引き延ばそうとしている訳ではない。こうして由乃が泊まりに来るようになったことに、男として抑えきれない高揚を感じないと言えば嘘になるかもしれないが、彼女は今も芹澤の影を求めているのであって、自分が求められている訳ではないことも重々承知している。もし薫が由乃に対して少しでも異性としての感情を見せれば、彼女を形成する精神バランスは音を立てて崩れ落ちてしまうだろう。彼女もそれを理解した上で泊まりに来ているのだ。僕らはお互いを求め合ってはならない。そんな暗黙の了解の上に、今の二人の関係は築かれていた。

芹澤ノエルの死は由乃の大学生活にも影響を及ぼした。由乃が大病院の御曹子《おんぞうし》である芹澤と付き合っていたことは友人たちの中では周知の事実となっていたし、それ以外の学生たちにも少なからず知れ渡っていたことだった。その芹澤が研究室から持ち出した薬剤を用いて服毒自殺したのだ。ショッキングなニュースは雷鳴のごとく学内の隅々にまで轟《とどろ》いた。加えて由乃が大学でも指折りの美人であることも、湧き上がる様々な邪推を拡散させた。すでに半年が経過しているとは言え、彼女の友人関係は明らかに希薄になっていた。学生も教師も、学内での由乃に対しての目はいまだ鋭敏なままだった。

そのため、薫は大学内で由乃と接することをやめた。芹澤の噂は鎮火するどころか今も様々な場所で焚きつけられているからだ。そんな状況で由乃が再び芹澤と同じように年の離れた薫と一緒にいるところを見られれば、根も葉もない噂はあらぬ方向に逸脱していくだろう。その噂が再び彼女を傷つけてしまうことは火を見るよりも明らかだった。一方の薫は失うものなど初めからない。一〇年も浪人した哀れな学生として、また一人の学生生活に戻るだけなのだから。薫は、まだ先の長い大学生活の中で由乃がこれ以上傷つかないことだけを願っていた。由乃は気にしないと言うが、薫は通学の時間さえずらし、学内では由乃との関係を切ることを徹底していた。

薫の脳は睡眠から完全に覚醒していた。

ベッドを照らす月明かりが、そこに横たわる由乃の眠りを妨げているように見えた。

薫がカーテンに手をかけると、由乃の小さな声がその手を止めた。

「開けたままにしておいてもいいかな。朝の日差しがね、セロトニンを分泌させるってこないだの授業で聞いたから」

やはり由乃はまだ眠りにつけていなかったようだ。

「確かに、授業で言ってたね」

薫は閉めかけたカーテンをもとに戻した。

由乃の言うセロトニンとは、俗に脳内物質と呼ばれる神経伝達物質のことである。脳内の主要な作用を担う脳内物質と言えば、快楽を与えるドーパミン、不快なストレスを避けようとするノルアドレナリン、そして安らぎを与えると共にそれら二つの物質を調整する働きを持つセロトニンの三つが代表的だ。現在の医学では、強い不安を抱えたりうつ状態の患者の脳内ではセロトニンが不足していると考えられ、薬の力でそれを増加させる治療を行なっている。つまり、セロトニンはそれだけ精神機能の重要な部分を担っている脳内物質なのだ。

セロトニンは必須アミノ酸のトリプトファンから作られるため、バランスの良い食事を摂取できていることが前提にはなるが、日常のちょっとした工夫からもその分泌を手助けすることができる。セロトニンの合成と分泌が最も盛んになる朝を利用するのだ。具体的にはカーテンを開けたままにしておけば、睡眠状態から覚醒していく脳に太陽の光を瞼《まぶた》から縫線核《ほうせんかく》に伝達させることができ、セロトニンの合成を促すことができる。ただし、これらは全て理屈上の話でしかない。

由乃がセロトニンの話を持ち出すということは、自分が精神的に危うい状態にあることを自覚しているということでもある。薫は精神科医ではないためそれが健全な思考と言えるかどうかはわからないが、少なくとも由乃は自らの精神状態を客観的に俯瞰《ふかん》できているのだろうと考えるようにした。

ベッドに潜り込むと、由乃は寝返りを打つように体を薫へと向けた。

由乃の重みがベッドを通じて背中に伝わってきた。

「ねえ。人ってさ、精神とか心の話をする時、必ずここを指すでしょ」

由乃は薫の手を握り、自分の胸にそれを押しあてた。

薫は仰向けのまま動かずに次の言葉を待った。

「それって絶対に間違ってると思うの。だって、ここにはただ動いている心臓が存在しているだけなんだから。ほら、自分が幸せになれないことを他人や環境のせいにしている人がいるでしょう。それも間違いだよね。幸せも不幸も、どこにも存在していないのに」

由乃の体が動き、その指先が薫の頭を包み込んだ。

彼女は薫の体に跨《また》がっていた。

薫は自分を見つめる大きな瞳から目をそらすことさえできなかった。

「だって、その全てはここが決めているんだから。喜びも、悲しみも、怒りも、哀れみも、全部ここが決めているの。私たちはね、脳内物質が作り出した感情や気分に従って生きているだけなの。例えば、胸が苦しくなるほど誰かを好きになってしまうことってあるでしょ。それもね、脳内にドーパミンが分泌されて心臓の鼓動を速めているだけなんだよ。だからね、薫くん。私は大丈夫だよ。いつも私のこと心配してくれて、ありがとね。でもね……そう、わかってはいるんだけど、おかしいよね。どうして、こんなに辛いのかな。どうしてこんなに胸が苦しいのかな。きっとセロトニンが不足してるんだよね。たくさん、たくさん、不足してるんだよね。きっとそうだよね……」

由乃の瞳から溢れ出た涙が、薫の頬にいくつも落ちていた。

月明かりに照らされた漆黒の海に浮かんだ小さな船の上で、薫と由乃はただお互いを見つめ合うことしかできなかった。


その翌週、薫は日暮里駅で由乃を待っていた。

今日は寒い一日になると天気予報アプリで確認していたので、薫はクローゼットから引っ張り出したダウンジャケットを着て家を出たのだが、少し後悔していた。由乃が待ち合わせ場所に指定した南改札口には屋根や広場がある訳でもなく閑散とした階段があるだけで、初冬とは言え逃げ場のない午後の日差しは薫の背中を汗ばませていた。薫は上着を脱ごうと両肩を出したが、西口方面から吹き下ろす冷たい風にそれを躊躇《ためら》った。

日暮里駅の南改札口は左右に伸びる階段の真ん中に存在しており、ＪＲ山手線駅の改札とは思えないほど質素だった。改札を背にして右側に進んで階段を下りると東口、左側に進んで階段を上がると西口、南改札口は左右に続く階段の途中にひっそりと佇んでいた。東口方面には雑居ビルが立ち並ぶ駅前らしい街並みが見下ろせるが、反対側の西口方面には谷中霊園という大きな墓所へと続く階段しか見えない。そのため、改札から出て来る人々のほとんどが東口方面へと流れていた。

設置された小さな喫煙スペースに屯《たむろ》する人たちを除けば、階段の途中で誰かと待ち合わせをして時間を持て余しているのは薫一人くらいのものだった。とは言え、それは待ち合わせの時間に一時間以上も早く到着してしまった薫の所為にほかならない。その上、由乃からは電車の遅延で四五分程度遅れるというメッセージを受けているのだ。誰に文句を言う筋合いはないが、やはり昨夜は由乃を田町に泊まらせれば良かったと薫は悔やんでいた。しかし彼女はなぜかそれを受け入れなかった。今日に限っては自宅の熱海から行くと頑なに言い張ったのだ。

見知らぬ街で、いくつかのプロセスでも踏まないい限り消化できないほどの時間だけが立ちはだかっていた。薫はふと目に飛び込んできた指圧マッサージ店の看板に幻惑された。ロングコースで施術を受けたとしても、お釣りが来るほどの時間がある。だが、薫はすぐに雑念を追い払った。芹澤が育ったというこの街を、少し歩いてみたくなったからだ。

東口へと続く階段を下りると、ドラッグストアやカラオケ店が入る雑居ビルが小さなロータリーを囲むように立ち並んでいた。薫は芹澤が育った街という目線でロータリーを一周した。しかし、ここが芹澤が育った街だと言われてもピンとくるものは何一つなかった。ただ一つわかったことがあるとすれば、日暮里駅には質素な改札だけではなく、立派な改札も存在するということくらいだ。薫はケバケバしい看板に囲まれた閉鎖的な空間に息苦しさを覚え、街を散策するという案に早くも見切りをつけた。

全国に店を構えるコーヒーチェーン店の割には酷《ひど》く無愛想な店員が、ホットカフェラテを注文したはずの薫になぜかアイスカフェラテを差し出した。仏頂面《ぶっちょうづら》に間違いを指摘する気にもならず、薫は黙ってそれを受け取ることにした。

薫はカウンターの中にいる無愛想な店員と対面するように、一人掛け専用席に腰を下ろしていた。なんの集団かはわからないが、同じような格好をした七〇代くらいの男性客が二階席からぞろぞろと下りて来て、店を出て行った。皆が一様に鍔《つば》の短いハットを被って小脇にはセカンドバッグを抱え、少年のように生き生きと瞳を輝かせている。竹馬《ちくば》の友との再会を喜んでいるのだろうか。薫は楽しそうに芹澤が育った街に消えて行く彼らを少し羨ましい気持ちで見送った。

今でも信じ難い話ではあるが、芹澤は大阪ではなく東京のこの街で育った。生まれたのも東京、育ったのも東京、一二年の浪人生活を送ったのも東京。つまり、大病院の御曹子というのは全くの作り話だった。恐らく、大阪で暮らした期間さえ存在していないだろう。それが、芹澤の真実だった。薫が付き合ってきた芹澤は、初めて出会った日と最後に会話した日を除けば、その全てが虚像だったのだ。

薫はもちろん、由乃も、大学内の限られた知人たちも、料理屋の女将も、芹澤ではなく彼が作り上げた虚像と接していたのだ。いや、芹澤の酒に何度も付き合わされていた由乃だけはその真実に気づいていたのかもしれない。そうでなければ由乃は芹澤の出生や生い立ちを調べ上げるようなことをしなかったはずだ。

芹澤の母はフィリピン人だった。父についてわかっていることは芹澤という日本人ということだけだが、その苗字も確かではないらしい。母はその男とは籍を入れておらず、出生届さえ出さぬまま芹澤を三才まで育て、最後は経済的な理由から児童養護施設に預けた。そして、子供が施設での暮らしに慣れると彼女はさっさと帰国してしまったのだ。以来、彼女が日本に戻って来たことは一度もないという。ちなみに、ノエルはフィリピンではよくある名前なのだそうだ。その後、芹澤は小学校に入学すると同時に日暮里に住む夫婦のもとに里子として引き取られ、高校三年生までこの街で育ち、卒業と同時に自立したのだ。

由乃にその話を聞かされた時、薫は半信半疑だった。それこそ注文したドリンクと違うものが出て来てしまった程度の人違いだと思っていた。当時の彼女は感情の制御を完全に失ってしまうほど動転していたからだ。いや、本音を言えば薫は芹澤の不幸な身の上話など聞きたくも信じたくもなかったのだ。だが、それらは覆《くつがえ》しようのない真実だった。その全ては由乃が児童養護施設で聞いてきた話なのだから。ましてや、薫はこれから由乃と共に芹澤が高校を卒業するまで育てられた里親の家に行くのだ。

ではなぜ、芹澤はでたらめな関西弁を使ってまで嘘をつき続けたのだろうか。薫が知る芹澤と、彼が作り上げた虚像、一つの体を動かすにはその両輪の幅はあまりにも離れ過ぎていた。だが、腑に落ちる部分もあった。例えば、郵便受けに『Noel S』と書かれていた理由は少なくとも理解できた。気取っていた訳ではなく、それが彼の本名だったからだ。また、死に方を探しているような発言を繰り返していた理由も腑に落ちた。本当に死が必要だったのはほかの誰でもなく、彼だったのだ。

この世には死を必要としている人もいる。死を必要としながら死ぬことができない苦痛は、それを抱えた人間にしかわからない。

芹澤は出会った日からずっと、その理解を薫に求めていたのだ。

薫は今になってようやく芹澤という一人の男を理解していた。そして彼の死に、深い共感を覚えていた。

小さなテーブルの上に置かれたスマートフォンが由乃からのメッセージを受信した。

『待たせてごめんね、もう着きます』

薫は氷が中途半端に溶けて水っぽくなったカフェラテを返却台に置き、店を後にした。


整列するように並んだ裸の桜の木々が広大な霊園の寒々しさを助長していた。

やはり厚着をしてきたのは正解だったようだ、と薫はダウンジャケットのジッパーを首元まで上げた。

薫と由乃は西口方面の階段を上がった先にある谷中霊園を歩いていた。

谷中霊園は、江戸幕府最後の将軍となった徳川慶喜や、内閣総理大臣を歴任した鳩山一郎など、歴史的にも名を残した数々の著名人が眠っている場所だった。そのため観光名所にもなっているらしいが、初冬の平日の午後に好き好んで霊園を観光する人は少ないようだ。つい先ほどまでいた東口の喧騒が数日前の記憶に思えるほど、その場所は静まり返っていた。

どうやら芹澤の里親の家は霊園を抜けた先にあるようだ。薫は住所を知らないため、由乃の歩速を気にしながら歩くしかなかった。

由乃は整然と並ぶ大きな墓石に掘られた文字を一つ一つ読み上げるような速度でゆっくりと歩いていた。

電車の遅延で先方に遅れると連絡を入れた際に、せっかくだから夕食の時間に来るようにと言われたため時間を持て余しているのだ。要するに、薫はまた時間を潰さなければならなかった。

芹澤の里親とはいえ、見知らぬ家族から思わぬ夕食の招待を受けたことに薫は内心複雑だったが、由乃のほうは至って平静だった。むしろそれを喜んでいるようにさえ見えた。

やはり今日の由乃はいつもの彼女とは少し様子が違っていた。由乃とこうして外で会うことが久しぶりなので余計にそう思えるのかもしれないが、今日のような品のある服装の彼女を見るのも初めてだった。

厚手の生地で仕立てられた紺色のワンピースを着て、足元には艶のあるパンプスを履いている。その上に羽織ったベージュのコートは真冬に着るほど厚ぼったいものではなく、まさに今の季節に着るために用意されたような上着だった。正装とまでは言わないが、よそ行きの格好という表現以外に思いつかない。更には、化粧もしているようだ。由乃はそこに何かを付け加える必要がないほど華美な顔立ちをしているが、今日の化粧はそれを控えめに見せるためにしているようにも見えた。

最近はパジャマ姿の由乃しか見ていなかったため薫はそのギャップに見惚れているだけかもしれないが、今日の彼女が特別な光を放っていることだけは確かだ。それは、芹澤が死んでから見せることのなくなった無色透明の輝きだった。

その一方で、薫はこんなにもラフな服装で良いのだろうかと落ち着かない気分だった。

艶やかなパンプスの動きが止まり、そのつま先が薫に向いた。

「薫くん。私、おかしくないかな」と由乃は自分の服装を覗き込むように言った。

「子供たちにピアノを教えるバイトでもしていそうなほど上品で、育ちの良さそうなお嬢様に見える」

「ほんと？」と由乃は少しはにかんだ。

一足先に春が訪れたように霊園が明るくなったような気がした。

パンプスが舗装された路面を再びゆっくりと鳴らした。

その音に合わせるように薫もゆっくりと前に進む。

「ねえ、ご両親ってどんな人かな。ひょっとしたら二人とも関西弁バリバリだったりして」

「もしそうなら、芹澤さんが関西弁を使っていた謎も解けるかもしれないね」と薫は言った。

「冗談。実は私ね、ノエルくんの関西弁にずっと違和感を感じてたんだ。ほら、近所で親戚の夫婦が薬局やってるって話したことあるでしょう。その旦那さんのほうは大阪から来たんだけどね、どんなに頑張っても方言だけはなおらなかったの。身近にそういう人がいたからかな、ノエルくんの関西弁に違和感を感じたのは。なんとなくだけどね」

「僕は全くわからなかったな。これまで関西の友人なんていなかったし、それこそ関西弁なんてテレビで見る芸人だけが使う言葉だと思ってたほどだよ」

「そうよね。それに、酔うと標準語を話すようになる人なんてそうはいないよね」と由乃は懐かしい記憶を手繰《たぐ》り寄せるように笑みを作った。

薫は、由乃が今日わざわざ自宅から来た理由がわかった気がした。彼女は芹澤の恋人として、彼の両親に会いに来たのだ。今日は由乃にとって、恋人の両親に初めて自分が紹介される大切な日なのだ。たとえそれが里親であっても、その恋人が死んでいたとしても、由乃は今日、芹澤と共に両親のもとへ向かおうとしているのだ。

由乃は、緊張したりはにかんだりしながら一歩ずつパンプスを前に進めていた。無色透明の輝きを取り戻した彼女は美しかった。薫はそんな由乃に今なお愛されている芹澤に嫉妬した。

ふいに由乃が立ち止まったため、彼女の指先が薫の指先に触れた。

「どうしたの？」と薫は尋ねた。

「この名前、どこかで見たことがあるんだけど」と由乃は目を細めるようにじっと墓を見つめている。

それは墓というよりも途中で途切れてしまったような円柱だった。円柱には『川上音二郎君之像』と書かれている。

「由乃って物理と日本史の専攻って言ってたよね。だから見覚えがあるんじゃないかな。この人の問題、過去に一橋かどこかの大学で出題されたって聞いたことがあるよ。ほら、オッペケペー節とかいう歌で一世を風靡したり、新派劇の創始者って言われてる人だよ。ただ、日本史ではかなりレアな問題だから思い出せなくて当然かもね」

「あーなんか思い出したかも。薫くんすごい、よく憶えてるね」

こっちは一〇年浪人したからね、と薫は言おうとしたが冗談にならなそうで言葉を押し込めた。とはいえ、自分でもなぜ川上音二郎という名前をこんなにもはっきりと憶えているのか不思議だった。

「あ、彼の経歴が書いてあるよ」と由乃は墓域の前に貼られた説明書きを見つけ、それを読みながら続けた。「本当はこの上に銅像があったみたい。戦時中に金属の供出で取り外されちゃったって書いてある。この丸いのは台座だったんだって」

「だから川上音二郎君之像って書かれているんだ」と薫は納得した。

「そうみたい。でもなんか不思議だね。私たちは受験に出るかもしれないっていう理由で記号みたいに暗記していただけでしょう。それこそ薬品の化学名を憶えるのと同じ感覚で。その人が本当に実在していたかどうかなんか考えたこともなかった」

「考える必要さえなかったからね。でも、彼らは記号ではない。歴史上の人物であろうがなかろうが、そこにはちゃんと意味がある。お墓ってそれを証明するためにあるのかもしれないね」

由乃は銅像があったはずの台座の上を暫く眺めて言った。「ノエルくんはね、児童養護施設が用意した共同墓地に入ったんだって。なんでご両親のおうちのお墓に入らなかったのかな」

沈みかけの太陽が霊園の色彩をいっそう希薄にさせていた。

「そろそろ行こう。きっとご両親も待ってると思う」

「うん」と由乃は川上音二郎の墓を背に再び歩き始めた。

霊園を抜けた頃、薫はなぜ川上音二郎という名前をはっきりと憶えていたのかを思い出した。彼の死に方に特徴があったからだった。川上音二郎という役者は、舞台の上で死んだそうだ。

宮松という表札が掲げられた家は、谷中霊園を抜けてバス通りを十分ほど歩いた住宅街にあった。三階建ての細長い家が立ち並ぶ中、二階建てのその建物はもとはこの辺り一帯の地主だったのではないかと思うほど広々と敷地を使っていた。洋館を思わせる外観は多少の古さを感じさせるが隅々まで拘って設計されており、シンメトリーなデザインが特徴的だった。中央の玄関を境に左右には同じ形をした窓が配置され、その両端には丸く突き出たベランダがあり、駐車スペースまで左右に一箇所ずつあった。更にはそのどちらにも白いＢＭＷが停まっている。シンメトリーに並々ならぬ思い入れがあるようだ。

だが家の中は外観とは打って変わり、シンメトリーへの執着はどこにも見当たらなかった。また、外観からして室内には絵画や骨董品などがずらりと並べられていそうなイメージがあったが、実際には流行りの北欧家具店で買い揃えたようなシンプルでカジュアルな家具がセンス良く配置されていた。

広々としたリビングダイニングの床一面に広がる傷一つないフローリングや、張り替えられたばかりと思われる白い壁を見る限り、つい最近大がかりなリフォームをしたようである。ただ、ガラスの装飾がふんだんにあしらわれた照明だけは取り替えられていないようで、天井だけは時間が止まっているようだった。

薫と由乃は、時の流れが輻輳《ふくそう》するリビングダイニングに配置された真新しい三人掛けのソファーに座っていた。

ソファーの前には明るい色の木材を使った大きなリビングテーブルがあり、その上には人数分の寿司桶が置かれていた。寿司ネタや鮪《まぐろ》の色を見る限り特上を注文してくれたようだ。ただ、テーブルが膝丈よりも低いため、極端に前かがみにならなければ醤油が垂れてしまいそうで箸は思うように進まなかった。

贅沢なもてなしに文句を付けるつもりは毛頭ないが、薫は芹澤を育てた老夫婦が温かい手料理を作って待っているようなイメージを勝手に描いていたため、実際の状況に自分をはめ込むのに少し時間がかかっていた。寿司にはほとんど手を付けず、過去を見つめるように天井を眺めている由乃もきっと同じような気持ちでいるのではないだろうか。

薫に対面する形で、宮松という男が向かいのソファーに座っていた。

家の中に通されてすぐに宮松から自己紹介を受けたのだが、下の名前はうまく聞き取ることができなかった。話し方は丁寧なのだが喉に昆虫の羽が詰まっているような嗄《しわが》れ声のため、言葉が形になる前に分解されてしまうことがままあるようだった。宮松は訪ねる家を間違えたのかと思うほど強面《こわもて》だった。年は七〇才前後、白髪をオールバックにまとめ襟足を肩まで伸ばし、この季節になぜか半袖のアロハシャツを着ていた。かりゆしウェアと呼ぶべきかもしれないが、彼の場合アロハという言葉のほうがしっくりくる。以前は名の知れた上場企業の役員だったそうだが、現在は株式投資を生業《なりわい》としているそうだ。地下にはワインセラーがあると言いながら日本酒を水のように飲んでいるところを見ると、彼の嗄れ声にも合点がいった。

宮松の隣、由乃の目の前には彼の現在の妻である美憂《みゆう》が座っていた。彼女を紹介された時、宮松の娘かと勘違いするほど美憂は若かった。若く見えるのではなく、実年齢として明らかに若かった。さすがに年を聞くことはできないが、薫と同じくらいの二〇代後半から三〇代前半であることは間違いなさそうだ。小柄で顔立ちは地味、化粧は薄く、服装も体にフィットした白いTシャツに薄手のカーディガンという軽装だった。そのため、蛍光色を塗りたくったようなネイルがやけに目についた。会話に間ができるたびに、その眩《まばゆ》いネイルが宮松の手や膝の上にせわしく移動しているところを見ると、二人が新婚であることは容易に想像がつく。

薫も由乃も、想像とは少し違った空間の中で身を寄せ合うように小さくなってはいるが、意外にも会話は盛り上がっていた。と言っても、ほとんど一人で喋っている宮松に対してほかの三人が相槌を打っているだけではあるが。ちなみに、お互いの唯一の接点であるはずの芹澤ノエルの話はまだ一切出ていなかった。

「正直ね、今日遅れていらっしゃるという連絡をいただいて助かりました」と宮松は空気を振動させるような声を出して続けた。「実は由乃さんからお電話をいただいた時、ちょうど売りのタイミングを決め兼ねていたんです。そしたら電話の向こうから天使の囁きのような美しい声が聞こえてくるではありませんか。私はそれを何かの啓示だと確信しました。おかげでね、損切りをする決意が固まったんですよ」

とても息子の恋人と初対面をした親の会話には思えないが、宮松の嗄れ声には世間的な常識を超えたところから降り注いでくるような異様な圧力が宿っていた。

「それに、我が家では市場が閉まる三時までは酒も禁止でしてねえ。おかげで皆さんとこうしてお酒を飲みながら楽しく団らんができているわけですから。今日は本当にいい日です」

と宮松は妙に甲高い声で笑った。「ああそうだ、ビール以外も用意してますから遠慮なく」

美憂が宮松の言葉に合わせるように薫の顔を覗き込んだ。

由乃は酒を勧められた際に丁重に遠慮したのだが、薫は自分まで断ってしまうと印象が悪くなってしまいそうだったためビールをもらっていた。

「すみません、ではビールをもう一つ」と薫は言った。

美憂は小走りで冷蔵庫から缶ビールを持って来て、その眩いネイルで薫のグラスにビールを注いだ。

「それもこれもね、あの事件のせいなんですよ。あれはねえ、製薬業界の株を長期保有していた投資家たちにとっては全くもって迷惑な話でした」

薫たちが薬学部の学生と知ってか、宮松の話題は製薬業界の株価に移っていた。

「製薬関連株っていうのは長期保有してこそ意味があるんです。この業界の株価は非常に安定しているので大儲けはできませんけどね、その代わり配当が高いので結構稼げるんです。だから投資家たちは安心して株を保有できていたのに、あんなくだらない事件のせいで市場は大混乱ですよ」

「もしかして、オプジーボのことでしょうか」と薫は尋ねた。

「そうです！　さすがは薬学生さんですねえ。厚労省が薬価改定を強引に進めましたでしょう。実はね、それに引きずられる格好でオプジーボ以外の薬も値下げさせられたんです。おかげで投資家たちは戦々恐々としていますよ。まあそれもこれも、今日のおかげで売りの決断ができましたけどね。ですからしばらくは様子を見て、底値をついたあたりでまた買い戻しますよ」と宮松はグラスに残っている日本酒を一気に空け、悔しそうな表情を浮かべた。

由乃はかろうじて相槌を打っているが、どうにか保っていた笑みは消えていた。相変わらず箸も進んでいないようだ。

「そろそろワインでも飲もうかな。どうです?」と宮松は薫に言った。

「まだ残っていますので」と薫はビールが入ったグラスを持ち上げた。

宮松は上機嫌に「とりあえず一本持って来ますね」とソファーを後にした。地下室のワインセラーに向かったようだ。

オプジーボをめぐる高額医療費問題は「たった一剤で国が滅ぶ」などとつい最近までメディアや国会で騒ぎ立てられていたため、薫にとっても記憶に新しいできごとだった。

オプジーボは日本の中堅製薬会社が開発した、がんの革命的新薬の商品名である。なお、一般名はニボルマブと言う。これまでのがん治療では、手術によるがん細胞の切除、放射線治療による局所療法、抗がん剤を使った全身治療の三つが主軸とされていた。オプジーボは抗がん剤治療と同じく免疫療法となるが、その仕組みが全く違うためがん治療における第四の柱とまで期待されている薬である。従来の抗がん剤は薬の力でがん細胞を攻撃するが、オプジーボはもともと人の体に備わっている免疫でがんを退治するのが特徴だ。科学的な根拠に基づいて設計され、抗がん剤に比べて副作用も圧倒的に少ないオプジーボは、まさに待ち望まれた夢の新薬と言っても過言ではない。

だが、そんな時代の最先端を行く薬のせいで「国が滅ぶ」と日本中が一斉に騒ぎ立てたのだ。原因はその商品価格の高さにほかならなかった。具体的な金額をあげるならば、患者に一年間オプジーボを投与し続けた場合、その薬代だけで約三五〇〇万円にも及ぶ。そしてその内の約三〇〇〇万円が国民の健康保険料により負担されることになるのだ。更には現在その薬を必要とする患者が五万人もいるというのだから、国が滅ぶと声を高らかに上げる議員が出てくるのも理解できなくはない。

では、どうしてオプジーボはそんなに高くなってしまったのか。もちろんそれには厳然たる理由がある。まず、この薬の開発には一五年という長い年月がかけられている。その間に費やされた研究開発費は莫大なものであり、それが薬価に反映されているのだ。

しかしオプジーボの場合、値段が高い理由はそれだけではない。その薬はもともとは悪性黒色腫の治療薬として開発されていた。従って、オプジーボの商品化が認められた時点では、その薬を必要とする悪性黒色腫の予想患者数は四七〇人に過ぎなかったのだ。しかしその後、オプジーボは様々ながんへの有効性が認められ、一部の肺がんにまで適応が拡大した。その結果、オプジーボを必要とする患者数は一気に五万人にまで膨れ上がったのだ。つまり、非常にニッチな市場に向けて開発された高額商品に対し、瞬く間に桁違いのニーズができあがってしまったのだ。

しかしそこで問題になったのは薬の値付けには政府が絡んでいるということだった。薬価の改定は基本的に二年に一度しか見直すことができないという制度が壁になったのだ。たとえそれが待ち望まれた夢の新薬であったとしても、このような状況が一年も二年も続けば、国が負担する医療費は天文学的な数字に跳ね上がってしまうことになる。メディアや議員たちが騒ぎ立てたのもある意味当然なことではあった。

そこで厚生労働省は、二年に一度の薬価改定時期を待たずしてオプジーボの価格を半値にまで引き下げることを決めてしまったのだ。これにて一連の高額医療費問題は一応の決着を見ることにはなったのだが、当然ながら長い年月をかけてオプジーボを開発した企業は大きなダメージを受けることになった。オプジーボが狙い撃ちになった格好ではあるが、それ以外にも値下げを余儀なくされた薬もあったため、その影響は製薬業界全体に波及したのである。

それがオプジーボをめぐる一連の高額医療費問題における、一薬学生としての薫の解釈だった。

コルクを抜く甲高い破裂音が室内に心地よく響いた。

ワインボトルとグラスを手に持った宮松がダイニングからやって来て「まったくいい迷惑ですよねえ」と言いながら再び薫の前に座った。

オプジーボの話はまだ続いているようだ。

「まるであの薬やそれを開発した製薬会社が悪者扱いされているような印象さえ、世間に与えてしまいました。製薬会社だって企業です、利益を出さなければなりません。そして需要が増えれば量産体制を作って価格を下げ、商品普及のための企業努力をするのが必然なのです。だって市場を独占できればさらなる利益が見込める訳ですから。しかし今回の政府の対応はあまりにもお粗末でした。これ、どういう意味かわかりますか、お嬢さん」と宮松はワイングラスに口をつけた。

もはや息子の恋人はお嬢さん呼ばわりとなっている。

由乃は複雑な表情を作って首をかしげるのが精一杯だった。

「国が民間企業の商品価格を勝手に引き下げる、なんてことがまかり通ってしまうなら自由競争の原則は壊されてしまうということですよ。もし投資家たちがその業界を見限ってしまえばどうなってしまうと思いますか？　彼らは開発費を確保できなくなってしまいます。ひいては研究者たちの商品開発意欲が削がれて、今後あのような素晴らしい薬は開発されなくなってしまうんです。我が国が資本主義社会である限り、自由競争の原則は守らなければならない。そうは思いませんか？」と宮松は言い、今度は薫を見た。

あくまでも製薬会社の側に立った意見のように聞こえるが、宮松のような投資家にとっては薬も電化製品も同じように見えているのではないだろうか、と薫は思った。

「確かに彼らが開発意欲を失ってしまうようなことがあれば、一番困るのは患者さんでしょうし、めぐりめぐっては国民一人一人にも跳ね返ってくる問題になると思います。特に治療方法の選択肢が少ない病気では、新薬の登場だけが頼みの綱というのが現状でしょうから。ただ、製薬会社の人は儲けたくて仕事をしているのではなく、人助けをしたくて仕事をしている人もいると僕は思っています」と薫は答えた。

なぜか美憂が何度も大きく頷いた。

「いやあ、さすが薬学部の学生さんです。お兄さんもお嬢さんも、将来はきっと安泰ですな。いやいや、製薬業界は今後もしばらくは安泰でしょう。この業界、特にこれまで難病と言われてきた病気の治療薬の開発に関しては、もっともっと伸びて行きますよ。あなたたちもドラッグストアに突っ立ってるような薬剤師になんかならないで、研究者になって一儲けされるといい」と宮松は嗄れた声を引き延ばすように笑った。

薫はこの会話が息子を失った親とその親友と恋人が交わす内容として正しいのだろうかと思いながら、中トロを口の中に入れてビールで流し込んだ。正直、自分たちが歓迎されているのかどうかさえわからなくなっていた。

由乃は自分の居場所を探すことさえ諦めたように無表情のまま固まっている。

酔いが回っているのか、宮松の由乃を見る目は徐々に変わっていた。濁った黒目は由乃の胸元と膝のあたりを何度も往復している。由乃もその視線に気づいたようで膝にそっと手を置いた。美憂はそんな二人の攻防が面白くないようで、唇を不自然な形に歪めながらピンク色の壁時計を確認し始めている。

芹澤がどんな家庭で育てられたのかと想像し、それに恥じないように着飾ってきた由乃の気持ちを思うと薫は胸が痛んだ。この辺で失礼したほうが良いのかもしれないが、肝心な芹澤の話を一つも聞けぬまま帰れば心残りになりそうだったため、思い切って自分から尋ねてみることにした。

「あの、芹澤さん、いやノエルくんは高校を卒業するまでこちらで……」

薫の言葉は玄関が開く音に打ち消された。大きな扉が閉まり、ズカズカと廊下を歩く足音が近づくと、リビングダイニングに人影が現れた。

「ああ、お帰り。あれは娘のライムです、高校二年、ああ違った一年生」と宮松は嗄れ声でその子を紹介した。

正しく聞き取れたか自信はないが、制服姿のその子はライムという名前らしい。ライムは鞄を床に放り投げるように置くと、艶やかな黒髪をダイニングテーブルの上にのせるように頬杖をついて座り込んだ。大きな瞳は瞬きもせず、じっとこちらを見つめている。

娘だと紹介されたものの、宮松と彼女は似ても似つかなかった。四肢は体からすらりと伸び、肌は透き通るように白く、整った目鼻立ちは高校一年生とは思えないほど大人びていた。もし彼女が制服を着ていなければ、由乃より年上に見えるのではないだろうか。

だが美憂の子供だとすればライムは大き過ぎる。となると前妻との間にできた子供のはずだが、もしや芹澤と同じように里子なのではないかと邪推するほど、宮松とライムは似ていなかった。

美憂は客に挨拶もせずに黙って座り込んでしまったライムを叱ることもなく言った。「ライムちゃん、昨日も話したでしょ、こちらはノエルくんのお友達だった人たち。あ、冷蔵庫にあなたの分のお寿司が入ってるから好きに食べてね」

ライムは美憂の言葉に一切の反応を示すことなく、頬杖をついたままピクリとも動かない。それどころか、その大きな瞳はじっと薫を見つめている。いや、睨《にら》みつけているといったほうが正しいかもしれない。

美憂の小さなため息が宙に浮かんだ。

宮松はそんな美憂とライムのやりとりに口を挟むように、先ほどの薫の質問に答え始めた。

「ええっと、ノエルの話でしたね。そうです、彼が六才の時に里子として迎えました。うちは結婚したのが遅かったこともあって、なかなか子供には恵まれなかったものでして。

ああ、前妻の話ですよ」

美憂は口元を突き出すようにしてネイルを眺め始めた。彼女にとっては面白くない話のようだ。芹澤の話題がこれまで出なかった理由がわかった。

宮松は美憂の仕草に気づくことなく続けた。「それで養子縁組も視野に入れつつ、まずは里親になってノエルを育てることにしたのです。まあ育てると言いましても、ノエルはできた子でしたから初めから手なんてほとんどかかりませんでしたけどね。むしろ、私たちのほうが彼とどう接すれば良いのかわからなくて。正直言いまして、人の子を育てるというのは私たち夫婦が思っていたほど簡単ではありませんでした。でもノエルは違いました。私たちが遠慮していることが伝わったのか、彼のほうから近づいてきてくれたんです。決して、すり寄ってきたとか、物をねだったりとか、そういう意味ではなくてね、私たちに光を与えてくれたとでも言いましょうか、彼のおかげで一つの家族が完成したようでした。小さいけれど、温かくて幸せな家庭でした。おかげで私も妻も、ああ前の妻ですが、徐々に親としての自覚を持つことができるようになりました。

先ほども言いましたように、私たちは当初からノエルを養子縁組することを考えていましたし、彼にもその話は早い段階からしていましたので、それはお互いにとって自然な成り行きだと思っていました。なにしろ彼が高校を卒業するまで一二年もここで家族として暮らしたんですから当然ですよね。でもね、最終的には断られてしまいました。彼はね、もともと高校を卒業すると同時に自立することを決めていたようです」

宮松は空いたグラスにワインを注いで続けた。

「あの時は私も辛かったですねえ。特に妻が悲しがっていました。でもね、ちょうどその頃なんですよ、妻がライムを妊娠したのは。もしかするとノエルはそれが原因でこの家に居づらくなってしまったのかもしれません。彼が家を出て行ったのは妻の妊娠がわかった後でしたから。ただ、ノエルはライムのことを本当の妹のように可愛がっていましたから、家を出たあともしょっちゅう遊びには来ていました。まあそれも、妻が亡くなるまでの話ではありますけどね。以来、ノエルはぱったりと姿を見せなくなってしまいました」

美憂の眩いネイルが宮松の耳を覆うように包み込んだ。耳打ちをしているようだ。

「うん、そうそう。これから話そうと思って」と宮松は孫に話しかけるような口調で美憂に返し、芹澤の話を続けた。

「あれは五年ほど前のことです。ある日ぷらっとノエルがうちに現れたんですよ。それで菓子折りなんか差し出して、大学に入りたいので保証人になって欲しいと頭を下げられました。私は、自分の家に帰るのに菓子折りなんて持ってくるもんじゃないって言ってやりましたけどね、本音は嬉しかったです。だって小さな頃からノエルが私に頼みごとをするなんてありませんでしたから。私はもちろん快諾しました。学費も工面してやるぞと言ったのですが、そこはきっぱり断られてしまいましてね。学費はもう自分で稼いだから大丈夫だと、聞く耳さえ持ってくれませんでしたよ。ご存知の通り、私大の薬学部の学費はかなりの金額です。きっと高校を卒業した後、必死に働いてお金を貯めたのでしょうね。今思えばですが、彼は小さな頃からそういう男でした。人に頼ることができない性格なんです。結局、私がノエルと会ったのはその日が最後となってしまいました。それっきりです」

宮松は天井にぶら下がるガラスの装飾がふんだんにあしらわれた照明を見つめたまま口を閉ざした。

リビングに沈黙が流れた。

由乃は宮松の次の言葉を待っているようだった。どのような感情が彼女を支配しているのかはわからないが、固まっていた表情は少しだけ弛緩《しかん》していた。

美憂はネイルと壁時計を何度も交互に確認している。

薫は部屋の隅に目を向けた。ダイニングテーブルに座るライムは、頬杖をついた姿勢のままじっとこちらを見つめていた。いや、その澄んだ瞳は薫を凝視していた。自意識過剰なだけだろう、と薫は視線をライムから大きくそらしてもう一度目をやった。だが、その瞳は明らかに薫だけを射抜いていた。薫は慌てて視線を外した。

まるで、部屋にいる全員が別々の種類の沈黙を身に纏っているようだった。

薫は沈黙とライムの突き刺さるような視線に耐えかねて、許しを乞うように由乃の顔を覗いた。

由乃は黙って頷いた。

薫と由乃はあらためて自分たちの連絡先を残し、宮松家を後にした。

その喫茶店は浜松町駅近くの寂れた商店街の外れにあった。両側を雑居ビルに挟まれたその小さな木造の建物は、全面がツタで覆われていた。春になれば青々とした葉が生い茂るのだろうが、今は冬のため壁や屋根に張り付いた茶色い枝と紅葉しきったような枯葉が疎らに残っているだけだ。窓さえもツタで塞がれてしまっているため、小さな看板が出ていなければここが店だと気づく人さえいないだろう。来る季節、いや時代を間違えてしまったのではないか、と思わず入店を躊躇うような佇まいである。

ぼくは、この喫茶店を選んだことが正しい判断であったことをあらためて実感した。

どう考えても自分とは接点がないという理由からこの店を選んだのだ。従って、ぼくは今日まで浜松町駅で降りたことさえない。また、前回まで利用していたような五反田駅前の騒がしいカフェではやはり人目が気になってしまうため、今回はあえて小さな喫茶店を待ち合わせ場所として指定したのだ。

店内には壁に染み込んだ煙草の匂いと、中年が放つ松ヤニのような加齢臭が混ざり合った匂いがこもっていた。ツタのせいで窓を開けられず、換気が十分にできていないのだろう。だがぼくはこの匂いが嫌いではない。外観からは想像できなかったが、店内は思っていたよりも奥行きがあり、狭さを感じることはなかった。テーブルの形をしたテレビゲームが壁に沿って並び、背もたれのない赤黒い生地の四角い椅子がそれを囲んでいた。ぼくが座る窓側の席にもそのゲームテーブルは設置されている。電源は抜かれているようだが画面の左右に書いてある説明を見る限り、ポーカーゲームができる機種のようだ。

いつの時代かは知らないが、当時は街中にこんな喫茶店が溢れていたのだろう。テレビ番組で、まさにこんな店で髪を肩まで伸ばした若者たちがゲームテーブルに熱中しているモノクロ映像を見たことがある。ぼくはこの喫茶店に入った時からなぜか店内がモノクロに見えているのだが、恐らくはその記憶が影響しているのだろうと理解した。

ゲームテーブルの上には、ぼくが注文したカフェラテとまだ湯気が立っている紅茶が置いてあり、その先にはazu_cherry1116の姿があった。年は三〇才前後だろうか、モノクロの世界で彼女だけが鮮やかな色彩を放っている。と言っても、ケバケバしい服装をしているという訳ではない。azu_cherry1116は淡いグリーンの花柄が施されたシフォンブラウスに、そのセットアップで購入したに違いない丈の長いキュロットスカートを着け、ほつれ一つない厚手のコートとブランドバッグを隣の椅子に置いている。ピンとしなやかに伸びた背筋、自然で嫌味のないメイク、明るく艶やかに手入れされた髪、その全てに品があり洗練された美しさが宿っていた。だが、足元には明るい色のスニーカーを履いているため堅苦しく見えることはなかった。日頃からファッションに気を使っていなければこのようなコーディネートはできないはずだ、とぼくは思った。

ここがモノクロの店内でなくともazu_cherry1116の存在が浮いていることは明白だった。ぼくは人目が気になって店内を見回したが、幸いなことに奥のカウンターで煙草を吸いながら新聞を読んでいるマスター以外には誰もいなかった。やはりこの喫茶店を選んだのは正解だったようだ。

azu_cherry1116はティーカップに口を付けると、音を立てないようにそっとゲームテーブルに戻して言った。「あの……」

ぼくは無意識のうちに身構えていた。お互いのアカウント名の確認と、飲み物を注文した時以外、ぼくたちはまだ会話らしい会話をしていなかったからだ。

「さしでがましいお願いかもしれませんが、本日薬を二錠いただくことは可能でしょうか」とazu_cherry1116は言葉の輪郭を一つ一つ確認するように言った。

全身から鮮やかな色彩を放っている彼女だが、なぜか瞳の中だけは色彩が存在していなかった。

ぼくは少し間を置いてから答えた。「それはできません。もしあなたが目的を達成したあと、もう一錠が残ってしまうようなことがあれば、薬の存在は世間に知れてしまいます。また、ほかの誰かにそれを渡すようなこともされたくはありません。もしあなたの言葉が、確実に目的を達成するために二錠欲しいという意味であれば、その心配はご無用です。一錠で、なんの痛みもなく、安らかな眠りと共に確実に目的は達成できます。ですが私はまだあなたにそれを差し上げるとは一言も言っていません。あなたがどれほどまでにそれを必要としているのか、お話を伺ってから考えさせていただくつもりです」

「礼儀を欠いた質問をしてしまいました。どうかお赦《ゆる》しください」とazu_cherry1116は自分の発言を悔いるように深々と頭を下げた。

ぼくは彼女を傷つけてしまったのだろうかと不安になり、できるだけ優しく言った。「決してあなたを責めるつもりではなく、力になりたくてここへ来たのです。よかったら聞かせてもらえますか？　それが必要な理由を」

azu_cherry1116は頭をゆっくりと上げて言った。「ありがとうございます。うまくお伝えできるかはわかりませんが、お話しさせていただきます」

ぼくはカフェラテを口に含み、モノクロの世界で一人だけ色彩を放つazu_cherry1116の言葉に耳を傾けた。

「私は家族というものを知らずに大人になりました。両親について唯一残っている記憶といえば、凍えるような車内の後部座席で彼らの腕に強く抱きしめられていた感触くらいです。ですから、私は親の顔さえよく憶えてはいません。両親にどのような事情があったのかは知りませんが、私たち家族は私が三才の時に無理心中をしたのです。しかし、私だけが残されてしまいました。父と母に強く抱きしめられていたために、私だけが二酸化炭素をうまく吸えなかったのが死ねなかった原因だったようです。以来私は両親がなぜそのような選択をしたのか、その理由をずっと探していました。それが、一人残された私の使命なのではないかと考えていたからです。そして、今になってようやくその答えを知りました。両親は、幸せになるための手段として死を選んだのです」

まっすぐに向けられたazu_cherry1116のモノクロの瞳には、ぼくではなく過去が映し出されているようだった。

「すみません、話が少し先に行きすぎてしまいました。その後、不運にも一人残されてしまった私は親族の家を転々としながらどうにか中学を卒業しました。最後に面倒を見てもらった親戚はすでに年金生活でしたし、私もそれ以上の面倒は見てもらえないとわかっていましたので、進学は諦めて働くことを決めました。ですがこの時代です。身寄りのない一五、六の少女を雇ってくれる人など見つかりませんでした。どんなに事情を話しても逆に怪しまれてしまうのです。私はこの国は裕福なのだと思いました。それならば裕福な人たちからお金を分けてもらおうと、出会い系サイトを利用して体を売りながらその日暮らしをしていました。

そんな生活を続けていたある日、街で芸能事務所の人に声をかけられました。それがきっかけで、私はカメラの前に立つお仕事を始めるようになりました。いわゆるＡＶ女優という職業です。スカウトされた時から普通の芸能事務所ではないと勘付いてはいましたが、寮を用意してくれると言われたため、私にはそれを断るという選択肢はありませんでした。もちろん、事務所には年齢を偽って仕事をしていました。私は自分の作品のパッケージや売れ行きを確認したりすることはありませんが、そこそこの人気はあったようで次第に仕事の数は増えていきました。今考えれば当然ですよね、当時の私の体はまだ幼い体そのものなのですから。特に私は発育が遅いほうでしたので、そういう趣味の人には需要があったのかもしれませんね」とazu_cherry1116は少女のような笑顔を見せた。

ぼくは見てはいけないものを見ているような気分になり、思わず目をそらして水を口に含んだ。

azu_cherry1116は続けた。「すみません、また話がそれてしまいましたね。そんな仕事を何年も続けているうちに、私もその世界では中堅女優と呼ばれるようになっていました。お仕事の数も落ち着いて、生活にも少し余裕がでてきました。夫と出会ったのはちょうどそんな時期です。アダルトビデオメーカーの会社員で、彼との間に可愛い娘もできました。私は家族というものを人生で初めて経験しました。帰る場所があって、求めてくれる人がいて、そして自分の存在を無条件に正当化してくれる。家族とはこんなにも素敵なものなのかと身に染みて知りました。私は旅行が好きで、主人は車が趣味ということもあり、家族三人でしょっちゅう遠くまで出かけました。その車内は決して凍えるような寒さではなく、両親に強く抱きしめられていた時の温かみに満ちていました。しかし、そんな幸せも長くは続きませんでした。私はまた一人ぼっちになってしまったのです。高速道路での事故でした。この足は、その時に失いました」

azu_cherry1116は片方のキュロットスカートの裾を膝下まで上げて見せた。

かわいいスニーカーの上にあるはずの足首はなかった。そこには黒い樹脂で構成された接合部と、パイプのようにまっすぐに伸びた銀色の金属があった。

ぼくは再び見てはいけないものを見てしまったような気分になり目をそらそうとしたが、彼女がスカートを下ろすまでその義足から目が離せなかった。

「その事故で私は自分の命よりも大切なものを失いました。それに比べればこんな足などどうでもいいのです。それなのに、この足のために様々なボランティアの方々が尽くしてくれました。入院中もリハビリ期間もその後も、彼らは一生懸命に私の世話をして下さいました。私はその時学びました、この社会には生きる以外の選択肢は用意されていないのだと。本意ではありませんでしたが、私はボランティアの方々のためにも生きるという選択肢を選ぶことにしました。そして、またビデオに出演することを決めました。しかしこの足です。中にはそういった趣味の人もいるようで数本は出演できましたが、それっきりお仕事はいただけませんでした。それも当然ですよね、義足を外してしまったら私は歩くことさえできないのです。むしろ共演者やスタッフの方々に迷惑ばかりかけてしまいました。そして、体を売ることしか能のない私は働き口も失いました。ねえセリーヌさん、いい迷惑だと思いませんか？」

ぼくはその質問の意味を捉えきれず、ぎこちなく首を固くして傾げるしかできなかった。

「私はこの命を二度も救われました。ですが、病室で目覚めるたびに一人ぼっちになっていくのです。救ってくださった方々には申し訳ありませんが、はっきり言っていい迷惑でした。私は助けなど求めてはいなかったのです、いや助けられてはいけない人間なのです。私という人間は、誰かに手を差し伸べられるたびに孤独になっていくのです。理解して欲しいとは言いません。しかしそういう人間もいるのです、この世には。ですから今は、なるべく人に関わらないように毎日を過ごしています。障害者認定というものを受け、年金を受給しているので生活にも困ってはいません。そういう意味では、私は三度も救われたことになります。この国はどこまで裕福なのでしょうね。私なんかより助けが必要な人はたくさんいるとは思いませんか？　だって私はそんな国で、ずっと死ぬことだけを生き甲斐にしてきたのですから。幼い頃からずっと」

azu_cherry1116が膝の上で握りこぶしを作ったためスカートの裾が上がり、再び樹脂の接合部が見えた。

彼女の言葉に嘘はない、とその義足が物語っていた。

azu_cherry1116の心は三才の時にすでに死んでいるのだ。彼女の言うように、死は幸せになるための選択肢だと考えている人もこの世界には確実に存在する。しかし、彼らはそれを声に出せない。なぜならこの社会で死にたいなどと発言すれば、それは心の病であると認定され、治療が必要な患者として扱われることになるからだ。そして患者は社会に適応した状態、つまり生きることに前向きな健全な精神状態へと思考の再構築を迫られる。生きることが前提のこの社会では、彼女のような人たちの気持ちを理解できる人間などどこにもいないのだ。

ぼくは彼女が心の底から死を必要としていることを諒解《りょうかい》した。そして、誰かがそんな人の力にならなければならないのだとあらためて確信した。

「お察しします」とぼくは彼女のモノクロの瞳をまっすぐに見つめて言った。

続けてポケットから白い封筒を取り出し、その中に入った分包をゲームテーブルの上に滑らせた。小袋の中には一センチ弱の白い錠剤が一つ入っている。

azu_cherry1116の瞳はその薬に釘付けになった。モノクロだった彼女の瞳には色彩が宿っていた。

ぼくは間違った服用をされては困るので、その用法の説明をした。

全ての説明を聞き終わるとazu_cherry1116は言った。「承知しました」

彼女の視線は薬に向けられたままだった。

「人目がありますので、しまっていただけますか？」とぼくは言って周囲を確認したが、店には相変わらず客はいなかった。

azu_cherry1116は慌ててそれを掴むと握りしめるようにして膝の上に置いた。

彼女はしばらく自分の手を見つめていたが、何かに気づいたように言った。「あの、本当にお金はよろしいのでしょうか。先ほど申し上げましたように、私は生活には困っていませんし、そしてそれをもう使うこともありません。たとえばその資金を、私のように困っている人々のために役立てる、という意味で受け取っていただくことはできないでしょうか」

ぼくは予期せぬ彼女の提案に少し悩んだ。活動を続けるための資金という意味であれば、その意に反することはないと考えたからだ。だが、金の流れこそが一番の足取りになると何かの本で読んだことを思い出し、その提案は断ることにした。

「ありがとうございます。しかしお金のためにやっていることではありませんので、そのお気持ちだけで結構です」

「そうですか。それではせめてこちらのお勘定だけでも支払わせていただけますか？」

穏やかな表情をしたazu_cherry1116はその色彩を増しているようだった。安らかな死を手に入れたことで、彼女の輝きが増したのだ。

「それではお言葉に甘えさせていただきます。先に店を出ても構いませんか？」とぼくは席を立った。

「もちろん構いません。本日はまことにありがとうございました」とazu_cherry1116は深々と頭を下げた。

ぼくはその隙に店の出口へと向かった。

その時、紙を破くような音が耳に突き刺さった。ぼくは慌ててazu_cherry1116を確認した。しかし、彼女はすでにその薬を飲み終えていた。

全身から色彩を放っていたはずのazu_cherry1116は、店内と同化するように一切の色を失っていた。

ぼくは震えて言うことを聞かない膝を引きずるようにその喫茶店を出た。そして、義足のようなその足で見知らぬ街を全力で走った。

第４章　ＡＶ女優の死

イチョウの木は正門にしかないはずだが、裏門付近にある学生会館周辺には落葉を終え茶色く変色したその枯葉が数多く落ちていた。きっと学生たちの靴底が働き蟻のようにせっせと運んだのだろう。

図書館の隣に新設された学生会館は全館に無線ＬＡＮ環境が整っており、一階は自習スペースや談話スペース、コンビニや本屋、更には薬局が入っている。天井は吹き抜けで、大きな階段を上がると二階は全てが学食となっており、テラスまで含めればその席は優に五〇〇を超えるほどの広さがあった。食事は四つの店舗から選べるようになっており、学生たちは各自好きな店で注文して空いている席で食べるというフードコートのようなシステムになっている。中には本校の教授がプロデュースする薬膳カレー店まで入っているが、その店に行列ができているところは見たことがない。食べるものから生活雑貨まで、果ては無料の薬局まで、生活に必要なものは全て揃っているため学生会館はいつも多くの人で賑わっていた。

今日は年内授業最終日ということもあり、二階の学食はとりわけ混雑していた。学生たちの表情がいつもより心なしか上気して見えるのは、今日がクリスマスだからという理由もあるだろう。その上、大半の学生たちは国家試験が間近に控えている訳ではないので、週の初めあたりから早々に休日モードに切り替わっていた。本来ならば風船に入れるべきヘリウムガスが校内全体に充満しているように見えるのも当然かもしれない。

数納薫は風船のような学生たちをよそに一人で昼食をとっていた。テーブルの上には、豚しゃぶとグリーンピースのトマトソースパスタ、かぼちゃサラダ、一階のコンビニで買った納豆、ミックスナッツ、そしてオレンジジュースが並んでいる。決して偏食という訳ではなく、できるだけ自然な形でビタミンを摂取しようと考えたメニューがそれらだった。薫は数日前から度重なる立ちくらみと気怠《けだる》さを抱えており、今朝起きると昨夜まで一ヶ所しかなかった口内炎は三ヶ所にまで増殖していた。ビタミン欠乏症とまではいかないが、それが不足していることは明白だった。

それもそのはずで、薫はここしばらくの夕食にインスタント食品しか食べていなかったからだ。食べるものにほとんど拘りのない薫は、夕食でさえ冷蔵庫にお茶やビールを補給するように、とりあえず詰め込んでおくような感覚で済ませてしまう癖があった。人と過ごしている時間は別だが、一人でいる時間に限っては定食屋はおろか牛丼店やファストフード店に行くことさえ億劫《おっくう》となり、ともすれば家のゴミ箱は瞬く間にインスタント食品の残骸だらけになってしまうのだ。従って、今日の薫の昼食はその自省の表れとも言えた。

単なるビタミン不足であれば今の時代サプリメントでさっさと補ってしまえば良いという考え方もある。だが薬学を学ぶようになってからは、薫はその考えに違和感を持ち始めていた。サプリメントはあくまでも薬であって、食品ではないということを授業で学んだからだ。

日本において、人の口に入るものは薬か食品のどちらかとしてしか販売されていない。エネルギー源にはならないが体の調子を整える物質が薬、それ以外が食品と大別されているのだ。そして薬は薬機法に基づき、医薬品と医薬部外品とに分かれている。つまり医薬品に入るビタミン剤は立派な薬なのである。しかし今日の日本ではサプリメントはサプリと省略して呼ばれ、薬と食品の境界が曖昧になってしまっている。トクホと呼ばれる特定保健用食品や栄養機能食品などの保健機能食品が市場に多く出回るようになったことも、サプリメントという定義をより曖昧なものにしてしまったのかもしれない。しかしサプリメントという言葉の意味は、追加や補給である。体内で作ることができないために食べ物として摂取しなければならない物質、つまりビタミンやミネラルを追加または補給することこそがサプリメント本来の役割なのだ。

ちなみにビタミンは体内の酵素を助ける、補酵素を作り出す物質である。酵素とは生体内のほとんどの化学反応を触媒するタンパク質、つまり人間のエネルギーの源だ。その酵素を助けるためのビタミンが不足していることが原因で、体に様々な症状が現れる。ただし忘れてはならないのは、摂取すべきビタミンは微量で構わないということだ。しかもそれは三大栄養素と呼ばれる、炭水化物、脂肪、タンパク質を普段の食事から正しく摂取した上でなければ、どんなにそれらを補給したところで意味がない。もし過剰に摂り過ぎれば逆にビタミン過剰症やミネラル過剰症という別の症状に見舞われてしまうことにもなりかねない。サプリメントはあくまでも薬であり、用量と用法を正しく守った上で服用しなければ体に悪影響を及ぼす可能性さえあるのだ。とはいえ、毎日インスタント食品だけを食べ続けていた薫が偉そうに言えたことではない。薬学生は薬という言葉にいちいち敏感になり、能書きばかりが一人前になってしまうのが玉に瑕《きず》である。

薫が発泡スチロールのパックを口に押し当てて必死に納豆を押し込んでいると、成瀬由乃が前から歩いて来るのが見えた。彼女の予期せぬ登場に、薫は口を大きく開けたままの姿勢でぴたりと固まってしまった。

糸を引いた納豆だけがスローモーションのように落ちる中、通り過ぎていく由乃と視線が重なった。一瞬ではあるが、由乃の顔がほころんだような気がした。いや、テーブルに落ちていく納豆に反応しただけかもしれない。だが、どんな理由であれ由乃が薫に対してなんらかの感情を示してくれたことが嬉しかった。

芹澤ノエルの里親だった宮松家へ訪れた次の日から、由乃からの連絡はぱったりと途絶えていた。当然ながらその間に彼女が薫のマンションに泊まりに来ることもなかった。薫は大学内では由乃に話しかけることができないため、その理由を尋ねることもできずにいた。もちろんスマートフォンを使えばメッセージを送ることはできる。だが、薫はそれをじっと堪えていた。なぜなら、今の由乃に必要なのは時間であり、彼女が望むことの一切を受け入れてくれる許容《きよよう》だからだ。

二週間前、由乃はその許容を求めて宮松家を訪れた。彼女にとって息子を亡くした両親と過ごす時間は、芹澤と過ごすことが許された時間そのものだった。そしてそれは、彼女の痩せ細ってしまった感情に僅かばかりの栄養を与えてくれるはずだった。だが、宮松家の家族像は由乃が想像していたそれとは大きくかけ離れていた。由乃が期待していた時間はそこには存在しなかったのだ。

決して宮松家が息子の恋人と友人を歓迎してくれなかったという意味ではない。むしろ彼らはありのままの姿でできる限りのもてなしをしてくれた。ただ、お互いの望むものが少し違っていただけのことである。由乃も薫も、芹澤の里親という家族像を各々の理想にはめ込み、それを一方的に期待してしまったのだ。しかし由乃にとってそれは、芹澤との時間を継続することができる数少ない繋がりを失ったことにほかならなかった。

由乃の落胆は薫にも容易に想像することができた。薫は何度もスマートフォンを手にしては、それをもとの場所へと戻した。彼女が薫を求めていないのであれば、それは救いにはならないからだ。今の由乃に必要なのは、彼女の傷が修復されるまでの時間と、彼女の全てを許容できる受け皿なのだ。無責任に手を差し伸べることだけが優しさではない、と薫は自分に言い聞かせていた。

今年はもう由乃と会うことはできない、いや関係などすでに切れているのかもしれない、もし彼女がそう望んでいるのであれば、薫はそれを受け入れる覚悟さえしていた。それだけに、年内授業最終日に彼女と視線が重なっただけでも、薫の心はヘリウムガスを思い切り吸い込んだように膨らんでいた。

薫がせっせとビタミンを摂取していると、学食の入り口のあたりから微かなざわめきと失笑が聞こえてきた。音のするほうを辿ってみると、そこには白衣を着た丸川の姿があった。背が低いためちょうど良いサイズの白衣がないのか、ぶかぶかのロングコートを着ているようにも見える。丸川は誰かを探しているようで、首ふり人形のように頭を動かし、長い袖を振り回しながら歩いていた。気の毒な言い方ではあるが、遠くから見るとジタバタしている子供にしか見えなかった。

丸川は学食内に並んだテーブルを一列ごとに確認するようにチョコチョコと歩き、学生たちはその後に続くように失笑のウェーブを作っていった。しかし当の丸川は学生たちの反応など微塵も気づいてはいない様子でジタバタと歩き続けていた。

やがて丸川は薫が座る席に近づき、子供が気をつけをするようにピタリと立ち止まった。

薫は自分と同じテーブルに座る学生に用でもあるのだろうかと周囲を見回した。だが、誰一人として丸川と目を合わせている者はいなかった。

薫は恐る恐る丸川を窺った。

丸川のクリクリした瞳は、薫をまっすぐに捉えていた。

同時に、周囲の学生たちの視線も薫に向けられていた。

「数納くん、だよね」と丸川は甲高い声で言った。

「はい」としか薫は答えようがない。

「そう」と丸川は言い、気をつけの姿勢のまま薫の昼食を見つめて続けた。「なに、ビタミン足りてないの？」

「まあ、そんなところです」と薫は答えるしかない。

丸川はしばらく昼食を見つめていたが、ふと何かを思い出したように言った。「今日は六限まであるんでしょ。終わったら、僕の研究室に来てもらってもいい？」

学食内がしんと静まり返ったような気がした。

「はあ、わかりました」と薫は蚊の鳴くような声で答えた。

薫の言葉を確認した丸川はロボットのようなターンを披露して、白衣をはためかせながら学食を去っていった。

学食には今年最大の失笑と、彼が床に残したイチョウの枯葉が残っていた。学食中の学生たちの視線が薫に向けられていることは確認するまでもない。薫は席を立ち上がろうかとも思ったが、せっかくのビタミンを捨てる訳にはいかないとそのまま摂取を続けることにした。

食事を再開してしばらくすると、スマートフォンがメッセージを受信したことを伝えてきた。どうせ携帯キャリアからのお知らせメールか何かだろうと薫は思ったが、いまだに残る周囲の熱い視線に目のやりどころを失っていたため、少しだけ救われた思いがした。

『今日、泊まりにいってもいいかな？』

メッセージは由乃からだった。

薫は振り返って由乃に直接返事をしたい気持ちを必死に抑えて、そのメッセージに返信をした。

『もちろん！』

薫はビタミンのことなどどうでもよくなって、ヘリウムガスを吸い込んだ風船のような足取りで学食を後にした。


クリーンキャップにマスクにゴム手袋。

もし白衣が割烹着《かっぽうぎ》なら僕は食品工場か給食センターの従業員にしか見えないだろう、と薫は誰もいない丸川の研究室で実験器具の洗浄作業を続けていた。

ビーカーやフラスコ、ガラスのストローのようなピペット、軟膏を混ぜ合わせるためのへラ、薬剤を吸い上げるための注射器、菌を培養するためのシャーレなどの実験器具を一つ一つ丁寧に洗浄し、エタノールを吹き付けて殺菌、仕上げに精製水をかけていく。薫は棚の奥に押し込められた実験器具を全て取り出し、その作業を繰り返していた。実験器具は薄いガラスでできており、食器と同じように洗うと簡単に割れてしまうことがあるので慎重に扱わなければならなかった。ちなみに、実験器具が薄いガラスでできている理由は、温度の変化に強いからだ。分厚いガラスは素材そのものが膨張してしまうため、急激な温度変化を加えるとすぐに割れてしまうのだ。

さて、そんな重労働を薫に押し付けた当の丸川は、ラットたちの小屋の掃除をすると言って隣の部屋に閉じこもったままだった。

薫は煌々と輝く蛍光灯の下で、しかもクリスマスの夜に、丸川の研究室で実験器具の洗浄を手伝わされている理由を一人考えていた。

そもそも薫と丸川に面識はなかった。彼の科目を履修してはいるものの、会話をしたことは一度もない。薫と丸川の間に接点があるとすれば、それは芹澤ノエルということになる。芹澤は丸川の基礎薬学研究を取っており、彼の研究の手伝いをしていたからだ。もし丸川が薫と芹澤の仲を知っていたのであれば、呼ばれた理由は年末の大掃除の手伝いをさせるためだけではないだろう。それだけが目的であれば、わざわざ面識のない学生を呼び出す必要な

145

どないからだ。丸川は芹澤の情報を求めて薫を呼び出した、と考えるのが一番すわりがよかった。

だが実のところ、薫も丸川と接触する機会を窺っていた部分はあった。薫は芹澤の死因についての情報を何一つ持っていなかったからだ。芹澤がこの研究室から薬剤を盗み出し、それを服用して自殺を図ったというのは、学内で囁かれていた噂でしかない。また、当時警察が大学に来たという噂も流れており、学校側が彼の死をどう処理したかさえ知らなかった。知る術がなかったのだ。薫は芹澤がなぜ死に向かったのかではなく、どう死に至ったのかを知りたかった。芹澤が死に向かった理由については理解しているつもりだった。だが、死に至る方法に関しては未だ何も知らないままなのだ。芹澤は本当にこの研究室から持ち去った薬剤で自殺したのか、せめてそれだけでも知りたかった。そして薫が考えうる限り、それを知る人物こそが丸川だった。しかし自分の研究室を出入りする学生が自殺した話など丸川と面識のない薫ができるはずもなく、ずっと二の足を踏んでいたのだ。今日の学食での呼び出しは不自然ではあったが、薫にとっては自然な形で丸川から芹澤の死因を聞き出すことができる機会を得たということでもあった。

薫が最後のシャーレに精製水を吹き付けると、隣の部屋の扉が開き丈の長い白衣を着た丸川が現れた。

「ちょうど今終わったところです」と薫は丸川に言った。

丸川は薫の言葉には反応を示さず、小さな歩幅でバタバタと足音を立てながら分包機へと向かい、そこに白っぽい粉末を丁寧にセットしてそのスイッチを入れた。続いて近くにあったコーヒーメーカーのスイッチを入れると、ようやく返事をした。

「ありがと、助かった。白衣はその辺に置いといてくれればいいから」と丸川は着ていた白衣を薫が殺菌したばかりの調剤台の上に脱ぎ捨てた。

丸川はブランドの名前がでかでかと記されたタートルネックセーターに、安っぽい作業ズボンを穿いていた。

薫も丸川に倣って白衣やマスクを同じ場所に置いた。フリースにジーンズというお決まりのスタイルではあるが、重労働とマスクの息苦しさからの解放感で身が軽くなったような気がした。

ほどなくしてコーヒーができあがると、丸川はそれをカップに注いで薫に渡した。

一仕事終えた後だからだろうか、そのコーヒーは由乃が淹れたコーヒーに匹敵するほど美味しかった。澄み切った深みがあり、喉元を通り過ぎてもその香ばしい香りは薫の鼻腔に心地よく残っていた。

「とても美味しいですね。コーヒーに詳しい訳ではありませんが、いい豆を使用しているんですか」と薫は言った。

「いや」と丸川は裏声で即答して続けた。「学生会館の一階で買った普通の豆。精製水で淹れたから水の雑味が消えて豆の味が強調されてるんだと思う」

精製水とは、水道水から不純物を取り除いて殺菌した実験用の水のことである。

「こういう使い方があるんですね」と薫は言い、今夜早速由乃に教えてあげようと海馬《かいば》にそれをインプットした。

薫の感心をよそに、丸川は直角ターンを決めて分包機へと向かって戻って来た。

「ほい」と丸川は小袋が帯状に連なった分包を薫に差し出した。

それぞれの分包の中には白っぽい粉薬が均等に入っている。

「これは？」と薫が言った。

「ビタミン、足りてないんでしょ。諸説あるけどね、経済的に考えるのであればサプリで補給するのが一番早いと思うよ」と丸川は大きな目をギョロつかせながら言った。

薫はサプリメントについての自分の考えを否定された気分にもなったが、年末の大掃除を手伝わされた報酬としてありがたく受け取ることにした。

「ところで、数納くんは芹澤くんと親しかったんだよね」と丸川は言い、コーヒーカップに口を付けた。

「ええ、学内では唯一の友人でした」

「そう……」と丸川は天井を見上げた。

調剤台の上に置かれた丸川のコーヒーカップには、コーヒーではなく透明の液体が入っていた。精製水のようだ。コーヒーはわざわざ薫のために淹れてくれたようだ。やはり、丸川に呼ばれた理由は芹澤に関することで間違いはなさそうだった。

しばらくの沈黙の後、丸川は再び直角ターンを決め、自分のデスクからタブレット端末を取り出して戻って来た。続いてタブレット端末を手際よく操作し、それを調剤台の上に置いた。

「読んでみて。ここ、この記事」と丸川は短い指で画面を指した。

薫は掴みどころのない丸川のリクエストに戸惑いながらも、タブレット端末を持ち上げて画面に目を落とした。

どうやらスポーツ新聞社が運営するブログ形式のニュースサイトのようである。記事のタイトルには『元ＡＶ女優の不可解な死』と書かれていた。どう考えても芹澤に繋がる内容だとは思えない。それどころか、クリスマスの夜に丸川と二人きりで共有する情報としては悪い意味で刺激があり過ぎる。だが薫はそのタイトルに下衆《げす》な好奇心を抑えきれなくなってしまい、言われた通りにその記事を読んでみることにした。

記事は次のように書かれていた。

『◯月◯日午後4時頃、芝大門の商店街にある喫茶店で意識不明の女性が発見され病院へ運ばれたが、その到着を前に息を引き取った。愛宕《あたご》警察署の調べによると女性の名前は倉敷あずささん29才（後にその女性は元人気AV女優の水羽《みずは》こささんだったことが判明）で、喫茶店内で大量の睡眠薬を飲んだことが直接的な死因とみられている。喫茶店の店主が倉敷さんを発見した時は店内に客はいなかったそうだが、入店時は待ち合わせをしていたと思われるもう一人の客と同じ席に座ったという。しかし店主は注文を受けた後はずっと昼寝をしており、その場にいたというもう一人の人物についてはよく覚えていないと警察に説明をしているようだ。倉敷さんが所持していた鞄の中には心療内科から処方されたと思われる大量の睡眠薬と遺書らしきものが入っていたため、愛宕署は自殺という線で調べを進めているが、現場に居合わせていたもう一人の人物の行方も探している。喫茶店での服毒自殺という死に方は不可解としか言いようがないが、水羽ここファンにとっては悲しい訃報であることに変わりはなさそうだ。』

記事を下のほうにスクロールさせていくと、彼女の死を悼む読者からのコメントが数多く寄せられていた。

「数納くん、知ってる？」

「残念ながら知りません。人気あったんですね」と薫は答えた。

「そうじゃなくて」と丸川は声を裏返した。

「あ、この事件のことですか？　いや、まったく知りませんでした」と薫は慌てて言った。

「そう、逸材だったんだけどな……君はどう思う？」

やはりこのＡＶ女優を知っているか、という質問なのだろうか。いや、ここは事件についての質問として答えておいたほうが無難だろう。クリスマスの夜に丸川と二人きりでＡＶの話はしたくはない。

薫はできる限り真面目に答えることにした。「喫茶店で薬を飲んだという部分がよくわかりませんね。彼女は死ぬ気などなかったのではないでしょうか」

「ほう。聞かせて」

丸川は腕組みをして完全に聞く姿勢に入ってしまった。

薫は仕方なく続けた。「服毒自殺は、薬剤の知識がない人にはハードルの高い死に方だと僕は考えています。この記事に書いてある通り、彼女が病院で処方された睡眠薬を大量に服用したとしても、恐らくそれは効力や副作用の少ないベンゾジアゼピン系薬物でしょう。たとえ一ヶ月分のベンゾジアゼピンを一気に服用したとしても、それが致死量を超えるとは考えづらいです。逆にそんなことをすれば、臓器や脳に重度な障害を与え後遺症が残る恐れがあります。最悪の場合、植物状態になってしまう危険さえあるでしょう。ただ、今申し上げた内容は僕が薬学部の学生だから知っているのではありません。ネットで調べた情報です。この程度の情報であれば、今の時代いくらでもネットに転がっていますから。ですので、もし彼女が本気で自殺を考えていたのであれば、それを知らないはずはないのです。つまり、彼女は死ねないとわかった上で、わざわざ喫茶店という人目につく場所を選び、それを服用したのではないでしょうか。彼女は誰かを困らせようとしてそれを実行した。しかし運悪く、何か別の要素、たとえば持病やほかの薬との飲み合わせなどの要因が重なって、その結果亡くなってしまったというのが僕の考えです」

薫は手に持っていたタブレット端末をそっと調剤台の上に戻した。

丸川が腕組みを解いて言った。「彼女は誰かを困らせようとして自殺を試みた……数納くんも今朝来た警察と同じ意見か」

「警察？　が、先生を訪ねて来たんですか」

「ああ、愛宕署ではなく大崎署だったけどね。芹澤くんが亡くなった時に来た刑事だった」

「あの」と薫は丸川の言葉を遮るように言った。丸川の話を聞く前に、どうしても確認しておきたいことがあったからだ。「芹澤さんは、やはりここにある薬剤を持ち出したのでしょうか」

「そうか」と丸川はため息をつくように言うと、カップに残っていた精製水を飲み干してコーヒーメーカーへと向かい、そこにコーヒーを淹れて戻って来た。

コーヒーは薫のためだけに淹れてくれたという訳ではなさそうだ。

丸川は湯気の立つコーヒーを眺めながら言った。「そういう噂が学内に広まってしまったのも無理はないか。確かに芹澤くんが亡くなった当時、一度だけ警察が来た。でもね、彼らに聞かれたのは、亡くなる前の彼の様子だとか、大学内での生活態度だとか、そんな形式的な質問だけだったんだ。警察も面倒臭そうに質問していたよ。実際、お決まりの質問が終わるとすぐに帰ってしまったからね。もちろん、彼が研究室から何かの薬剤を持ち去った可能性についても聞かれたけど、私はきっぱりとないって答えたよ。だってこの部屋には自殺に使用できるような薬剤なんて保管されてないからね。あったとしても、ラットに使用する程度のごく微量の薬剤だけだ。そうそう、当時研究室からラットが一匹いなくなっていたことは警察には言わなかった。芹澤くんを庇った訳ではないけど、彼らもラットのことなんて興味なさそうだったから」

「そう、だったんですか」

薫は全身の力が抜けたように調剤台に手を突いた。僅かばかりでも芹澤の汚名が雪《すす》がれたような気がしたからだ。

「そもそも学生が研究室から薬剤を持ち出して服毒自殺するなんて、できすぎた話だと思わないか？　警察でさえそう言ってたんだ。にもかかわらずだ。彼らは半年ぶりにここへ来て、当時この部屋から消えた薬剤を具体的に教えて欲しいとか言い出した」と丸川は眉を思い切りひそめた。

「でも、この部屋には自殺に使用できるような薬剤はないんですよね」と薫は念押しするように言った。

「もちろんない。だが第二校舎の薬剤保管室にはある、ありとあらゆる薬剤がね」

薫は胃酸が沸騰するような不快感を覚えた。

丸川は続けた。「私も他の研究室の先生がたも、部屋にない薬剤が必要となれば当然保管室まで取りに行くことになる。ただご存知の通り研究室を抱えた先生は皆忙しいから、それを学生に取りに行かせるのは珍しいことではない。先生のサインが入った書類さえあれば、学生は保管室に入れるからね」

「芹澤さんも保管室に？」

「もちろん何度も行ってもらった。だからと言って芹澤くんが保管室から薬剤を持ち出したという証拠なんてどこにもない。もし一人の学生に対してそんなことを疑えば、それを黙認していた大学側に責任が問われることになってしまうよ。それに警察は、芹澤くんの部屋から海外通販サイトで購入したと思われる睡眠薬を多数発見したと言っていたしね」

薫は初めて聞く情報に目眩がしそうになったが、大きく息を飲み込んで丸川との会話に意識を集中させた。

「では、なぜ今になって警察が来たのでしょうか」

「水羽ここの件はね、私も今朝初めて警察から聞いたんだ。君に読んでもらった記事は彼らが帰った後に私が探したものだ。彼らは、薬物で彼女のような死に方が可能なのか、というアドバイスを求めて私のもとへ来たようだ。もっともそれは表向きの理由だろうがね。その証拠に彼女が亡くなった日、私がどこにいたのかと聞かれたよ。まあ、本気で私を疑っているようには見えなかったけど、正直言って気分は悪かった。更には水羽ここの一ファンとしても、とても残念な気持ちになったよ。奴らは彼女の気持ちなどわかろうともしていなかった。だからね、突然現れて人の気持ちを弄《もてあそ》ぶ無責任な奴らに、私は自分の見解をはっきりと示してやったんだ」

語尾が盛大に裏返った。

丸川は昂った感情を抑えるように目を閉じ、呼吸を整えて続けた。

「実は私も警察から水羽ここの話を聞かされた時は、君や奴らと同じように彼女は死ぬつもりはなかったのではないかと考えたんだ。どこを探したって、喫茶店で服毒自殺を図るなんて話は聞いたことがないからね。しかしだ。彼女に対する見方を少し変えてみると違った真実が見えてくる。どういう意味か、わかるかい？」

薫には皆目見当がつかなかった。

丸川は薫の表情を読み取ったのか、答えを待たずに言った。

「彼女には一刻も早い死が必要だった、と考えてみたらどうだろう。話は大きく変わってこないかい？　あくまでも仮定の話ではあるが。服用して比較的早い時間でなんの苦痛もなく安らかに死ぬことができる薬が存在するとしたら、いやもっと簡潔に言おう。飲むだけで確実に死ねる薬が存在するのであれば、それを服用する場所など気にする必要はないと思わないか。なぜならそれを飲んだ人の時間はそこで止まってしまうのだからね。むしろ人目につくところで死んだほうが、自分の遺体を早く片付けてもらえる程度にしか考えないはずだ。要するに、彼女は一分一秒でも早く死にたかった。それほど死を渇望していたということだ。まあ水羽ここのファンなら誰もが、彼女の不遇の人生や抱えていた苦悩は知っていることだけど」

薫は脊椎が凍ったような悪寒《おかん》を覚えた。しかしそれは、丸川の得体のしれない顔つきに対してではない。丸川の言葉の全てが、生前の芹澤ノエルの言葉と繋がってしまうからだ。飲むだけで確実に死ぬことができる薬、それは芹澤が欲していた物にほかならなかった。

薫は開けてはならない箱をこじ開けるように丸川に尋ねた。

「先生なら、その薬を作ることはできますか?」

丸川は能面をつけたように無表情になり、淡々と薫の質問に答えた。

「難しくはないだろうね、致死量を超えれば確実に死ぬことはできるから。問題はそれに伴う苦痛をどのような方法で取り除くか、ということになる。たとえばその薬の主成分として、睡眠薬の中でも強い効力があるバルビツール酸を使用するとしよう。バルビツール酸が持つ呼吸抑制という副作用を利用して呼吸を止めるんだ。だがその場合、下手《へた》をすれば呼吸ができないという壮絶な苦しさに見舞われながら死んでいくことになってしまう。だからその苦痛を和らげるための成分も、あらかじめ混ぜておく必要がある。私なら鎮痛薬ではなく、神経遮断性の麻酔薬を選ぶだろう。死んでいく体を労わる必要はないからね。それと、飲んですぐに薬の効果を実感できることも大切だ。なぜなら、死ぬ覚悟をして飲んだのにその効果が現れるまでに何時間もかかっては、気が変わったり、本当に死ねるのかと不安を抱くことになるからね。となると、経口摂取でも比較的早く血中に到達するような物質が必要になる。私ならテトロドトキシンを使うだろう」

丸川は表情を変えることなく薫を見上げた。

「先生、もしかしてその話、芹澤さんにしたことはありますか？」

薫は自分の体が後退《あとずさ》りしていることに気づいた。

丸川は薫の質問には答えずに言った。「芹澤くんは君にそんな話をしたことはなかったかな。たとえば今私が君に話したようなこと」

能面からはその心中は読み取れなかった。しかしその言葉から、丸川が芹澤を疑っていることは明白だった。

薫は唇を無理やり開くように答えた。「いえ、まったく聞いていません」

「……そう、君ならなにか知ってると思ったんだけど」

丸川は冷めたコーヒーをカップの中で回しながら、それをじっと見つめていた。

「すみませんが、この後約束があるので」と薫は申し訳なさそうな表情を無理やり作った。

本当ならば今すぐにでも研究室を逃げ出したい気持ちだった。

「ああ、結構な時間になってしまったね。私はもう少しラットたちの世話をしてから帰るよ。今日は助かった、ありがとう」

丸川は今日四度目のターンを披露して隣の部屋へと消えた。

研究室を出てスマートフォンを確認すると、由乃からのメッセージが入っていた。

『マンションまで来たけどいないみたいだからやっぱり今日は帰るね。それと、食材を買ったんだけど持って帰れないので宅配ボックスに入れておきました。では、メリークリスマス&良いお年を』

メッセージが着信してから二時間近くが経っていた。

細胞をすり抜けるような冷たい風が目黒川を横切った。

クリスマスの目黒川沿いには若いカップルたちがそこかしこに点在し、皆が一様に中目黒方面に向かっていた。目黒川は桜並木で有名だが、数年前に行われたイルミネーションが大盛況だったようでその後毎年続けられるようになり、今ではすっかり冬の観光名所になっていた。イルミネーションは大崎周辺と中目黒周辺の二ヶ所で行われているため、カップルたちは皆大崎方面から歩いて来たようだ。ただ、五反田駅から西五反田までの区間にそのスポットはないため、山手通りの喧騒と無愛想な街灯に照らされた目黒川にはロマンのかけらもなかった。

薫は薄暗い川沿いをぞろぞろと歩くカップルたちに続くように一人歩いていた。

こんな夜はさっさと家に帰りたいというのが本音である。だが食材まで買って帰ることになってしまった由乃の気持ちを思うと、薫の足は自然と自宅から遠のいていた。それと、薫には頭を冷やした状態で今日の丸川の話を整理する時間が必要だった。由乃への罪滅ぼしという訳ではないが、丸川から得た情報は彼女にも正確に伝えたかったからだ。しかし今の由乃の精神状態を考えると、その説明の仕方や順番をよく考えて伝える必要があった。そのためにも、まずは自分の頭の中をきちんと整理しておかなければならないのだ。

脳を覚醒させるには十分過ぎるほどの冷風が薫の体を通過した。

今日の丸川の話で一つだけ確かになったこと。それは芹澤ノエルは彼の研究室から薬を持ち出していないということだった。正確には、丸川の研究室には自殺に使用できるような薬剤は保管されていなかった、と言ったほうが正しいだろう。様々な薬剤が保管されているのは第二校舎にある薬剤保管室だからだ。そして多くの学生と同じように、芹澤もその保管室に出入りしていたことを考えれば、残念ながら彼がそこから薬剤を持ち出していないと断言することはできなかった。だが、もし芹澤が保管室からなんらかの薬剤を持ち出していたとしても彼一人が疑われる心配はないだろう。丸川も言うように、薬剤保管室へ学生を出入りさせているという慣習を大学側が黙認していたのであれば、その責任の所在は管理者へと移ることになってしまうからだ。従って、大学は今後その件を調べることも公《おおやけ》にすることもないし、芹澤が保管室から薬剤を持ち出したという証拠も大学内部からは見つからないはずである。

また丸川は、警察が芹澤の部屋から海外通販サイトから購入したと思われる薬を発見したと言っていた。薫はその情報に違和感を覚えたが、もしその情報が正しいのであれば彼は日本では認可されていない薬を使用して自殺を図ったと考えるのが自然である。少なくとも、芹澤が大学から薬剤を持ち出したという疑いは限りなく低くなるはずだ。

しかし薫はこれまで知り得なかった芹澤の死因という情報と引き換えに、それとは比較にならないほどの深甚な闇を抱えたような情動を感じていた。その原因はほかでもない、警察という存在に対してである。警察が芹澤に対してなんらかの疑いをかけていることは明らかだった。そうでなければ薫が丸川に呼び出される理由など、どこを探しても見当たらないのだ。だが警察が芹澤を疑う理由を考える前に、芝大門の喫茶店で起きた不可解な事件について整理する必要があった。

薫は検索サイトを利用して水羽ここに関するニュースを隈なく探してみたが、丸川が見つけた記事しか見つけることはできなかった。人気があったとはいえ、すでに引退しているAV女優の自殺というニュースは世間的に需要がないのかもしれない。そのため、薫は何度もその記事を読むしかなかった。記事には水羽ここの鞄には遺書と睡眠薬が入っていたと書かれていた。そしてその記事を読む限り、彼女が自殺したことに疑いの余地はなさそうだった。だが喫茶店という場所で服毒自殺を図るという行為に関しては、あまりにも不自然に思えてならなかった。以前、薫にも死ぬことだけを考えていた時期があった。しかしそんな経験をした薫でさえ、人前でそれを実行するなど思いつくことさえなかった。喫茶店内で自殺を図るという水羽ここの死に方は、薫にとってそれほど不自然なものなのだ。

当然、警察も素人ではない。水羽ここの不自然な死に方になんらかの事件性があるという線は捨ててはいないだろう。となると、彼女の遺体は監察医などのもとで詳しい解剖が行われているはずだ。薫は警察の捜査に詳しい知識を持っている訳ではないが、事件性が疑われる遺体に関しては司法解剖や行政解剖に回されるのが一般的だからだ。その結果、水羽ここの遺体から致死量を超えたなんらかの薬剤の成分が検出され、それが彼女の鞄に入っていた睡眠薬の成分と一致すればやはり彼女は自殺だったという可能性は高まり、逆に一致しなければそれは低くなる。薫にはその結果を知る術はないが、どちらにせよ結果はすでに出ているはずだ。

記事にはもう一つ、気になる箇所があった。それはその喫茶店にいたというもう一人の人物だ。その人物は水羽ここが死ぬ前はそこにいて、死んだ後はいなかったと書かれていた。もし丸川が言うような、確実に死ぬことができるという薬が存在しうるのであれば、その人物が水羽ここにそれを渡して姿を消したという仮説を立てるのは早計だろうか。飲むだけで確実に死ぬことができる薬。そんな物が本当に存在するのであれば、確かにそれを飲む場所など気にする必要はなくなるだろう。一刻も早い死を望んでいる人であればなおさらである。

もう一人いたというその人物が水羽ここの死に関係しているというのは憶測でしかないが、今朝丸川のもとに現れたのが愛宕署ではなく大崎署の刑事だったことを鑑《かんが》みれば、やはり警察が芹澤を疑っていることは明白だった。芹澤の遺体が発見された西五反田のマンションは大崎署の管轄だからだ。しかも芝大門で亡くなった水羽ここの件で大崎署が丸川を訪ねるのは、警察という大きな組織の流れに背いているような気がしてならなかった。半年前、大崎署が芹澤の遺体をどこまで詳しく解剖したのかは薫にはわからない。だが、彼の体内から検出された成分が水羽ここから検出されたものと一致したのであれば、彼らが動いている理由も腑に落ちてしまうのだ。

「自分が生まれてきた意味をずっと見つけることができないんだ。世の中にはさ、そういう種類の人間もいるんだよ」

ふと芹澤の言葉が脳裏に蘇り、薫は思わず足を止めた。

冷たい風と数組のカップルが薫を追い越して行った。

一つの疑問が薫の心臓を大きく跳ね上げさせた。

その薬で死んだのは水羽ここだけなのだろうか……。

芹澤が死んだ後、もしその薬と同じ成分で死んだ人が複数いるとすれば、警察が追っているのはその薬の行方ということになる。つまり、現在その薬を持っている人物だ。その考えが正しければ、芝大門の喫茶店にいたというもう一人の人物にほかならないのではないか。

悪い方向に考えるつもりはないが、薫は丸川の話を聞いた時、芹澤はその薬を完成させて死んだという確信を持ってしまった。そのような話は芹澤から山ほど聞かされていたし、最後に会った時も彼ははっきりと宣言していたからだ。世の中には死を必要としている人もいるのだと。芹澤は薫に出会った時からずっとその理解を求め続けていたのだ。だが残念ながら、それを薫が理解したのは彼の死後だった。そして、芹澤は今も薫にその理解を求め続けているような気がしてならなかった。

一体、彼はどれほどの量の薬を作ったのだろうか。そして、その薬は今誰が持っているのだろうか。もちろん、全ては薫の推測でしかない。そして警察が芹澤を疑っていたとしても、彼はもうこの世にはいないし、その証拠を見つけ出すこともできない。一つだけはっきりわかっていることがあるとすれば、警察が動き出したということだけだった。

カップルたちの列を離れ、脇道をしばらく歩くとコンクリート打ちっ放しのマンションが寒々しく佇んでいた。芹澤が住んでいた部屋に明かりは灯っていなかった。まだ新しい入居者は決まっていないのだろう。

薫は芹澤と最後に会話したベランダを見上げた。そして月明かりに照らされながらラットに餌をやる芹澤の姿を想像し、目を閉じた。瞼の裏には、あの夜薫が帰った後に彼が薬を飲んでベッドに横たわり、安らかに眠りにつく姿がありありと浮かび上がった。だが、薫はその先を想像することができなかった。彼が死んだ後の部屋の状況を何一つ思い浮かべることができないのだ。それは薫がこれまで考えたことのなかった疑問となった。

芹澤の遺体は誰が発見したのだろうか。

薫が芹澤の死を知ったのは、その三日後だった。薫も由乃も、校内に流れていた噂でそれを知ったのだ。その後、由乃が大学の学生課と管理課に問い合わせてようやくその事実は具体化していったが、薫はその情報を彼女から聞くことしかできなかった。その時、薫は何一つできなかったのだ。だが薫の動揺をよそに、芹澤が死んだという噂はその三日後から大学内で流れ始めたことは事実である。つまり誰かが早い段階で芹澤の遺体を発見し通報しなければ、その速度で噂が立つことなどあり得ないのだ。マンションの管理人が偶然見つけたということも考えられるが、それにしてはタイミングが良過ぎるような気がする。そしてもしこのマンションに薫以外に出入りする人間がいたとしても、それは女性ではないはずだ。芹澤は自分の部屋を女性に見せることを極端に嫌っていたからだ。

それでは、一体誰が芹澤の遺体を発見し、通報したのだろうか。そして、あのラットはその後どこへ行ったのだろうか。丸川の情報を整理するどころか、いくつもの新たな疑問が薫の脳を支配し始めていた。

薫は冷えきった体を震わせ、洋服を着忘れたようなコンクリート打ちっ放しのマンションを後にした。

第5章　クリスマスの夜

透明のシロップにコーティングされた色とりどりのフルーツが宝石のように輝いている。数納薫はダイニングキッチンのテーブルの上にちょこんと置かれた丸いクリスマスケーキを眺めていた。それは、由乃がマンションの配達ボックスに残したものだった。

一緒に食べるつもりでわざわざ買って来てくれたのだと思うと、由乃の笑顔を一つ奪ってしまったようで薫は胸が痛んだ。次に由乃が来るまで冷蔵庫に入れておこうかとも考えたが、明日からは冬休みである。ましてや、賞味期限が切れてしまう前に由乃が連絡をくれる保証もない。薫は丸川の研究室に長居してしまったことを悔やんだ。

せめて彼女の気持ちを無駄にしたくなかったので、薫はクリスマスケーキを一人で食べることに決めた。キッチンからフォークを持って来ると何かが足りないような気がした。箱の中を調べると可愛いサンタクロースの形をした蝋燭が入っていたので、それをケーキの上にのせて帽子の先の芯に火を灯した。宝石のようなフルーツたちがいっそう艶やかになった。まだ何かが足りないような気がして、今度は部屋の電気を全て消してみることにした。ダイニング側の大きな窓に壮観な夜景が浮かび上がった。レインボーブリッジは赤と緑のクリスマスカラーにライトアップされ、その先に見えるお台場は街全体が巨大なテーマパークのように輝いている。霧のせいで少し霞んではいるが、それがいっそう幻想的な夜景を作り出していた。夜景と蝋燭の明かりが飾り気のないダイニングキッチンをクリスマスムード一色に包み込んだ。薫は蝋燭が作り出す小さな炎を眺めながら、本来ならば目の前に座っているはずだった由乃を思った。結局、足りないものをより鮮明に浮かび上がらせただけだった。

考えてみれば、薫はクリスマスの夜に人恋しくなったことなどなかった。薫は幼い頃に母を亡くしたため、家族で誕生日やクリスマスを祝う習慣がなかったのだ。父は開業医のため休日も祝日も関係なく来院する患者たちにかかりきりだったし、母親代わりだった祖母は家族の世話と家事で毎日が手一杯だった。誕生日や正月ならまだしも、クリスマスを祝う余裕など数納家には存在しなかったのだ。そのため薫はクリスマスを特別な日だと思ったことはなかったし、その祝いの舞台に参加したいと思ったこともなかった。サンタクロースを演じるお父さんも、その日までプレゼントをクローゼットの隅に隠すお母さんも、そしてそれを信じるふりをする子供たちも、彼らは皆数納家の外に存在していた。だから、薫はその観客としての役を演じることに決めていたのだ。

しかしそんなクリスマスという演目における重要な小道具が、今日は自分の家にあることが薫には不思議でならなかった。

サンタクロースの帽子が溶けそうになった頃、薄暗いダイニングキッチンにインターホンの音が響いた。

由乃が戻って来たのかもしれない。薫は反射的に立ち上がり、暗闇に浮かび上がった液晶画面のもとへ急いだ。

液晶画面には明るい色の髪をした見知らぬ女性が映し出されていた。二〇代半ばくらいだろうか、長い睫毛《まつげ》がその化粧映えの良さとはっきりとした目元を印象付けている。液晶画面からわかる情報と言えば、彼女が洗練された素敵な女性であるということくらいだが、薫に用があってインターホンを鳴らした訳ではないということも確かだった。

恐らく部屋を間違えているのだろう。もしそうであればすぐに教えてあげなければならない。クリスマスの夜に彼に会えずに帰るなんて、あまりにも可哀想だからだ。薫は由乃へ罪滅ぼしをするようにインターホンに応答した。

「はい」

液晶画面の中で暫くの沈黙が続いた。

薫はその女性に訪ねる部屋を間違えていることを知らせるため名乗ることにした。

「数納ですが」

先ほどと同じ長さの沈黙の後、ようやくインターホンから小さな声が聞こえた。

「かずのうさん、じゃないの」

「いえ、すのうです」と薫は思わず即答してしまった。数納は読みづらい苗字のためよく間違えられるのだ。

薫はその女性の言葉の意味を少し遅れて理解した。それは、彼女は薫を訪ねて来たという意味だった。

女性は小さな液晶画面の中で再び沈黙を作った。彼女の眼差しは画面を貫き、薫の瞳を射抜いた。その瞬間、脳内の神経細胞がシナプシスで繋がれたようにその人物の正体が判明した。

「どうぞお上がり下さい」

薫はインターホンのボタンを押して一階のエントランスドアを開け、宮松ライムをエレベーターホールへ通した。

しばらくすると玄関のチャイムが鳴り、薫は重い扉を開けてその少女を迎えた。

ライムは玄関に上がり込むなり、裏地がふわふわで暖かそうなブーツと紺色のダッフルコートを脱ぐと、廊下を進みダイニングキッチンへと向かってしまった。

ライムはブラウスの上にV字の線が入った白いセーターを着て、膝丈までの水色のスカートとピンクのソックスを履いていた。化粧をしているためか、コートを着ていた時は大人っぽく見えたが、ようやくその年齢にふさわしい格好になった。

薫は脱ぎ捨てられたダッフルコートを拾い、ライムの後を追うようにダイニングキッチンに入った。

ライムは暗闇の中、窓ガラスの前で街の光を眺めていた。眺望と重なり合う少女の姿がいっそう小さく見えた。

「スカイツリーの上みたい」とライムは少し鼻が詰まったような声で呟いた。

「行ったことないからわからないな」

薫は部屋の電気を消したままだったことを後悔し、急いでリモコンを手にした。

「つけないで。なんか、ロマンチック。しかもクリスマスケーキまであるし。え、まさか私のために用意しといてくれたの？　そんなわけないか。ってことは、これから誰か来るの？」

薫は首を横に振った。

「え、じゃあ一人？」

薫は首を縦に振った。

「マジ？　なんかちょっとキモいんですけど」

「来るはずだった人が来なかったんだ」と薫は咄嗟《とっさ》に言い訳をした。キモいと言われたことに対する条件反射だ。

「ああ、あの人？　ほら、こないだスノーさんと一緒に来た綺麗な人。じゃあ、すっぽかされちゃったの？」

「いや、こっちがすっぽかしたんだ。あと、苗字言いづらかったら薫でいいから」

ライムは少し間を置いて言った。「じゃあ薫ちゃんね。私はライムでいいわ。漢字はなくって、カタカナでライムって書くの。キラキラネームだと思ってるでしょ。ま、私は結構気に入ってるからいいけど」

薫にとってライムは常に人を睨みつけている印象しかなかったため、堰《せき》を切ったように喋る少女に対する困惑は隠せそうにない。

「聞いていいかな。ライムちゃんはなんの用でうちに？」

「ウケる。ちゃん付けとかで呼ばないでいいから。それより、お腹空いてるんだけど」

ライムは宝石の魅力に吸い込まれるお姫様のようにケーキに近づき、薫が座っていた席に腰を下ろした。

ライムが最後の一口を食べると蝋燭の火が消え、サンタクロースもいなくなった。

薫はあらかじめキッチンの電球を点けておいたので、真っ暗な部屋に女子高生と二人きりというシチュエーションはどうにか免《まぬが》れた。

テーブルの上のケーキ皿にはメロンだけが残されていた。ライムという名前の少女は、メロンが嫌いなようだ。

クリスマスケーキを一人で平らげて満足したのか、左の頬に生クリームを付けたライムは背もたれに顎をのせて無気力に夜景を眺めていた。

薫はそんなライムを見て、宮松家で会った少女と目の前にいる少女がようやく一致したような気がした。初めて彼女を見た時は制服を着ていたし、髪の色も黒く、化粧もしていなかったのだ。小さな液晶画面を見ただけでは気づかないのは当然である。

少し垂れ下がった目尻や厚ぼったい唇は由乃とは対照的で気性の激しい顔立ちに見えるが、内側から放たれる品の良さは二人の共通点のようだ。宮松はライムを高校一年生だと紹介したが、顔だけを見れば化粧をしていなくても由乃より大人っぽく見えるかもしれないと薫は思った。

「薫ちゃん」とライムは夜景を眺めながら続けた。「こんなに美味しいケーキと夜景を味わえないなんて、あの人かわいそうだよね」

あの人とは成瀬由乃のことである。

その質問には反省の弁しか出てこないので、薫は再び本題を切り出すことにした。

「ところで、ライムは何しにここへ来たの？」

「そうねえ。薫ちゃんがお兄ちゃんの親友だったっていう証拠を見せてもらわないと教えられないかな。あそうだ、薬飲まなきゃ。水もらうね」

ライムは立ち上がり、足元に置いてあった鞄から幾つかの薬を取り出してキッチンへ向かった。

芹澤の親友だったという証拠、と言われてもさっぱり意味がわからなかった。だが、ライムは芹澤の親友に用があるのだということはわかった。

ライムは唇についた水をセーターの袖で拭きながら、あらためて部屋を見渡した。頬に付いた生クリームはまだ取れていなかった。

「ねえ、この家って全部で幾つ部屋があるの？」

「あと二つだけど。それと風呂とトイレと小さなクローゼットルームが一つ」

「薫ちゃん、ここに一人で住んでるの？」

「今はそういうことになってる」

「夜景って全部の部屋から見える？」

「街の夜景はこの部屋が一番よく見えるけど」

「そう。ちょっと見たいな」とライムは躊躇いもせずに廊下へと向かった。

「あ、そっちは……」

薫の言葉が届く前に、廊下の奥から扉が開く音が聞こえた。ライムが開けた扉は、芹澤が使っていた部屋だった。


実のところ、薫は一年以上その部屋の扉を開けたことがなかった。正確には芹澤がこのマンションに荷物を運び込んだ時から、その部屋には立ち入らないようにしてきたのだ。

当時由乃を口説き落としたかった芹澤は、彼女に西五反田の自分の部屋を見せたくないという理由から、自分がこのマンションに住んでいることにして欲しいと薫に嘆願した。しかし、由乃は密かに想いをよせていた人であったため薫はきっぱりと断った。はずだったのだが、結局はどこからともなく湧き上がってくるような彼の熱意にほだされ、承諾してしまったのだ。ただ、芹澤はそれ以前にも見ず知らずの女性をこのマンションへ連れ込むことがあったため、どうせ長くは続かないだろうという打算が薫にはあった。しかしどういう訳か、芹澤は西五反田の部屋から自分の荷物を次々と運び入れ、瞬く間に彼の部屋へと変えてしまったのである。更に由乃は、薫が芹澤のマンションに居候《いそうろう》しているというどう考えても無理のある設定を難なく信じてしまった。そのため、今度は彼女の荷物までもが増えていくことになったのだ。薫は彼らの荷物に唯一占領されていないトイレの中で、大学を卒業するまで居候生活を続けなければならないのだろうか、と一時間近くも悩んだことさえあった。

だが薫のそんな心配をよそに、芹澤は全ての説明責任を放棄するように死んでしまった。そして薫は由乃にその部屋の真実を明かし、その共犯者としての責任を果たした。すると、今度は由乃がその部屋を使うようになったのだ。そんな訳で自分の家にあるはずのその部屋は、今も所有者を失ったまま放置されているのである。

薫は一年以上、扉さえ触れたことがなかったその部屋へと足を踏み入れた。しかしほんの数歩で、その足は吸盤が床に張り付いたように動かなくなってしまった。

そこにあったのは西五反田の芹澤の部屋そのものだったからだ。彼のマンションにあった荷物がこの部屋にあるだけでなく、その配置までが同じなのだ。西五反田にあった荷物の半数をこの部屋に移したのだから置いてあるものが同じなのは当然である。しかし、その再現度は薫の理解の範疇《はんちゅう》を軽々と超えていた。

様々な木材で組まれたローテーブル、二人掛けのソファー、そして小さな冷蔵庫さえも同じ場所にあった。もちろん薫はそのどれも見覚えがあった。だが最後に西五反田へ行った時、彼の部屋にはその全てが揃っていたはずである。つまり芹澤は同じものを買ったということだ。更には、天井の照明を抜いて部屋の四隅に間接照明を設置しているところまで同じだった。違うのはドアの形と窓の外の景色くらいではないだろうか。いや、むしろ薫の目にはこちらのほうが本当の芹澤の部屋のように映っていた。

ライムは部屋の中央にぽつんと立っていた。四隅の照明が少女の後ろ姿を包み込むように輪郭を作っている。

「ねえ、なんでここにお兄ちゃんの部屋があるの」

「実は僕もこの部屋に入ったことはないんだ」

「自分の家なのに、入ったことがない部屋……」

ライムは箪笥《たんす》に近づき、積まれていたシャツを手にして広げた。芹澤のシャツだった。

「で、今はここ、誰の部屋なの？」

「わからない。以前は芹澤さんが使っていたけど、今は別の人のためにある」と薫は答えた。

「ふーん。でも、これで一つ謎が解けた」

「謎って？」

「ある日突然お兄ちゃんの部屋が綺麗になった謎。そうだよね、あのお兄ちゃんが急に綺麗好きになるわけないもんね。そっかあ、ここにあったのか」

ライムはベッドにダイブした。

薫は彼女の頬に付いていた生クリームのことを思い出したが手遅れのようだ。

「西五反田のマンションにはよく行ってたの？」

「うん、鍵も持ってたからね」とライムは枕に顔を埋めながら言った。

ライムはダイブした姿勢のまま動かないため、スカートは下着が見えそうなほど捲《めく》れ上がっていた。

鍵を持っていたということは、彼女は西五反田の芹澤の部屋に頻繁に出入りしていたということになる。もしかすると、芹澤が自分のマンションに女性を呼びたがらなかった理由はライムかもしれない、と薫は思った。

「さすがにこのベッドはお兄ちゃんのじゃないね。でもなんかいい匂いがする。女の人の匂い。ああ、あの人か。薫ちゃんが今日すっぽかしちゃった人。クリスマスなのに、やっぱりかわいそ」

「すみません」と薫はなぜかライムに謝った。

「セリーヌも連れて来てあげたかったな」とライムは首だけを横に向けて言った。

頬に付いていた生クリームは消えていた。

「セリーヌって、もしかしてラットのこと？」

「あれってハムスターじゃないの？」

「大学の研究室とかで使う実験用のラットだよ」

「そうだったんだ。あの子ね、私が家に持って帰ったんだけどすぐに死んじゃったんだ。結局、私には懐かなかったな」

薫はライムの言葉で、芹澤の遺体を発見した人物とラットの行方を把握した。しかし、彼女がなぜクリスマスの夜に薫に会いに来たのかは依然として不明のままである。

ライムは大きなあくびをした。

「ああ、またお兄ちゃんの部屋で寝れるなんて幸せ」

まさかこのまま寝ようとしているのだろうか。

「ねえ。薫ちゃんは自分の名前、気に入ってる？」

「あまり気に入ってない。女性に間違われることが多いから」

「そう。私は好きだな、自分の名前。ライムっていう名前はねえ、お父さんが付けてくれたんだ。笑えるよね、あの外見からよくそんなキラキラネームが出てきたと思わない？」

白髪をオールバックにまとめ、アロハシャツを着た宮松が脳裏に浮かんだ。彼ならありえるかもしれない、と薫は思った。

「お兄ちゃんの名前がノエルでしょ。だからね、私の名前もカタカナにすればお兄ちゃんの名前が浮くことはないだろうって考えたらしいよ。お父さんね、ああ見えてすごくお兄ちゃんのこと可愛がってたんだ。あの女の前ではそういう態度は一切見せないけどね」

あの女とは宮松の現在の妻である美憂のことだろう。薫は美憂の顔を思い出そうとしたが、蛍光色を塗りたくったようなネイルしか浮かんでこなかった。

ライムが再び顔を枕に埋め、異常に長いあくびをして言った。「あー、メラトニンが出まくってる。薬が効いてきたみたい」

メラトニンとは睡眠を促す脳内物質のことである。

「なに飲んだの？」

「ベンゾジアゼピン系の睡眠薬と、セロトニンを増やす薬と……」

あとは寝息しか聞こえてこなかった。

薫は彼女を起こすべきか悩んだ。睡眠薬を飲んで寝たばかりの人を無理やり覚醒させることは不可能ではない。しかしその目覚めは極めて悪く、意識が朦朧《もうろう》としたり倦怠感を覚えるなど体への影響が出る恐れがある。更に、彼女がそれらの薬を常用しているのであればその睡眠のリズムを壊してしまうことにもなりかねない。

薫は布団を引っ張って彼女の体に掛け、照明を消してその部屋を出た。

翌朝、薫が起きるとライムの姿はすでになかった。ダイニングキッチンのテーブルの上には、彼女が残したメモと、分包に入った錠剤が置かれていた。


日が落ちて、どのくらいの時間が経っただろうか。

薫はダイニングキッチンのテーブルの上に置かれた錠剤を見つめていた。隣にはいくつかのメロンが残されたケーキ皿と、宮松ライムが残したメモがあった。

『あの部屋を見て、薫ちゃんがお兄ちゃんの大切な親友だったことがわかりました。これはケーキのお礼と、私からのクリスマスプレゼント。薫ちゃんなら聞いてるかもしれないけど、お兄ちゃんが完成させた薬です』

ハート形の付箋紙には、見事な丸文字が踊るように並んでいた。お兄ちゃん、つまり芹澤が完成させた薬とは、その分包に入った一粒の薬のことを指している。

それは、一センチ弱の白い球体だった。錠剤としてはかなりの大きさである。コーティングで皮膜が形成されていないため形は歪《いびつ》で光沢はなく、丸いラムネ菓子のようにも見えた。

通常であれば錠剤はその形状を保護するため、透明のプラスチックにアルミを貼り付けたP

ＴＰ包装と呼ばれるシートに入っているはずだが、その球体はなぜか分包の中に入っていた。

　薫はキッチンカウンターに手を伸ばして昨日丸川にもらったビタミン剤を取り出し、二つの分包を注意深く比較した。分包の素材は大きく分けて、中身が見える透明のセロポリ紙と、不透明のグラシン紙の二種類がある。薫が手にしている二つの分包はどちらもセロポリ紙が使用されていた。そしてその紙質、分包のサイズ、分包機が残した裁断形状もピタリと一致していた。つまりライムが残したその分包は、丸川の研究室にあったセロポリ紙と分包機を用いて作成された可能性が高かった。

　薫は恐ろしくなり、分包をテーブルに戻した。

　飲むだけで確実に死ぬことができる薬。芹澤ノエルは、本当にその薬を完成させてしまったのだ。

　そして今その薬を持っているのがライムだった。だが、そもそも芹澤とライムの間にはどれほどの関係があったのだろうか。彼らには生物学的な繋がりはない。芹澤は宮松家への養子縁組を断ったため戸籍上の繋がりもない。従って、彼らはあくまでも他人なのだ。しかし、ライムが西五反田の芹澤の部屋の鍵を持っていたことを考えると、かなりの頻度で出入りしていたことは間違いないだろう。そして彼女以外の人物があの部屋を出入りしていたとも考え難い。芹澤は自分の家に人を入れることを極端に避けていたからだ。つまり彼の死後、その部屋に入ることができるのは鍵を持っている人物のみということになる。ライムは芹澤が死んだ直後に西五反田の部屋を訪れ、その薬とラットを手に入れたのだ。ラットを引き取ったという彼女の言葉が何よりの証拠でもあった。もし警察がライムより先に芹澤の遺体を発見していれば、彼女は薬もラットも手に入れることはできなかったはずなのだ。なぜなら、芹澤は自らの死をもってその薬を完成させたからである。その薬は、彼がその効力を確認するまで、つまり死ぬまで完成しないからだ。そして、芹澤は自らの生を閉じると共に完成させたその薬を、自分の遺体を見つけるはずの相手に託したのだ。その考えが正しければ、彼らの間には本当の兄妹以上の繋がりがあったのかもしれない、と薫は考えた。

もちろん全ては薫の推測である。しかし、もしその薬が本物だとしたら、昨日の丸川の話は全て繋がってしまうのだ。

芝大門の喫茶店で元AV女優の水羽ここが服毒自殺した事件で、店内にもう一人いたという人物。それはライムだったのではないか。彼女は水羽ここと店内で待ち合わせをし、薬を渡してその場を立ち去った。だが、そこでライムにとって想定外のできごとが起きた。一刻も早い死を必要としていた水羽ここが、その場で薬を服用してしまったのだ。

そして、水羽ここのそのあまりにも不可解な行動は遂に警察を動かした。警察が丸川のもとを訪ねたということは、彼らがその薬の存在に気づいているという証《あかし》でもある。しかし、彼らが丸川に事件当日のアリバイを尋ねたことを考慮すれば、もう一人いたという人物に対しての捜査はまだほとんど進んでいないのが現状だろう。

果たして、ライムが薬を渡した相手は水羽ここ一人なのだろうか。警察が芹澤の遺体をその数に入れているかはわからないが、薫は複数の遺体から同じ成分が検出されているような気がしてならなかった。もしそうであれば、ライムは一体どれほどの人に薬を渡してしまったのだろうか。そして、芹澤はどれほどの量の薬をこの世に残したのだろうか。

飲むだけで確実に死ぬことができる薬。しかもたった一錠でそれを可能にしてしまうのだ。丸川のアドバイスをもとに作ったのであれば、苦しむことなく眠るように安らかに死ぬことができるはずだ。そんな薬を欲する人間は世間が思うほど少なくはないだろう。薫は自らの経験からその需要を知っていた。

悪い思考の連鎖が次々に派生しては繋がっていった。薫にはその連鎖を止めるための答えが必要だった。答えを出さなければテーブルの前から離れることができないのだ。薫はたった一錠の薬に全身を縛り付けられているのである。

しかし答えなど出せるはずがなかった。当事者である芹澤は、この世にはもう存在していないのだ。ならばせめて誰かに助けを求めることはできるはずだ、と薫はいくつかの選択肢を絞り出した。

真っ先に浮かんだのは由乃だった。彼女には真実を伝えよう。由乃には全てを知る権利があり、薫にはそれを伝える義務があるのだから。芹澤が作った薬のこと、警察がその行方を追っていること、そしてライムがそれを持っていること、全てを包み隠さずに伝えるのだ。

だがどう考えても、恋人の死という深い海の底で今も踠《もが》き続ける由乃にその事実を知らせることが賢明だとは思えなかった。彼女は今も芹澤ノエルに思いを寄せているのだ。その芹澤が自らの死をもって完成させた薬となれば、由乃がそれを手に入れようとするのは火を見るよりも明らかである。それは、今薫が一番考えたくないシナリオなのだ。少なくとも今の由乃にはこの薬の存在を明かすことはできない、と薫はその選択肢を胸にしまった。

それでは、この薬を持って丸川のもとへ行くのはどうか。彼なら薫の話を全て理解してくれるはずだ。そして伝手《つて》がある成分解析機関に薬を持ち込んでくれるだろう。その結果を確認してから次の選択肢を考えたとしても遅くはないし、その解析結果に毒性の成分が検出されなければ全ては薫の取り越し苦労で済む。仮に毒性のある成分が検出されたとしても、薫は丸川に薬の件を内密にしてもらう自信があった。なぜなら彼は芹澤にその薬の作り方を教えた、言わば共犯者だからだ。だが、丸川をそこまで信用しても良いのだろうか。そもそも薫にとって丸川は、何を考えているのか全く掴めないタイプの人間である。この薬を見た彼がどのような行動を起こすかなど、薫には想像もつかないのだ。

ならばいっそのこと薫がこの薬を持って警察へ出向き、その全てを打ち明ければ丸く収まるのではないだろうか。すでに警察が丸川のもとを訪ねていることを考えれば、いつ彼らが薫や由乃のもとへ来てもおかしくはない状況なのだ。しかし警察にこの薬を持って行くということは、薫が芹澤に代わって自首をするようなことでもある。そうなれば由乃は彼らからしつこく事情聴取を受けることになるだろう。もしそこで何も知らない由乃が、警察から見た一方的な事実を聞かされるようなことがあれば、彼女が受ける精神的ダメージは計り知れない。薫は、由乃の前で芹澤が殺人犯のように扱われることだけは避けたかった。そんな事態に陥るのであれば、薫の口から直接由乃に伝えるほうが遥かにましである。

やはり誰よりも先に由乃に伝えるべきなのだろうか。薫はたった一つの選択肢さえ見つけることができないまま、目の前の薬に体を拘束され続けていた。

その白く歪な形をした球体は、薫を見つめているようにも見える。それは見覚えのある視線だった。薫は芹澤ノエルの視線に縛られていたのだ。その力は薫の体をいっそう強く締め付け、遂には指先さえも動かすことを禁じた。

薫はその視線から逃れるように強く目を閉じた。

瞼の裏には、部屋の隅で蹲《うずくま》る由乃の姿が浮かんだ。そこは西五反田ではなく、薫の家の中にある芹澤の部屋だった。由乃は今なおその部屋から抜け出せずにいるのだ。芹澤は自分が死んだ後も由乃がその部屋を必要とすることなど、想像すらしていなかっただろう。薫は彼の無責任さに嫌悪を抱いた。

その時、一つの疑問が脳裏をよぎった。薫はゆっくりと目を開け、その薬に尋ねるようにそれを言葉に変えた。

「芹澤さんは、なぜあれほどまで忠実に自分の部屋を僕の家に再現したのか」

彼の死は決して思いつきによるものではない。それが計画的に実行されたことは、何よりもこの薬が物語っている。少なくとも、自分の遺体をライムに発見させることはその計画の中に入っていたはずだ。そして大崎署が西五反田の部屋を調べることも。

丸川は、警察が芹澤の部屋から海外の通販サイトで購入した薬を発見したと言っていた。それが事実であれば、芹澤はわざとそれらを部屋に残したということは考えられないだろうか。その現場を見た警察は、部屋に残された薬が死因であることに疑いを持たなかったはずだ。ましてや、芹澤が大学から持ち出した薬剤を使用して確実に死ねる薬を作ったなど、その時点では誰も想像できるはずがない。芹澤は海外の通販サイトで購入した薬を使って、それを偽装したのだ。

それでは、芹澤がその薬を完成させるために使った薬剤は一体どこに保管されていたのか。薫は全身の血流が停止したような悪寒を覚えた。それが安全に保管できる場所が一つだけあるからだ。

薫は拘束具を引きちぎるように、精一杯の力を込めて立ち上がった。時間の感覚がなくなるほど座っていたため、尻から下が痺れてうまく動かせなかった。薫は言うことを聞かない体に鞭を打つようにその部屋へと向かった。

だがその体は廊下へと出る前にピタリと動きを止めた。寝込みを襲う獣のように、インターホンがダイニングキッチンに鳴り響いたのだ。

薫は大きく跳ね上がった鼓動を深い呼吸で無理やり鎮めながら、暗闇に浮かび上がった液晶画面のもとへと近づいた。

液晶画面を覗くと、停止していた全身の血流が一気にその活力を取り戻した。そこに映し出されていたのは成瀬由乃だった。

薫は慌てて応答した。

「ケーキ、残したらもったいないかなと思って。シャンパンも持ってきたんだ」と由乃はカメラに瓶が入ったビニール袋を近づけた。

「ありがとう。入って」と薫は由乃をエレベーターホールへ通した。

薫はケーキをライムが一人で食べてしまった言い訳を考えながら、玄関で由乃を待っていた。

冬の星空の下を、ランディングライトを灯した旅客機がゆっくりと降下して行った。

芹澤が使っていた部屋からは羽田空港が鮮明に見える。薫はその部屋で夜を過ごすのは初めてだった。月明かりが届かないため、小さな常夜灯に照らされた範囲だけがその部屋の広さのように見えていた。

オレンジ色の微かな光に照らされた由乃が、二人掛けのソファーに座る薫の腰を浮かせてスウェットを下ろした。穿いていたスウェットをすべて脱がし終わると、由乃は床に跪くように座り、薫の両膝の間に体を入れた。

彼女の指先が薫の下着の上からその膨らんだ部分を優しく包み込んだ。

薫は由乃の体温をその指先から感じていることしかできなかった。由乃に触れようとするたびに、彼女の体は磁極が反発するように遠ざかってしまうからだ。

由乃がこの部屋で求めているのは僕の体ではない。

だから薫はただ黙って由乃を受け入れることにした。たとえその行為が途中で終わったとしてもそれ以上を求めてはならない。この行為がどこまで続くのかという問いさえも抱いてはならないと自分に強く言い聞かせていた。

やがて、その指先は薫の下着の中へと入った。

直接感じる彼女の体温は、薫が考えていたよりもずっと高かった。

由乃は形を確認するようにそれを弄《いじ》ると、下着をゆっくりと脱がせて床に落とした。

常夜灯の明かりでは由乃の表情はよく見えないが、彼女の鼻先が薫の内腿に近づいていることは確認できた。

薫は内腿に由乃の鼻先と唇を感じた。徐々に中心部に迫るその柔らかい感触は、薫のそれをいっそう硬くさせた。そしてその唇が陰嚢に触れると、今度は陰茎を這うようにその先端へと移動して行った。

薫は荒くなった息を必死に押し殺した。

熱い湿った感触が薫を支配した。その小さな唇は薫の亀頭を包み込んでいた。由乃がそれを少しずつ沈めて行くたびに、耳にかけていた彼女の髪が落ちて薫の股間を刺激した。

一番深い部分までそれを沈めると、由乃はそのままましばらく動かなかった。

薫は由乃の鼻先を下腹部で感じていた。

由乃はゆっくりと頭を上げると、その動作を何度も繰り返した。

呼吸は乱れ、心臓が肥大してしまったのかと思うほど鼓動が高鳴っていた。薫は脳内にかろうじて残っている理性を掻き集めるように目を閉じ、この状況を作り出した経緯に思考を集中させた。

玄関に上がった由乃の顔は少し上気しているように見えた。

薫は由乃が酒を飲んだところを見たことはなかったが、彼女が酔っているということは一目でわかった。

由乃の特徴である切れ長の目は少しだけ目尻が下がり、白い頬はピンク色の唇と同じ色に染まっている。化粧っ気もなく、大学に通う時と同じカジュアルな服装をしているところを見ると、友人たちと飲んでいたのかもしれない。これまで由乃が連絡もなしに突然訪ねて来ることはなかったが、すでに夜の一〇時を過ぎていたため、終電を逃したのだろうと薫は推察した。

理由はどうであれ、由乃が訪ねて来てくれたことは嬉しかった。だが今朝までライムが泊まっていたことを考えると、薫の胸中はいわれのない罪悪感と後ろめたさで一杯になっていた。やはり由乃に嘘はつきたくなかった。薫は用意していたケーキの言い訳を捨て、全てを打ち明けることにした。どうせ薫が一人で考えたところで、一つの選択肢さえ見つけることができなかったのだ。それに、テーブルの上のケーキ皿は片付けることができても、ライムが部屋を使った形跡は隠しようがなかった。

薫は時系列に沿って自分が経験したその全てを由乃に説明した。そして、彼女の精神的なダメージが最小限で済むことを願いながら、一つずつ丁寧に時間をかけて伝えた。

丸川の研究室で知った、芝大門の喫茶店で起きた不可解な服毒自殺のこと。警察がその自殺に使用された薬の出処を探して、丸川のもとを訪ねたこと。それは、飲めば確実に死ぬことができる薬であること。その薬は芹澤が作った可能性があるということ。宮松ライムが昨夜訪ねて来て、それと思われる薬を置いて行ったこと。そして、由乃が買って来てくれたクリスマスケーキをライムが一人で食べてしまったこと。

薫は由乃が酔っているという状況を利用しているようで気が引けたが、その全てをダイニングキッチンのテーブルに座る彼女に打ち明けた。

由乃は彼女が持って来たシャンパンを飲みながら話を聞いていた。相槌を打つこともなく、ただじっとシャンパンボトルと薫を交互に見つめているだけだった。

「これが、その薬」と薫はポケットの中に入れていた薬をテーブルの上に差し出した。

全ての話が終わる頃、シャンパンボトルは空になっていた。

由乃は分包に入ったその薬を手のひらにのせて言った。「この薬をグラスの中に入れて飲んだら、きっと幸せになれるんだろうな」

グラスの中には綺麗な色をしたシャンパンがまだ半分ほど残っていた。

薫は返答に窮した。そして、やはり話すべきではなかったと深く後悔した。

「冗談」

由乃は薫の表情を読み取ったように言った。

そこに笑みはなかったが、薫はそっと胸を撫でおろした。由乃は芹澤が警察に疑われているかもしれないという話に少なからず動揺しているはずだが、会話ができる余裕はまだ残っているようだった。

「薫くん、昨日はいろんなことがあったんだね」

薫はあらためて由乃に昨夜の謝罪をした。

「気にしないで、急に泊まらせろとかメールした私が悪いんだから。まあ、ケーキは食べたかったけどね」

「それは僕も同じだな」

「メロンが嫌いなライムちゃんか。なんか可愛いね」

由乃はケーキ皿に残されたメロンを摘んで口の中に入れ、グラスに残っていたシャンパンを飲み干した。

「思った通り。このシャンパン、このケーキに合うね」

由乃はプレゼントの箱の中にちょうど欲しかった品が入っていた少女のような笑みを見せ

た。

「残念ながら、ケーキもシャンパンも口にできなかった」

「あ、ごめん。私一人で全部飲んじゃった」と由乃は慌てて続けた。「大丈夫。実はね、ワインも買ってきてあるから。これね、うちの近くにあるワインショップでしか売ってないんだよ」

由乃はビニール袋から得意げにワインボトルを取り出した。

自宅の熱海から持って来たということだろうか。友人と飲んでいたのではないのかもしれない、と薫は先ほどの推察を更新した。

「由乃、少し飲み過ぎじゃないか」と薫は言葉の重みをなるべく取り除いて言った。

「大丈夫だって」と由乃は椅子を引き、キッチンへと向かいながら続けた。「私、上手く眠れなくてずっと薫くんのこと頼ってばかりだったでしょう。だから一人でも眠れるようにいろいろ試してたんだけどね、やっぱり私にはお酒が一番効くみたいなの。ほら、私の家って旅館でしょう。だからお酒だけはたくさんあるし」

由乃はワインオープナーを探し当て、コルクを抜いて戻って来た。

「これ、美味しいんだよ」と由乃はワイングラスをテーブルに並べてワインを注いだ。

宮松家を訪問して以来、由乃が薫のマンションに来なくなった理由がわかった。由乃は酒の力で不眠症を克服しようとしていたのだ。

確かにアルコールには脳の興奮を鎮める働きがあり、睡眠の導入を助ける効果がある。アルコールは、興奮した脳に対しては鎮静を与え、逆にうつ状態の脳に対しては興奮を与える作用があるからだ。しかし、飲酒した状態で眠るとアルコールの分解時に体内で発生するアセトアルデヒドという物質がレム睡眠と呼ばれる睡眠状態を抑制してしまう。睡眠は、脳の活動が高まった状態のレム睡眠と、深い眠りの状態の徐波睡眠を交互に繰り返すのが通常だが、アセトアルデヒドがそのリズムを崩してしまうのだ。ちなみに酒を飲んだ時にあまり夢を見ないのは、アルコールによってレム睡眠が抑制されているためである。更に危険なのは、酒の力で睡眠を得ることに慣れてしまうとアルコールに対しての耐性ができてしまうことだ。それを摂取しないで寝た時に、その反動としてレム睡眠が多く出現するようになってしまうのだ。そしてその先にはアルコール依存症という罠も待ち受けている。アルコールの力で睡眠を得ることが常態化してしまうと、結果的にそれが睡眠障害をより重度なものにしてしまう恐れがあるのだ。

薫はその危険性をどのように由乃に伝えるべきか考えていた。

由乃がワイングラスを見つめながら言った。「お酒の力に頼るのはよくないってわかってはいるんだけどね、私、薫くんに迷惑ばかりかけてるから」

先ほど見せた少女のような笑みは、思い出すことができないほど跡形もなく消えていた。薫が言うまでもなく、睡眠をアルコールに頼る危険性を由乃は深く理解していた。それでもなお、その力に頼らなければならない状態に陥っているということだ。数週間前と比べても、彼女の精神状態はより深刻なものになっていた。

薫は慎重に言葉を選びながら言った。「寝酒は良くないからさ、違う方法も探してみようよ。少なくとも、ここへ来れば眠ることはできるんだろ。それに由乃が泊まりに来ることを迷惑だなんて思ったことは一度もない。昨日だって由乃からメッセージが来た時、嬉しかったんだ」

由乃は緊張が解けたように小さな息を漏らした。

「ありがとう」

由乃の細い指先が、薫の指先に絡んだ。

「ほんとのこと言うとね、薫くんが隣にいてくれる時が一番よく眠れるんだ」

由乃は芹澤の部屋を求めてここへ来ているのだとばかり思っていたので、その言葉は少し意外だった。

「今日も、一緒に寝てもいいかな」

彼女の指先に少しだけ力がこもった。

「ああ。それくらいしかできないけど」

「今日は、ノエルくんの部屋で寝て欲しいの」

薫はその指先に抗《あらが》うことができなかった。


由乃は深く沈めていた頭を上げ、薫の陰茎を解放した。

薫は禁じられていた呼吸を許されたように大きく息を吸い込んだ。脈打つたびに硬くなっていくそれを、もはや自分の力では制御できなくなっていた。理性のひとかけらさえ残っているか怪しい状態である。

由乃は穿いていたジーンズと下着を脱ぎ、ソファーに浅く座った薫の腰の上に跨った。彼女の体重が柔らかい太腿の感触を通じて薫に伝わった。

薫はようやく由乃の顔を確認することができた。その大きな瞳は、常夜灯の光を独占するように輝いていた。今日の由乃は、薫が知るどの由乃よりも美しかった。

由乃を自分のものにしたい。

禁忌のごとく体内の奥底に封じ込めていたはずの感情が、薫の体内に氾濫していた。

薫は思わず彼女の腰に手を回した。

だが、由乃はその腕を掴みそっとソファーに戻した。

由乃が求めているのは僕の体ではないのだ。

薫はそう自分に言い聞かせ、その感情を無理やり追い払い、再び由乃に身を委ねた。

「挿《い》れるね」

吐息のような由乃の声が、薫の鼓膜を愛撫するように刺激した。

薫は由乃を見つめて小さく頷いた。

行為は、その後も彼女のペースで進められた。

由乃は薫の陰茎を優しく握り、自分の膣を確認するようにそれを股間にあてた。

彼女の分泌液が薫のそれを更に刺激した。

そして、薫の陰茎はゆっくりと時間をかけて由乃の体内へと入った。

最深部に到達すると、由乃は腰を沈めたままその動きを止めた。

薫は身悶える自分の体を必死に押さえつけていた。

由乃は薫の一番深い部分を含んだまま、最後まで動くことはなかった。

だが、唾液を飲み込む動作、呼吸、そして鼓動でさえ、薫は彼女の体内からその動きを感じることができた。

薫の陰茎は由乃のどんな繊細な動きに対しても敏感に反応した。

体内で脈打つように動く薫のそれに呼応するかのように、由乃も短い息を何度も吸い上げていた。

お互いの神経細胞の全てが繋がれているような感覚だった。

薫はオルガズムが近づいていることを認識した。

由乃にもそれが近づいていることが手に取るようにわかった。

二人の呼吸は徐々に荒くなった。

由乃は薫を強く抱きしめた。

薫は彼女の髪の匂いと、その豊かな乳房の中に身を預けた。

由乃が小さな声を漏らした。

薫もそれに反応した。

二人の距離が一番近づいた時、薫は射精した。由乃の中で何度もそれを繰り返した。

彼女はその全てを受け入れた。

射精が終わったあとも、由乃はずっと離れなかった。

僕は由乃とこうなることを、ずっと望んでいた。今の僕にとっては、由乃とこうして繋がっていることだけが、僕というちっぽけな人生における唯一の意味なのだ。

禁忌的な感情が再び体内を駆け巡った。固く封印してきたはずの感情の全てが、堪えきれない涙のように止めどなく溢れ出していた。薫にはもうその氾濫を抑えることはできなかった。

空港を離れた小さな光が、冬の星座たちの中へ消えて行った。

二人は飼い主に置き去りにされた子猫のように身を重ね合っていた。

カフェを一人で利用する客は三つの属性に分類できる。

暇潰し族、勉強族、仕事族である。暇潰し族は、若者であればスマートフォンやタブレットを眺めたり携帯型ゲームを楽しみ、年配者であれば読書やクロスワードパズルをしたり謎の書き物をしているため、割と簡単に見分けがつく。ごく稀に昼寝を目的として利用している人もいるが、それも暇潰し族に分類して問題ないだろう。

だが、勉強族と仕事族は見分けがつき難い。最近は学生と同じような服装で仕事をする社会人が増えたため、簡単にはその属性を振り分けられないのだ。一見、勉強族と仕事族は同じ属性に入れても構わなそうに思えるが、彼らは似て非なるものである。彼らの持ち物はどちらもノートパソコンや書籍などが中心で大差はない。だが、仕事族は突然スイッチが入ったように大声で通話を始めるという傍《はた》迷惑な習性を持っている。その声は隣席の二人組、三人組客のデシベルを凌駕《りょうが》し、周囲の客を一瞬にして凍りつかせる。もちろん、仕事族の前には誰も座っていない。彼らはなんの前触れもなく通話を始め、目の前の空席を威圧したり、必要以上に媚びへつらったり、まるで発声練習をしているかのようにそれらを繰り返す。事前になんの情報もなかった周囲の客は、彼らの異常によく通る声とその豹変ぶりに圧倒され、続けていた会話や作業を中断せざるを得なくなってしまうのだ。更に仕事族には長い通話を終えると一仕事を終えたという高揚感からか、今度は親の仇《かたき》のようにキーボードを叩き始めるという習性もあった。仕事族はたとえ一人でカフェに座っていても、常に誰かと行動を共にしているという点で、勉強族とは異なっていた。

だが、ぼくはそんな仕事族と勉強族の簡単な見分け方を見つけた。それは、蛍光ペンもしくは色付きのペンを持っているか否かだ。大抵の勉強族はこれを机の上に出しているか器用に指で回している。彼らは突然発声練習をすることもないし、大抵はイヤホンか耳栓をしているので、周囲に迷惑をかけることもない。一人でカフェにいる勉強族は、森に棲むエルフのような存在なのだ。

ぼくは隣に座る勉強族に感謝しながら五反田駅前のコーヒーチェーン店の二階席の窓際でsilentminority_mozという人物を待っていた。

ここは、初めて人に薬を渡した場所である。ぼくはその後も様々な場所でその受け渡しを実行してきた。カフェはもちろんのこと、夜の公園、駅のホーム、カラオケボックスなど、自分とは縁のない施設も数多く利用した。だが先日の浜松町の喫茶店でのミスを経験し、身の安全を守るためにはある程度の土地勘が必要だということも学んだ。薬を渡す相手は皆、死を欲している人間で、いつどんな事態が起きてもおかしくはない。つまり、万一に備えて逃げ道くらいはイメージしておかなければならないということである。そのためには常に人に紛れていて、ある程度の土地勘がある場所に身を置いていたほうが安全であるとぼくは判断したのだ。

この店を再び利用するようになり、ぼくはすっかりこの店の常連になっていた。最近ではほかの常連の顔も憶えてきた。ぼくが座る席の反対側の喫煙スペース付近に座るスーツ姿の仕事族は毎日決まった時間に来てノートパソコンの画面を見つめている。階段の裏手に座る勉強族の若い男性は必ずぼくが来る前からその席に座っており、毎日同じ時間に帰って行く。その三つ隣の席には、眼鏡をおでこにかけてスポーツ新聞とクロスワードパズルを交互に睨めつけている暇潰し族の年配男性がいる。彼らは毎日決まった時間にこの店を利用することで、メトロノームの速度を調整するように生活のリズムを保っているようだった。

そんな彼らから見れば、ぼくなんてまだまだ新人にしか見えていないだろう。だが、ぼくにも二人の後輩ができた。四つ隣の席に座っている暇潰し族の男性は、最近常連になったようだ。毎日スマートフォンをじっと眺めているだけだが、比較的長い時間滞在してから帰る。今、ガラス張りの喫煙スペースの中で立ったまま煙草を吸っているスーツ姿の女性もぼくの後輩だ。彼女はきっちり三〇分おきに喫煙スペースへ行き、吸って吐いてをロボットのように繰り返して、禁煙席にある自分の席に戻る。

常連客全員に言えることだが、彼らはいつも同じような場所に座る習性があることが興味深かった。そんなぼくも、二階席左奥の窓際の席が定着しているのだから人のことは言えない。

だが、ぼくがこの店に来るのも今日が最後だ。セリーヌとしての活動も今日で終わるのだ。人に渡すことができる薬はこの一錠が最後だからである。ぼくはこの活動を通じて、これまで何人の人と出会ったのだろう。中には本気で死を必要としていなかった人も数多くいたため、正確な数はわからない。ただ、もともとあった薬の在庫から計算すれば、三〇人近くの人にそれを渡したことになる。皆、心の底から死を必要としていた人たちだった。彼らはちゃんと用法を守ってくれただろうか。ぼくが渡した薬で幸せになることができただろうか。当たり前だが、ぼくはまだこの薬を飲んだことがないので、彼らが痛みや苦しみもなく安らかに死ぬことができたかどうかはわからない。無責任かもしれないけれど、ぼくは薬を渡した人たちがその後どうなったかということは考えないようにしていた。なぜなら、その時が来ればぼくにもわかることだからだ。

人影が、考えに耽《ふけ》っていたぼくの視界を遮った。

視線を上げると、そこには年配の男性が立っていた。べっ甲フレームの眼鏡をかけた白髪混じりのその男性は、グリーンの厚手のブルゾンとゆったりとした茶色のコーデュロイパンツを着け、セカンドバッグを抱えてこちらをにこやかに見つめている。

「ご無沙汰しております」

穏やかで物静かな声が、ぼくの記憶の中にいる人物と彼をピタリと一致させた。mozuku1950だった。眼鏡の奥に覗く瞳は生き生きと輝いている。

「もずくさん……」とぼくは思わず呟いた。

「はい。憶えていて下さったのですね。今日はちゃんと下で注文してから参りました」とmozuku1950はテーブルに自分のコーヒーを置き、ぼくの席の前に座った。

ぼくは慌てて周囲を見渡した。

mozuku1950はぼくの行動を制するように言った。「今日、セリーヌさんが待ち合わせをしている人物は私です。私がsilentminority_mozです」

ぼくはしばらくmozuku1950から目を逸らすことができなかった。それもそのはずだ。

彼はもうこの世にはいないはずなのだ。

「あの……」

ぼくは次の言葉が浮かばなかった。

「すみません。驚かせてしまいましたよね」とmozuku1950は穏やかな口調で続けた。

「別のアカウントを作成してあなたに連絡をさせていただきました。すでに死んだはずのmozuku1950から連絡が行けば、セリーヌさんをもっと驚かせることになってしまうと思いましたので」

「どういうこと、でしょうか」

それが、やっと出てきたぼくの言葉だった。

「今日は、あなたにお話だけでも聞いていただきたくて参りました」

mozuku1950の瞳はその輝きを更に増していた。

「二ヶ月ほど前、私はあなたからこの場所であのお薬をいただきました。それからあなたに言われた通り、その一週間後に薬を飲む予定を立て、妻ともずくのもとへ旅立つ準備をしました。世間で言うところの終活というやつです。預金口座の整理、生命保険の確認、妻と愛犬の写真の整理、もう何十年も会っていない弟に手紙を書いたりもしました。

ところが、私の中にある変化が生じました。終活を続ける中で、私の時間が突然輝き始めたのです。まるで、私という物語の静かなエンディングを書き上げるような高揚感に包まれているようでした。その気持ちは日に日に高まっていきました。いつの間にか、予定していた一週間は過ぎ、二週間が経っていました。その時間は、これまでの私の人生の中でも一番幸せな時間だったかもしれません。私はそんな自分が不思議でなりませんでした。死に向かおうとする一人の惨めな男が、なぜこんなにも多幸感に包まれているのか。私はその理由が知りたくて、真剣に考えました」

mozuku1950の声には、以前とは比べものにならないほどの強さがあった。

「妻に先立たれ、子供のように可愛がっていた愛犬にも先立たれ、生きる目標もなく、頼れる身内さえいない私が、なぜ幸せを感じることができるのか。その答えは、いとも簡単に見つかりました。あなたからいただいた権利です」

「権利……」

mozuku1950はゆっくりと頷いてから言った。「もちろんこんな話、誰に言ったところで理解してくれる人はいないかもしれません。それも当然です。私たちのように苦しみを声にさえ変えることのできない少数派の存在など、複雑で大きな問題をいくつも抱えたこの社会の中では、取るに足らない問題でしかないのですから。ですがこの薬は、そんな私に生きる希望を与えてくれたのです」

死ぬことができる薬が、逆に生きる希望を与えるとmozuku1950は言うのだ。ぼくは眉を顰《ひそ》めながらも、彼の話に耳を傾けていた。

「セリーヌさん。あれは薬ではないのです。私たちが、自分が考える最高のタイミングで人生を終わらせることができるという権利なのです。あなたはその権利を私に下さったのです。私はそれを持っているだけで、これまで感じたことのない安らぎと幸福に包まれることができたのです。そして世の中には、この権利を心の底から必要としている人が大勢いると、私は自分の経験を通じて確信しました。もちろん、一分一秒でも早い死を必要としている人もいるでしょう。しかしそんな方々も、きっとその薬を手にした瞬間から幸せに包まれるはずです」

ぼくはazu_cherry1116さんの色彩溢れる笑みを思い出した。

mozuku1950はテーブルの両端を強く握りしめながら続けた。「人は誰でも、自分の好きな日、好きな時間に、人生を安らかに終える権利を手に入れることができるのです。こんなに素晴らしい死に方、いや、生き方があるなんて、私はこれまで考えたことすらありませんでした。だから私は、あなたを支援させていただきたく、本日こうして失礼を承知であなたに会いに来ました。今あなたが行なっている活動は、これからも多くの人々を助けることになるでしょう。あなたは、正しいことをしているのです。私はあなたの活動の全てを肯定します。そして、あなたの仲間としてその活動の協力をさせて欲しいのです。私ならきっとお力になれると思います」

mozuku1950の両手はテーブルの端を握ったまま動かなかった。

まさか、自分の活動を面と向かって肯定してくれる人がいるなんて思いもしなかった。死を必要としている人に、それを可能にする薬を渡す。それだけしか考えていなかったのだ。だがmozuku1950が言った権利という言葉は、なぜかぼくの胸の中で心地よく響いていた。よく考えてみれば、ぼくもその権利を手にした一人なのだ。ぼくはいつでも好きな時にその権利を行使できるという安心を持っているからこそ、この活動を続けることができていたのだ。そしてその権利は、これまで味わったことのない充実感というものをぼくに与えてくれた。ぼくは気づかないうちに、この薬に生きる力をもらっていたのだ。mozuku1950が言うように、これは死ぬことを可能にするためだけの薬ではないのかもしれない、とぼくは思った。

だがぼくは、彼に残念なお知らせをしなければならなかった。

「もずくさん。お言葉は嬉しいのですが、この活動は今日で終わりなのです。なぜなら、人にお渡しできる薬はもうないのです」

mozuku1950はぼくに深い理解を示すように何度も頷いて言った。

「ご心配なく」

「どういう、意味でしょう」

「お力になれると申し上げた通りです。私はこう見えて、様々な研究機関に顔が利く仕事に従事しておりました。私自身が薬剤に詳しいという訳ではありませんが、先日いただいた薬の成分比率を調べることくらい、大した手間ではありません。あなたはお怒りになるかもしれませんが、実はとある民間の解析機関に頼んですでに成分を調べてもらいました」

mozuku1950は思わず口を開けたぼくを制するように続けた。

「ご安心下さい。もちろん内密にです。あなたにご迷惑がかかってしまうようなことだけは避けなければなりませんからね。それで、解析の結果なのですが……」

mozuku1950は身を乗り出してぼくに近づいてきた。

ぼくはその距離以上に身を引いた。

「解析の結果、あの薬は完璧であることがわかったのです。つまりあれは紛れもなく、たった一錠で、苦しむことなく確実に死ぬことができる薬だったのです」

自信に満ち溢れたその男の瞳孔は、ぼくを吸い込んでしまいそうなほど大きく開いていた。

「そんなつもりであなたに渡したのではありません」とぼくは自己防衛本能に唇を操られるように言った。

「わかっています。私はあなたの意思を無視してまでこの活動を進めるつもりはございません。もしご迷惑なら、今日の話は全てなかったことにして下さって結構です。その場合、あなたにご迷惑がかかるようなことは一切ありませんのでご安心下さい。あくまでも私はあなたのお手伝いをさせていただきたいだけなのですから。しかしどうか、前向きに考えていただくことはできないでしょうか。私はこの年になってようやく自分が生まれてきた意味を見つけることができたのです」

mozuku1950は小さなメモ用紙をテーブルの上に差し出して続けた。「これは私の連絡先です」

そこには『篠原誠一郎《しのはらせいいちろう》』という彼の本名らしき名前と、携帯番号が記されていた。

ぼくは今自分がどのような感情を抱いているのかさえわからなくなっていた。

ふいに、ぼくの四つ隣の席に座っていた男が立ち上がり喫煙スペースへ向かった。

後輩の暇潰し族だが、ぼくは彼のその行動に妙な違和感を覚えた。彼は煙草を吸わないはずである。

男が入って行ったガラス張りの喫煙スペースには、同じくぼくの後輩である、三〇分おきに煙草を吸う仕事族の女性の姿があった。

暇潰し族の男性は喫煙スペースに入ったにもかかわらず、煙草を吸おうともしていない。

妙な違和感は更に続いた。

二人の後輩たちの口がぼそぼそと動いているのだ。これまで何日も彼らを見てきたが、ぼくは二人が知り合いだという認識を持ったことはなかった。

非常に短い時間だが、暇潰し族の男性の視線がこちらに向けられたような気がした。

彼らは後輩などではない。何日も前からこの店の常連を装い、ぼくを見張っていたのだ。

ぼくはできる限り唇の動きを抑えながらmozuku1950に言った。「もずくさん、後ろを見ないで聞いて下さい。見張られている可能性があります。ぼくはすぐにここを立ち去りますが、もずくさんはここに残って下さい。そして、もし彼らに何か尋ねられても……」

「任せて下さい。私は必ずあなたのお役に立ってみせます」とmozuku1950はぼくの言葉を遮った。

全てを覚悟しているようなmozuku1950の眼差しが心強かった。

ぼくはテーブルの上に置かれたメモをそっと拾い、息を押し殺すように立ち上がって階段まで近づき、その後は全力で走った。

第6章　恋は薬で治せる病

恋は病気である。しかも薬で治すことができる病気である。

少なくとも数納薫はそう考えていた。

脳内物質と呼ばれる神経伝達物質は五〇種類ほどあると言われている。それらの中で主要な作用を担う脳内物質と言えば、快楽を与えるドーパミン、不快なストレスを避けようとするノルアドレナリン、そして安らぎを与えると共にそれらの物質のバランスを保つセロトニンの三つが代表的存在だ。

現在の医療では、不安を抱えたりうつ状態の患者の脳内ではセロトニンが不足していると考えられているが、恋をしている人の脳内もその状態に酷似《こくじ》している。それらの脳内物質のバランスが大きく崩れた状態は、むしろ麻薬を使用している状態に近いとも言われているほどだ。

恋をすると、まず脳に快楽を与えるドーパミンが分泌される。それにより運動機能が刺激され動悸が速まるため、胸が高まるような高揚感を得る。好きな人を前にすると顔が赤くなったりするのもドーパミンの影響だ。ちなみに恋は盲目という言葉があるが、それは過剰なドーパミンの分泌が客観的な判断を司る扁桃体・頭頂側頭結合部と呼ばれる箇所の働きを鈍くさせてしまうためだ。

続いて、恋をしている人の脳内ではセロトニンが減少する。本来ならば過剰なドーパミンを抑制し、脳に落ち着きを取り戻させるのがセロトニンの役割なのだが、その減少のせいで制御能力を失ってしまうのだ。また、セロトニンの減少が進むと不安を抱えたりうつ状態を引き起こす要因となる。

更に恋をした人の脳内では、不快の感情を与えるノルアドレナリンの分泌が増加する。ノルアドレナリンは心拍数や血圧に影響を与えるため、それが長期間続くと自律神経が乱されて睡眠などにも影響を与えてしまう。愛しい人を思うと夜も眠れないのはノルアドレナリンの影響である。

つまり、それら三つの脳内物質のバランスが崩れてしまった状態が、恋なのだ。脳内に同時に急増加した快楽と不安という正反対の感情を、セロトニンが制御できなくなってしまっただけのことである。心療内科へ行き、医師に症状を伝え、フルボキサミンやフルオキセチンなどの選択的セロトニン再取り込み阻害薬を処方してもらえば、恋という病気は治るのだ。

　でもなぜだろう。

　そうとわかっていても、薫は成瀬由乃のことしか考えることができなかった。あの夜以来、どこで何をしようとも、由乃が頭の中から離れないのだ。その柔らかい肌の感触や体温が、体を離れようとしないのだ。

　実習で初めて由乃と目があった日から、その思いは薫の中に宿っていた。だがそれは見返りを期待するような思いとは違っていた。そっと胸の奥に閉じ込めて、その鍵を握りしめているだけで薫は満たされていたのだ。やがて由乃が芹澤と交際するようになり、薫はその思いの一切を消し去る決心をした。そして、その鍵を光の届くことのない水底へと沈めた。それは、芹澤が死んでからも沈んだままのはずだった。だがあの夜を境に、その鍵は水面へと浮上した。固く閉じ込められていたはずの思いは、決壊したダムのように薫の体内に氾濫してしまったのだ。どんな薬を服用したところで、由乃への思いを鎮めることなど今の薫にはできそうになかった。

　意識が呼び戻されるような冷たい感触が薫の頬に落ちた。

　雨はいつ雪に変わってもおかしくないほど冷たかった。

　薫は傘を持っていなかったため、第一校舎のエントランスに移動して雨を凌いだ。

　大きな雨粒はすぐにコンクリートのキャンパスを塗りつぶした。

薫はエントランスへと続くスロープ横の階段に蹲るように座り込み、再び校内を行き交う学生たちを判別し始めた。

冬休みではあるが、大学には多くの学生や職員たちが往来していた。ただし、そのほとんどは高学年の学生たちだった。特に六年生は年明けすぐの総合薬学演習と呼ばれる卒業試験が控えており、更に三月には薬剤師国家試験が待ち構えているため、彼らは休みどころか正月気分を味わうことさえ許されないのだ。低学年の学生たちもキャンパスを歩いてはいるが、そのほとんどは前期テストで成績が振るわなかったり、出席日数が足りなかったなどの理由で補習を受けに来ている者たちである。だが、その補習があるのも今日が年内で最後だった。

もし今日由乃を見つけることができなければ、薫はもう二度と彼女に会えないような気がしていた。薫は第一校舎の前で、由乃、もしくは彼女の友人を探していた。由乃に会えなくとも、彼女の無事が確認できればそれだけで良かった。

あの夜から三日が過ぎていた。翌朝、薫が目を覚ますと由乃の姿はすでにそこにはなかった。そしてテーブルの上にあったはずの薬も、彼女と共に消えていた。由乃は、芹澤が完成させた薬を持って消えてしまったのだ。消えたという表現は間違っているかもしれないが、薫はあの日以来由乃と連絡を取ることができていないのだ。これまでは由乃の精神状態を考えて薫から彼女に連絡することは遠慮していたが、もはやそんなことを言っていられる状況ではなかった。薫は由乃にメッセージを送り、電話もかけ続けた。だが、電源が入っていないという機械的なアナウンスが、薫の不安を余計に掻き立てるばかりだった。

薫はあらためて、自分が由乃のことを何一つ知らないということを痛感していた。実家は熱海で、両親が旅館を経営していることは聞いている。だがそこは日本有数の観光地だ。旅館という旅館に片っ端から連絡したとしても、この年末の忙しい時期に誰が薫に取り合ってくれるというのか。薫が由乃について知っている情報と言えば、成瀬由乃という彼女の名前と携帯番号とメールアドレスくらいなのだ。考えてみれば、薫は由乃の誕生日さえ知らないのだ。

薫は自分が犯したミスを悔やんだ。丸川やライムの話、そして薬の存在を明かしてしまったことを心の底から後悔していた。せめて薬を見せるようなことさえしなければ、由乃はそれを手に入れることもなかったのだ。たった一錠、飲むだけで確実に死ぬことができる薬。芹澤が自らの死をもって完成させた薬。そして、彼と同じ死に方ができる薬。由乃はその薬を手にしてしまったのだ。それは、薫が一番恐れていたことだった。

キャンパスにできた水溜りを踏みつけながら、二人の女学生が正門のほうへ走って行った。

薫は目を凝らして彼女たちを判別した。

由乃でも、その友人でもなかった。由乃は成績も優秀で出席日数も十分に足りているはずなので、彼女が補習を受ける可能性は少ない。だが、由乃がいつも行動を共にしている友人が補習を受けているという可能性はあるかもしれない、と薫は考えていた。名前は知らないがせめてその友人を見つけ出し、由乃に連絡を取ってもらうことができればそれだけで良かった。由乃があの薬を使っていないことが確認できれば、今はそれだけで十分だった。

薫はそんな僅かな可能性に賭けて、三日間朝から晩までこうして第一校舎の前で由乃への手掛かりを探しているのだ。

雨雲の向こうから、旅客機が通り過ぎていく音が聞こえてきた。

気づけば、日が沈み始める時刻になっていた。

雨は次第に強くなり、吐く息が固まってしまいそうなほど気温は下がっていた。

スロープの先にできた大きな水溜りに、路面にへばり付いていたイチョウの枯葉が浮かんでいた。

薫はその枯葉に妙な親近感を覚えながら、由乃と過ごしたあの夜のことを反芻《はんすう》した。

二人はゆっくりと時間をかけて少しずつ近づいていった。それは体中の神経を一つずつ繋ぎ合わせていくような緻密な作業のようにも思えた。二人は、呼吸、鼓動、自律神経さえも共有し始めた。やがて二つの生命のリズムは完全に一致した。そして、重なり合った一つの生命体はオルガズムを迎えた。この世界に必要なものなど何一つないと思えた。由乃がこの世界にいてくれることだけが薫の喜びだった。薫は由乃の生命を感じながら、まだ胎児だった頃の記憶を手繰り寄せるように深い眠りについた。だが、目を覚ますとそこに由乃の体はなかった。自分の体の半分が引き剥がされてしまったような感覚だった。そしてその痛みは、やがて薫に深い葛藤を植え付けた。

由乃はなぜ僕とセックスをしたのだろうか。ただ、酔っていたという理由だろうか。ただ、芹澤の代わりを求めていたという理由だろうか。それとも、由乃はあの薬から僕を引き離すために、芹澤が使っていた部屋へと誘ったのだろうか。

そうであれば、それは最悪の答えだった。もし由乃が薬のために薫と寝たのであれば、彼女はそれほどまでに死を切望していたということになってしまうからだ。薫は体の一部を切り落とされてしまったような痛みと、光の届かない世界に一人取り残されてしまったような不安を抑えることができなかった。セロトニンの減少か、それともノルアドレナリンの増加が原因かはわからないが、薫の脳内はこの世界から由乃が消えてしまうかもしれないという不安だけに支配されていた。

薫は白い息を宙に浮かべ、水溜りに浮かぶ枯葉を眺めた。

冷たい雨に打ち付けられてのたうち回っていたその枯葉が、突然その姿を消した。誰かの足がそれを踏みつけたのだ。

続いて雨音を掻き消すような甲高い声が薫の耳に届いた。

「あれ、数納くん。なに、傘持ってないの？」

顔を上げると視線の先には大きな目をギョロつかせた丸川がいた。

「まあ、そんなところです」と薫は凍えそうな声を出した。

「傘あまってるから、ちょっと待ってて」

丸川は水溜りの中で直角ターンを決めて去って行った。


「……そう、妹か。初めて聞いたな」

丸川はコーヒーカップをソーサーに戻し、短い指をテーブルの上で組んだ。なぜか親指を中に入れて二本の小指を突き立てているため、その形は巨大なダンゴムシのようになっていた。先日とは色違いのタートルネックセーターを着ているがサイズオーバーで手首が完全に隠れており、肥えた指の形がよけいに強調されて気持ち悪かった。

丸川は薫の話を整理しているのか、天井を睨みつけるように黒目をあちこちに泳がせている。どうやら完全に自分の世界に入ってしまったようだ。

薫と丸川は戸越銀座の商店街にある小さなコーヒー豆店にいた。美味しいコーヒーを出す店がある、と丸川に連れて来られたのだ。

店内は穏やかな照明と芳ばしい豆の香りで満たされており、足を踏み入れたとたんに幸せな気分になれた。アクリルのショーケースには一粒一粒が磨き上げられたような光沢を持つ様々な国のコーヒー豆がぎっしりと並べられ、それぞれに手書きのポップで説明が記されていた。コンビニのコーヒーで満足している薫でさえ一袋買って帰りたいと思ってしまうほどである。

しかしここは喫茶店ではない。二人がけのテーブル席が二つしか設置されていない空間は、店内を喫茶店としてだけの目的で利用する客を歓迎しているようには見えなかった。実際のところ、薫の隣に座っている若いカップルも注文した豆が挽き終わるまでの時間にサンプルとして出されたコーヒーを試飲しているにすぎなかった。要するに、ここはあくまでもコーヒー豆店であり、テーブル席は豆を買い求めに来た客のために用意されているのだ。だが、そんな店を丸川は喫茶店だと思い込んで利用しているようだった。

隣のカップルが挽き終えたばかりのコーヒー豆を嬉しそうに受け取り、会計を済ませて店を出て行った。雨は小雨に変わっているようだ。一つの傘に入って雨の商店街に消えていくカップルの後ろ姿に、芹澤と由乃の姿が重なった。

もしかするとこの店は以前由乃が教えてくれたコーヒー豆店なのかもしれない、と薫は彼女が作ってくれた朝食を思い出した。

店内の客は薫と丸川だけになっていた。

丸川は依然ダンゴムシを作ったまま天井を睨みつけている。

薫は店内の沈黙に居心地の悪さを感じながら、全てを丸川に打ち明けたことが正しかったのだろうかと自問していた。

たった一錠、飲むだけで確実に死ぬことができる薬は実在していたこと。その薬は、やはり芹澤が作った可能性が高いということ。今その薬を持っているのは芹澤の妹のライムであり、しかもその数は一つではなさそうであること。そして、水羽ここにその薬を渡した人物はライムではないかという薫の推理。薫はその全てを丸川に打ち明けたのだ。

なぜ信用できる相手かどうかもわからない丸川に打ち明けたのか、その理由は自分でもわからなかった。由乃への手掛かりをついに失い、自棄《じき》になっているからか。雨の中わざわざ自分のために傘を取りに戻ってくれた丸川への謝意からか。それとも、脳内にドーパミンが過剰分泌しているせいで客観的な判断力を失っているからか……。

とにかく、薫の脳では処理できない出来事が多発的に起きていることだけは確かだった。いや、本心は全てがもうどうでもよかったのかもしれない。薫の頭の中はこうしている今も由乃のことで一杯なのだ。

ただ、丸川には伝えなかった情報もあった。その薬をライムが置いていったこと、そして由乃がそれを持ち去ってしまったことだけは言わなかった。客観的な判断力がまだ残っていたのか、動物的な本能が働いたのかはわからないが、薫は研究者である丸川とその薬を無意識のうちに遠ざけていた。

テーブルの上のダンゴムシの触覚がピクリと動いた。続いて丸川のクリクリとした黒目が白目を追いかけるように泳ぎ、やがてその視点が定まった。

薫の話を整理し終えたようだ。

丸川はコーヒーを一口飲んで言った。「数納くんの話を聞けば聞くほど繋がってしまうんだよね。私が得た情報と」

丸川は自分が得た情報と薫から得た情報の二つを擦《す》り合わせていたようだ。

「よろしければ、先生が得たという情報を教えてもらえないでしょうか」と薫は尋ねた。

「実はね、昨日また警察が来たんだ。例のごとく、私にアドバイスして欲しいことがあるとか調子のいいこと言って。どうせまだ私のことを疑ってるんだろうけどね」

「警察が先生を疑っているというのは考え過ぎのような気がしますけど。それで、何について聞かれたのですか」

「テトロドトキシンについてだ」

その言葉は薫の脳内に過剰分泌したドーパミンを一気に沈静化させた。

「都内で発見されたいくつかの自殺遺体の中から、それが検出されたんだそうだ。水羽ここの遺体からも見つかったと言っていた」

当然ながら、テトロドトキシンは簡単に手に入るような薬剤ではない。それが複数の自殺者の遺体から検出されたとなれば、警察もますますその捜査に本腰を入れているはずだ。

「もしかして、大学にもテトロドトキシンは保管されているんですか」

「警察も君と全く同じ質問をしてきたよ」と丸川はダンゴムシを解《ほど》き、短い指で顎をさすりながら続けた。「私は自分の研究でテトロドトキシンを使用することなどないから、保管室でそれを探したことも見かけたこともないんだ。しかしご存知の通り、テトロドトキシンはごく僅かな量でも神経や筋肉、そして呼吸さえも停止させる働きを持つ劇薬だ。仮に保管室にそれがあったとしても、ほかの薬と同じように並べられているとは思えないけどね。警察にも同じように答えたよ。そしたら奴ら、保管室に入らせて欲しいとか言い出した。だから私は、休み中は鍵がかかっているから無理だ、そんなにテトロドトキシンが欲しかったらふぐ料理屋にでも行ったらどうだ、とアドバイスしてやったんだ」

一瞬だが、丸川はほくそ笑むような陰湿な表情を浮かべた。理由はわからないが、よほど警察が嫌いなのだろう。

薫は芹澤に連れて行ってもらった新橋のふぐ料理屋を思い出したが、なぜか女将の卑猥な手つきが脳裏をよぎった。

「テトロドトキシンのほかには何か言ってましたか」

「ああ、芝大門の喫茶店に水羽こといたもう一人の人物についてだった。商店街に設置されていた防犯カメラが、例の事件があった時間に喫茶店の辺りから走って来る人物を捉えていたんだそうだ。その映像を解析したところ、男性の服装をした女性ではないかというところまでわかったらしい。それも年齢は若いらしい。走り方というのは年齢や性別を判断しやすいんだそうだ」

テトロドトキシンに若い女性、薫は丸川が瞼を高速開閉していた理由がわかったような気がした。

「先生の仰《おつしや》る通り、警察が残した情報と僕の情報は嫌でも繋がってしまいますね」

「むしろそれ以外の可能性が見当たらないほどにね。だが恐らく、警察はまだ芹澤くんの妹にまでは辿り着いていないだろうね」

「ええ。彼らは兄妹ではありますが、生物学的にも戸籍の上でも繋がっていない他人ですから」

丸川は薫の話を聞きながら、シュガーポットの中から角砂糖を素手で取り出し、そのまま口の中に放り込んだ。

薫は丸川の大抵の行動には耐性がついてきたと思ってはいたが、それでも戸惑いは隠せなかった。

「摂りすぎたカフェインは砂糖で打ち消すことができる。今日研究室で五杯も飲んでたの忘れてた」と丸川は薫の表情を汲み取ったように自分の行動に補足を加えた。

丸川の行動は一つ一つに意味があるらしい、と薫はあらためて彼に理解を示した。

「しかしねえ」と丸川は天井を睨みながら続けた。「警察が探している人物、つまりその薬を複数の人たちに渡している人物が芹澤くんの妹だったとしても、彼女はなぜそんなことをしているんだろうか。警察が言うところの動機というやつだ。言ってしまえば彼女が今やっていることは自殺幇助であり犯罪行為だろう。いくら若くてもそれくらいの判断はできると思うんだ。それに、彼女はなぜそれを伝えるためだけに君の家に現れたりしたのかもわからない」

「それについては僕も考えましたが、さっぱりわかりませんでした。彼女とは芹澤さんの里親に会いに行った時に、一度見かけた程度の関係でしかありませんでしたし」

その言葉に嘘はないが、ライムはその薬を渡すために薫の家に来たとは言えなかった。

「ひょっとして、彼女も死を必要としている一人なのだろうか」と丸川は呟いた。

薫はライムが心療内科から処方されたと思われる薬を服用していたことを思い出したが、首を傾げるだけに留めた。

丸川はテーブルに身を乗り出すように言った。「数納くん。もし本当に飲むだけで安らかに死ぬことができる薬があったとして、それを手にした人間がとるもう一つの行動について考えたことはあるかい？」

薫は丸川の言葉の意図がうまく掴めず問い返した。「死ぬこと以外の行動、という意味でしょうか」

「質問の仕方を変えよう。死ぬこと以外に存在するその薬の効力を、君は考えたことがあるかい？」

「副作用、ということでしょうか」

薫は自分が発した言葉に違和感を覚えた。そもそも薬には必ず副作用がある。投薬により、期待される主作用以外の反応が出ることは、生きている体においては当然の反応だからだ。しかし今話題に上っているのは、確実に死ぬことができるという薬である。それが体の全ての機能を停止させることを目的とした薬である以上、そこに副作用という概念は必要ないはずなのだ。

「ある意味では、副作用と言っても良いのかもしれないな。その薬には君が思っているより多くの効力が存在するんだ。もっとも、それを私に教えてくれたのは芹澤くんだったのだけどね」と丸川が言った。

「芹澤さんがその効力について丸川先生に……。そう言えば先ほど、妹のことは初めて聞いたと仰っていましたが」

「ああ、彼とは何度か酒を呑んだことがあってね。朝まで付き合わされたこともあった」と丸川は恋人を偲ぶような顔を浮かべて続けた。「君も知ってるとは思うけど彼、結構苦労したんだろう」

薫は正直に答えた。「実は彼の過去のことはほとんど聞いたことがないんです。酒を呑んだことも一度しかありませんでした」

「……そう。友人だからこそ話せないこともあるだろうからね」

薫は丸川に慰められている自分が不憫《ふびん》に思えた。

「彼ね、高校を卒業してから一〇年近く、いろんな仕事をしてお金を貯めたそうだ。工事現場の仕事からホストまで、それこそなんでもやったと言ってた。詳しくは聞かなかったけど、良からぬ仕事に手を出したこともあったようだ。お金を貯めれば幸せになれる。そう信じていたらしい。それで、文字通り使い道がわからなくなるほどお金を貯めたんだそうだ。

しかし三〇才に近づいた頃、そんな自分の人生に急に嫌気がさして、一年もの間家から一歩も出ない生活を続けた。そこで彼は悟ったらしい。どうせならそのお金をもっと自分や世の中のためになるようなことに使おうと。芹澤くん、実は幼い頃は医者になりたかったみたいでね。しばらく本気で勉強したらしいけど、さすがに諦めたそうだ。それでうちの大学に入ったと言っていた」

鼻を膨らませて脂ぎった笑みを浮かべた丸川の顔がダンゴムシのように見えた。

まさか丸川から芹澤の過去を教えてもらおうとは思いもしなかった。薫は丸川に嫉妬していた。

「私はね、彼には人生の表側を歩いて欲しいと思っていたんだ。私のような裏側の人間とは違う道をね」と丸川はシュガーポットの中から角砂糖を一つ摘み、それを手のひらで握りつぶした。

この行動にも何か意味があるのだろうか、と薫は考えたが答えは浮かばなかった。

「裏側といいますと」

「私は幼いころからずっと後ろ指を指されながら生きてきた。ご覧の通り背は低いし、見た目も普通の人からすれば変なのだろうし、何かすればすぐに挙動不審だとか言われて気持ち悪がられる。だからね、勉強して偉くなればきっと何かが変わると信じてここまでやってきたんだ。だが結局は、同級生からのイジメが同僚や学生からの白い目に変わっただけだった。おまけに最近では、ちょっと歓楽街をブラついただけで職質される始末だ。私はそんなふうに、時が変わり、ところが変わっても、世間から後ろ指を指されるような裏側の人生を歩んできたんだ。もちろんそのことに対して、今さらいちいち傷ついたりはしないし、同情して欲しいとも思ってはいない。けどね、世の中にはそういう種類の人間だっているということは知っておいて欲しいんだ」と丸川は角砂糖を握りしめたまま薫を見つめた。

薫は反応に窮した。だが、芹澤が丸川に共感を覚えた理由はわかったような気がした。

「芹澤くんはね、そんな私を慕ってくれたんだ。私のような人生とは無縁な、表の輝きを放つ彼が、この私に敬意を払って接してくれたんだ。私の下で学ばせて下さいって。初めてだった、学生にそんなこと言われたのは。いや、誰かにそんなふうに言われたのも。私は研究者になったことが間違いではなかったと、その時初めて思うことができた。私はね、彼に救われたんだ。だから彼が教えて欲しいと言えばどんなことでも教えたよ。私は自分が持っている知識の全てを彼に与えた。彼が保管室に入りたいと言えば何度だって書類にサインをした。そして、彼のためなら実験用のラットだって何匹も手配した」

丸川は手のひらをゆっくりと開き、粉々に砕かれた角砂糖の残骸をじっと眺めていた。

「先生は、その薬を芹澤さんが作っていたことを知っていたのですね」

丸川は角砂糖の残骸を冷めたコーヒーの中に入れ、何度か小さく頷いてから言った。「まさか服用するとは思っていなかった。彼はその薬が持つもう一つの効力を研究するためにそれを作っていると思っていたんだ」

「確実に死ぬことができる薬、そこに存在するもう一つの効力とはなんなのですか？」と薫は尋ねた。

「芹澤くんはね、人間にはその薬を持つ権利があるべきだと言っていたよ」

「権利……」

「ああ。人は誰もが自らの生を、自らの意思で終わらせることができるという権利だ。たとえ今絶望の淵に立たされている人でも、その権利を持っているだけで、明日をもう一日だけ生きてみようとする力に変わるはずだ。そう彼は言っていた。確実に死ぬことができるその薬を、人々に希望を与えることができる力だと考えていたんだ。私は長年、薬理学という立場から薬を研究してきたが、そんな考えは持ったことすらなかった。なぜなら、医学とは人を死から遠ざけるための学問なのだから。私は、芹澤くんのその考え方に強い衝撃と感銘を受けたよ」

丸川の話の全てを理解できた訳ではないが、共感できる部分はあった。薫にも死を欲していた時期があったからだ。それは、死ぬことに対する恐怖との戦いの日々でもあった。だがもしその時、その薬を持っていたら、どんなに楽になれただろうか。もし祖母がその薬を持っていたなら、彼女の終末はどれほど救われただろうか。薫はその薬によって生きる希望を取り戻していたかもしれないし、祖母は自分の意思で人生の幕を安らかに下ろしたかもしれない。もちろん両足を切断してまで生かされる必要などなかったはずだ。人はその薬があれば人生をもっと力強く、そして自由に生きることができるかもしれない。薫はその考えに共鳴し始めていた。

だが、なぜ丸川はその話を薫にしたのだろうか。今の話を整理すれば、丸川は芹澤の共犯者として疑われてもおかしくはないはずだ。薫は、丸川が自分に対して何か特別な仲間意識を持っているような気がしてならなかった。

薫は慎重に質問をした。「まさか、先生もその薬を持って……」

その時、全身に震えが走った。

震源はテーブルの下で握りしめていたスマートフォンだった。薫は慌ててスマートフォンのディスプレイを確認した。発信番号の市外局番は『03』と表示されている。憶えのない番号だった。少なくとも由乃とは関係のない番号だろう。

「出なくていいの」と丸川は覗き込むように言った。

「ええ、間違いみたいです」と薫は解除ボタンを押してその振動を止めた。

胸の高鳴りはしばらく治まらなかった。

店内のテーブル席には相変わらず薫と丸川しかいなかった。コーヒー豆を購入する客は継続的に出入りしていたが、テーブル席の利用を目的として店を訪れる人も、そこに座る人も薫たち以外にはいなかった。先ほどまでは自分たちが招かれざる客のように感じていたが、客としての存在を忘れられているようなその空間に、薫は居心地の良さを感じるようになっていた。

「そうそう。奴らからもう一つ情報を聞いたんだけど」と丸川が言った。

奴らとは警察のことだろう。

「数納くん、篠原っていう人、知ってる？」

「シノハラ……聞いたことないですが」

「そうか。篠原誠一郎とか言ってたかな、その男を知っているかと聞かれたんだ。私も全く思い当たらなかったので知らないと答えたら、結構です忘れて下さい、とそれっきりだった。もしかしたら君なら知っているかとも思ったんだが」

「わざわざ警察がその名前を持ち出して先生に聞いてきたということは、今回の件に関係している人物ということでしょうか」

「そうかもしれない。ほかの事件のことを聞いてくるとは思えないし。しかしもし警察が今回の件の中心人物としてその男の名前を挙げたとすると、芹澤くんの妹さんが関与しているという我々の考えは、その的を大きく外れている可能性もあるな」と丸川は冷めたコーヒーを一気に飲み干して続けた。「ま、我々が持っている情報だけではまだまだわからないことが多いということだけは確かだろうね」

店員が路上に出ていた看板を店の中に運び込んだ。

スマートフォンで時間を確認すると午後の八時を過ぎようとしていた。

店を出ると雨はすでにやんでいた。

薫は必要のなくなった傘を返し、丸川に傘とコーヒーの礼を告げた。

丸川は車で通勤しているそうで、二本の傘をぶら下げながら大学の方へと戻って行った。

白衣のようなコートを着た丸川を見えなくなるまで見送り、薫は戸越銀座駅方面へと足を進めた。しばらく歩いていると、ポケットの中のスマートフォンが振動を始めた。

ディスプレイを確認すると、先ほどの電話番号が表示されていた。

わざわざ時間を空けてもう一度電話をかけてきたということは、間違い電話ではないのかもしれない。

薫はその着信に応答した。

「数納さん、でしょうか」

昆虫の羽が喉につっかえたような嗄れ声に、薫はアロハシャツを連想した。

「はい。そうです」

「突然お電話してすみません。宮松ですが」

どこか沈んだその声に、以前のような圧力はなかった。

「その節はお世話になりました。あの、今日はどうされましたか？」

「ライムが……」

薫は固唾《かたず》を呑んで宮松の言葉の続きを待った。

しかし、電話の向こうから聞こえてきたのは深く長い溜息だった。

第７章　フラノクマリン

ライムが睡眠薬の過剰摂取で病院へ運ばれたという知らせを受けた数納薫は、その翌日文京区にある大学病院のロビーにいた。

新設されたばかりと思われる病棟の一階は、白衣を着た医師やラウンジウェアを着た患者の姿がなければ、都心の商業施設にしか見えなかった。天井は三階部分まで吹き抜けになっており、壁一面の窓ガラスが午前の光を余すことなく取り込んでいる。ロビーの中央には長いエスカレーターがあり、その右側が外来患者用の受付カウンター、そして左側には外資系のカフェが入っていた。当たり前ではあるが、千葉の片田舎にある内科医院の受付とは大違いである。

薫はロビーの左側に広々と配置されたテーブル席に座り、カフェにコーヒーを買いに行った宮松を待っていた。患者と面会ができる時間までまだ三〇分以上あったため、薫と宮松はロビーで時間を潰すことにしたのだ。

受け渡しカウンターの前で注文した商品を待つ宮松は、襟足まで伸びた白髪と同じ色のフィッシャーマンズセーターを着て、その下は少し褪せたピンク色のパンツという若々しい服装をしていた。病院へは車で来たようで、コートも鞄も持っていなかった。背は高いほうではないが背筋がピンと伸びているため、白髪を染めれば五〇代と言っても通用するのではないだろうか。

今のところ宮松は薫が心配していたほど落ち込んだ様子は見せていないが、先日会った時に感じたギラついた印象や、腹の底から這い上がってくるような力強い声はその姿を消していた。娘が自殺未遂をしたのだからそれも当然である。一命を取りとめたことに対してひとまずは安心しているのだろう。薫もライムの無事を聞き緊張が解けた思いには違いないが、彼女が例の薬を飲んで助かったということが未だに信じられなかった。

日差しが遮られテーブルの上に影ができた。

視線を上げるとテイクアウトカップを二つ手に持った宮松が立っていた。

宮松はキラキラと輝く重そうな腕時計を着けたほうの腕で、カップを薫に差し出しながら言った。「どうぞ。数納さん、顔色がよろしくないようですが大丈夫ですか」

声に力はなくとも宮松の嗄れ声は相変わらず聞き取りづらかったため、薫は少し遅れて質問の意味を理解した。どうやら娘が自殺未遂をした父親に、逆に心配されているようだ。しかしそれもそのはずだった。ただでさえ由乃の安否に煩わされ連日まともな睡眠がとれていなかった上に、昨日の連絡である。薫はここ数日間を合わせても、数時間の睡眠もとれていない状態なのだ。

「ありがとうございます」と薫はコーヒーの礼を告げて続けた。「ご心配なく。それより、昨日はなぜ僕に連絡を？」

宮松は薫の向かいの席に腰掛けて言った。「そのご説明がまだでしたね。あらためて、昨夜は突然お電話してしまいすみませんでした。数納さんにご迷惑をおかけしたくはなかったのですが、病室で眠る娘が寝言であなたの名前を何度も呼んでいたもので。かおるちゃんと。しかし娘の友人の中で、かおるという名前には心当たりがありませんでして。それでふと、数納さんのお名前が薫だったことを思い出したのです。あなたなら娘とも先日会っていますし、もしかしたらと思った訳です」

「そうでしたか、ご連絡ありがとうございました。恐らく僕の名前だと思います」

薫は宮松にライムとの関係を聞かれる前に、クリスマスの夜のことを伝えた。しかし娘のことで余計な気を使わせたくはなかったので、薬のことは話さないでおくことにした。

「そうでしたか、数納さんの家に。それは娘が大変お世話になりました」と宮松は深々と白髪の頭を下げた。

年頃の娘が見ず知らずとは言わないまでも異性の家に泊まったことに対して、なぜか宮松はそれ以上の質問をしてこなかった。薫はその反応に違和感を感じたが、今はそれどころではないのだろう、と父親の胸中を推察した。

「それで、ライムさんの現在の容体はいかがでしょうか」と薫は尋ねた。

「ああ、命に別状はないようです」と宮松は足を組んで椅子の背もたれに寄りかかった。

「ここへ運ばれたのは一昨日の夜と仰っていましたが、すぐに胃洗浄などの応急処置はなされたのですか」

「いえ、それはしませんでした。しかし、まともに歩けるようになるまではしばらく時間がかかるそうです」と宮松は小さなため息を吐いた。

宮松が発した言葉は薫にとって非常に重いものだった。薫が一番心配していたのは、ライムに後遺症が残る可能性だったからだ。

丸川や警察の話によれば、芹澤ノエルが完成させた薬の主成分はテトロドトキシンで間違いないだろう。それはごく微量であっても体中の神経を遮断させる危険な物質だ。もし致死量を超えてそんな薬物を摂取すれば、たとえ一命は取りとめることができたとしても、麻痺症状やなんらかの後遺症が残る可能性は高い。しかも、彼女があの薬を服用してから病院に運ばれるまで、脳への酸素供給はかなり減っていたはずである。宮松が医師からどのように伝えられているかはわからないが、容体が順調に回復したとしても、脳への後遺症は常に観察しておく必要はあるだろう。

「薬を飲んだライムさんを発見したのは、宮松さんだったのですか」と薫は尋ねた。

「ええ私です。一昨日の夜、散歩から帰ったら玄関先で倒れている娘を見つけました。意識もほとんどなかったため、すぐに救急車を呼んだんです」と宮松は両足を組んだ姿勢のまま言った。

「そうですか、とにかく安心しました。服薬自殺は発見が早ければ早いほど助かる確率は高まりますから」

宮松は白髪混じりの眉をひそめて言った。「自殺？　娘は階段から足を踏み外して落ちたんですが」

「へ？」

薫は宮松の言葉に利き手が左右逆になってしまったような違和感を覚えた。

「あの、ライムさんは睡眠薬の過剰摂取で病院へ運ばれたのでは」

「ええ。そうですが、娘は薬の分量を間違えていつもより多く飲んでしまい、その状態でトイレに行こうとして階段から落ちたんです」と宮松はコーヒーを一口飲み、苦そうな顔を浮かべて続けた。「ああ、娘は過去に一度自殺未遂をしたことがあるのは確かです。もしかして数納さんはそれをご存知で？」

「いえ……知りませんでした」

宮松はキョトンとした表情を浮かべている。

「あの、ライムさんは現在、病院で処方されたお薬を服用されているようですが」と薫はクリスマスの夜にライムがキッチンで飲んでいた薬のことを思い出して言った。

「ええ、よくご存知で」と宮松は足組みを解き、身を少し乗り出して続けた。「数納さんはアスペルガー症候群という病気をご存知でしょうか」

「大学で勉強した訳ではありませんので詳しくはないのですが、ＡＳＤの一種ですよね」と薫は答えた。

アスペルガー症候群とはＡＳＤと呼ばれる発達障害の一種で、習慣の同一性への強過ぎるこだわりを持ったり、他人とのコミュニケーション面で支障をきたすことが多いとされている病気である。しかし、特に女性の場合は元来備わっているコミュニケーション能力が高いため、その特徴が男性よりも目立たないことが多く、医師にその症状を見落とされてしまうケースが多いと言われている。

「さすが薬学生ですね、よく勉強なされている。そうそう。先日私が娘を紹介した時、間違えて高校二年と言ってしまったのを憶えていますか？」

薫はライムのことを必要以上に意識しているようにも思われたくなかったが正直に答えた。「ええ、憶えています」

「あれはね、娘が留年したために間違えてああ言ってしまったんです。本来ならば彼女は今高校二年生のはずなんです」

「その障害が原因なのですね」と薫は言った。

宮松は肩を落とし、手首を返して腕時計のバックルを弄りながらライムの生い立ちを話し始めた。

「なんと言いますか、娘にはかなり苦労をしておりましてね。ああ、もちろん娘は何一つ悪くはありません。全ては家庭環境のせいだと思っています。なんせ前の妻はライムがまだ小さな頃に亡くなってしまいましたし、残された私は男手一つで彼女を育てなければならなかった訳ですから。しかも当時の私は五五才、仕事でも重要なポジションに就いていた頃でもありました。そんな時期に一人で娘を育てるというのは正直きつかったです。

しかしライムはね、小学校を卒業するまではとても聡明で、活発で、友達も多かったんです。ノエルと同じく手のかからない子で、私にとっては自慢の娘でした。前妻にも似て美人でしたしね。

そんな娘の様子が変わったのは中学に入って少ししてからでした。あんなに多かった友人が突然娘から離れていってしまったのです。どうやら同級生のグループに付いていけなくなったようでした。ああ、勉強という意味ではありません。ほら、その時期になると女性の体には様々な変化が訪れますでしょう。どうも娘は、それに心がついていくことができなかったようなのです。しかし、それぱっかりは男の私がどうこうできる話ではありません。そこで私は娘に身近な相談相手をと、家政婦を雇ったり、娘を持つ友人を家に招待したりと、できる限りのことをしました。しかし結局、それで何が変わるということはありませんでした。

そんな状況がしばらく続き、やがて娘は学校へ行きたくないと毎朝のように言うようになりました。どうにか説得して学校へ行かせても、授業以外の時間は保健室か図書室に籠るようになってしまったのです。そして、娘の体調に変化が現れ始めました。娘は毎朝のように極度の倦怠感を抱えベッドから起き上がれなくなってしまい、原因不明の発熱や頭痛、更には嘔吐を繰り返すようになりました。そして中学二年になった頃、とうとう学校へ行かなくなってしまったのです。

私が今の家内を迎えたのは、ちょうどその時期でした。ライムの母親代わりを求めていたということもありまして焦りがあったことは否定できませんが、私は思い切って美憂との結婚に踏み切った訳です。しかしそれが功を奏したようで、二人はとても仲良くやってくれました。おかげで娘はどうにか学校へ通えるようになり、家内の提案で病院へ行って診察してもらうことにもなったのです。そして、娘は生活のストレスからくる心身症だと診断されました。そこで定期的な通院と睡眠導入剤や抗不安剤などの薬による対症療法を続けた結果、少しずつですが娘の体調面に回復の兆しが見え始めたのです。私は家内とその担当医に本当に感謝しました。しかし、それが間違った診断だとわかったのは少し先になってからのことです」

宮松は腕時計のバックルを外し、それをテーブルの上にのせて深呼吸をした。

そのガラス面に反射した光がちょうど薫の目の中に入ってきて眩しかった。

宮松は過去を見つめるような目で腕時計を眺めながら話を再開した。

「その後娘はどうにか高校に進学することができましたが、問題はその後でした。高校生にもなると彼女を取り巻く環境はますます複雑になっていったようで、娘の体調は再び悪化してしまったのです。この頃になると、ライムと家内の関係は冷え切ったものへと変わり果てていました。家内も彼女なりに努力はしていましたが、やはり内面に問題を抱えた年頃の女の子を相手にするということはとても難しいことのようで、ついには匙《さじ》をなげてしまったのです。娘はその後も頑張って通院を続けてはいましたが、いくら薬をもらっても睡眠障害をはじめとした様々な症状に悩まされ続けていました。

自殺未遂をしたのはその時期です。娘は医師に処方された薬を全部飲んでしまったのです。あの時は心臓が凍りつく思いでした。もしライムに何かあれば、私は自分が死んだ時、あの世の入り口で前妻に地獄に突き落とされるのではないかと怯えました。そして私は前妻に尻を叩かれるように、娘が通う学校へ相談に行きました。そして担任の勧めでスクールカウンセラーに会い、更に専門医を紹介してもらうことになったのです。娘がアスペルガー症候群だと診断されたのはその時です。私は医師からその病気特有の症状や特徴を聞き、ようやく娘が苦しんできた理由をわかってあげることができました。それは本人にとっても同じようでした。娘は何より、自分の苦しみを誰にも理解してもらえなかったことが辛かったのです」

宮松は深いため息を吐いた。

腕時計に反射した光のせいでよく見えなかったが、宮松の表情が一瞬曇ったような気がした。

「そんな矢先のことでした、ノエルがああいうことになってしまったのは……。娘はノエルのことを本当の兄のように慕っていましたから、それがどんな悪い影響を及ぼすかと私は心配でなりませんでした。ところが娘は、ノエルの死をきっかけにこれまでにないほど前向きになったのです。あれからまだ半年と少ししか経っていませんが、まるで見違えるようになりました。女の子ですので表現は間違っているかもしれませんが、娘はノエルの死を乗り越えて逞しくなったようにさえ思いました。子供というのは親の知らないところで勝手に成長しているものなのだと、つくづく思い知らされました。

ノエルのことに関しては、娘よりむしろ私のほうが立ち直ることができていません。娘や家内の手前、私は家の中では何事もなかったように振る舞っていますが、一二年も一緒に過ごした息子を亡くしたのですから悲しくない訳がありません。それに私は家内に気を使うあまり、ノエルの葬式を施設に任せてしまいました。息子には、本当に申し訳ないことをしてしまったと今でも後悔しています。私はきっと先立った妻とノエルに地獄に突き落とされるでしょうね」

日差しに雲がかかり、薫は腕時計の光から解放された。

宮松は目頭の涙を拭っていた。

「すみません、少し話が長くなってしまいましたね。ですので、少なくとも現時点においては、娘が自殺を考えたりそれを試みたりする理由はどこにも見当たらないのです。まあ、家内との関係だけはいまだに亀裂が入ったままですがね。家内はこんな時だって友達と年末恒例の海外旅行へ行ってますよ」

「ライムさんのことは?」と薫は尋ねた。

「当然伝えましたが、あらそう怪我は?　で終わりです。今さらですがね、私と前妻とノエルの三人で暮らしていた時のほうが、よっぽど家族らしかったですよ」と宮松は吹き抜けの天井を見上げた。

薫は宮松家の天井にぶら下がるガラスの照明を思い出した。

宮松はテーブルの上の腕時計を再び腕に着けると、もぞもぞと体を動かし始めた。携帯電話が彼に着信を伝えているようだ。宮松はピンク色のパンツのポケットからスマートフォンを取り出して応答した。「はい毎度……うん。そうか……」

その表情はみるみるうちに生気を取り戻していった。それどころか、彼の目つきは獲物を捉える虎のように変わっていた。

宮松は腕時計をしたほうの手を上げ薫に会釈をして席を立ち、エスカレーターの下へ移動して通話を続けた。

エスカレーターは医師も患者も分け隔てなく、彼らを三階へと運び続けている。

薫は宮松から聞いた話をもとに、昨日の丸川との話の中でどうしても見えなかったライムの動機について考えていた。

現在把握できていることを整理すれば、まずはっきりと言えるのは芹澤が完成させた薬はライムが持っているということだ。それは飲むだけで確実に死ぬことができる薬である。裏を返せば、彼女は死のうと思えばいつでもそれを実行できるということでもあった。従って、ライムが今回自殺を試みて失敗したという可能性は極めて低い、というのが薫の考えだった。そもそもあの薬を飲んで助かるはずがないのだ。となると、やはりライムは処方された薬の分量を間違えて服用し、意識が朦朧とした状態でトイレに行って階段から落ちた、という宮松の説明は間違ってはいないだろう。

その上で、宮松の話の中には一つ気になる点があった。ライムが芹澤の死をきっかけに前向きになったという部分である。丸川は例の薬には死ぬこと以外にも効力があると言っていた。それは自分の人生をいつでも好きな時に閉じることができる権利であり、明日を生きる力にもなり得ると。薫もその考えには共感していた。つまりライムはその薬を得たことにより、宮松さえ驚くほど急速に前向きになったとは考えられないだろうか。

そしてライムは、その力を自分と同じく苦しみを抱える人々へ分け与えることに喜びを見出した。それこそがライムの動機なのだ。警察が名前を挙げた篠原という人物も気にはなるが、宮松の話を整理すればするほど一連の中心人物はライムであると薫は確信を深めていた。

宮松がスマートフォンのマイク部分を押さえながら戻って来た。

「すみません。今日どうしても買い注文を出したい銘柄がありましてね。ちょっと時間がかかりそうなんで、先に病室へ行っててもらえますか。なんせ年内取引最終日でして」

男の目はキラキラと光る高級腕時計よりも輝いていた。

「え、よろしいんですか」と薫は答えた。

「ええ、娘も数納さんが来ればきっと喜ぶと思いますし」

ライムが自分の顔を見て喜ぶという根拠はわからなかったが薫は了承した。「そうですか、わかりました」

宮松は薫の言葉を聞くと軽やかな足取りでエスカレーターの下へ戻った。

つい先ほどとはまるで別人のようである。もっとも、こちらのほうが薫が知っている宮松ではあるが。

大きな病院の近くには決まっていくつもの薬局が点在しているものだが、その付近をよく観察すると大抵の場合ケーキ屋や和菓子屋を見つけることができる。宮松にライムは自殺未遂ではないと聞いた薫は、自分の立場がただの見舞客に変わったことに気づき、慌てて近くのケーキ屋へ駆け込み、再び病院へと戻って来ていた。

薫は手土産をぶら下げながら病棟と病棟の二階部分を繋ぐ渡り廊下を歩いていた。ライムが入院しているのは先ほどまでいた棟の二つ先のためその距離は長く、しかも奥に進むにつれて容赦なく古びていった。先ほどの病棟が時代の先端を行く建築物だとすれば、今薫が向かおうとしている病棟からはまさに昭和の匂いが漂っており、その廊下は時代を遡るタイムトンネルのようだった。

それは一番奥の病棟に差しかかると顕著に現れた。壁に設置された四角い木枠のスピーカー、錆びた扉に付いた銀色の丸いドアノブ、正方形のマットがチェック模様に並べられた色褪せた床、『レントゲン室』と書かれた学級表札のような札。薫は昭和の時代を知っている訳ではないが、動画配信サイトで見た古い学園ドラマの世界が目の前に広がっているようだった。

医師と数名の看護師が、薫の進む方向とは逆の未来へ走って行った。彼らはまるで過去と未来を忙しく行き来するタイムトラベラーのようである。

薫はライムが入院している病棟のエレベーターホールに到着し、その扉が開くのを待った。

昭和のエレベーターはさすがに年季が入っていた。現在地を知らせる階数表示はどこにもなく、ボタンはプラスチックの円柱が穴から突き出た押し込み式タイプで、扉付近の床はベッドやストレッチャーなどのタイヤ痕でもとの色がわからないほどに変色している。

「チーン」という音と共にその扉が開いた。

一階からの利用者がすでに乗っていたため、薫は後ろから来た車椅子の患者にエレベーターを譲り、近くにあったベンチにしばしの間座ることにした。ライムに聞きたいことはいくつもあるが、会う前に頭の中を少し整理しておきたかったからだ。

宮松の話では、ライムの診察は現在整形外科が担当しているということだった。つまり彼女が転んで足を怪我したという以外の見解は、宮松も病院側も持っていないということである。だが薫はどうしても彼らと同じ所見に至ることができなかった。なぜなら、ライムが薫の家に来た時、彼女はきちんと用法を守って薬を飲んでいたからである。しかも彼女は自分が服用している薬の効用を述べることができるほど知識を持っていた。そのライムが薬の用量を間違えて服用するとは思えないのだ。彼女はわざと多量の薬を服用したのではないか、と薫はその真意を疑っていた。

だがわからないのは、もし死にたいのであればライムはそれに至適な薬を持っているということだ。彼女はなぜその薬を使わずに、処方された薬をオーバードーズしたのか。それがライムに聞きたいことの一つ目だった。

二つ目に聞きたいことは、もはや薫の中ではすでに答えが出ていることだ。従って確認作業とも言えるだろう。水羽ここをはじめとする不可解な服薬自殺を巡る一連の中心人物はライムで間違いないか、という確認である。しかし薫はどうしてもそれをライムの口から聞きたかった。由乃が手にしてしまった薬が本物であって欲しくない、という僅かながらの期待を持っていたからだ。もしその中心人物がライムではなく、警察が調べている篠原誠一郎という男であれば、全ては薫や丸川の取り越し苦労に終わるだけで済むのだ。そもそも芹澤は確実に死ぬことができる薬など完成させてはいないという可能性を、薫はライムの口から直接聞くまでは捨てたくはなかった。

しかしそれこそ万に一つもないような話である。意識を再び現実に引き戻すのであれば、ライムは芹澤が完成させた薬をあといくつ持っているかを確認する必要があった。薫にはライムが持っているその薬の全てを破棄させるという腹案があるからだ。もしライムが警察が動いているという状況に気づいていないのであればまずそれを知らせる必要はあるが、薫は今ならまだ彼女を救えると考えていた。警察の調べがまだライムに向かっていない今であれば、薬さえ破棄してしまえば一切の証拠はなくなるのだ。もちろん、由乃が持ち去ってしまった薬も含めて全てである。その薬を完成させた芹澤はすでに死んでおり、丸川さえ警察に何も話さなければ、ライムが罪に問われることはないはずだ。彼女に肩入れしている訳ではないが、薫は芹澤の妹を犯罪者にはしたくなかった。

そのためにはライムがあとどれくらいの薬を持っているかを把握し、その量によっては適切な解毒処理を施した上で破棄する必要があった。テトロドトキシンは摂氏一〇〇度程度の熱では解毒することはできないが、四〇〇度から五〇〇度以上の熱処理を加えればその成分を分解することができるのだ。丸川に協力してもらう必要はあるが、その処理は大学の研究室でも可能なはずである。

そして最後に確認しなければならないことは、ライムがあの薬を薫に渡した理由である。その理由だけは何度考えてもさっぱりわからなかった。だが今日の宮松の話からライムの動機が見えてきたことで、薫はその答えを探りあてたような気がしていた。ライムはその薬が持つもう一つの効力によって生きる力を得、その力を他人に分け与えることに喜びを見出した、というのが薫が考える彼女の動機だ。しかし、その活動を続けるうちにライムの中に罪の意識が生まれたのではないだろうか。丸川が言っていた通り、今ライムが行なっているのは自殺幇助であり明らかな犯罪行為である。発達障害を抱えているとはいえ、クリスマスのライムの言動を振り返ってみても、彼女がその分別をつけられないとは思えなかった。つまり、ライムは芹澤の親友であった薫に助けを求めに来たのだ。それがライムが薬を置いて帰った理由なのではないか、と薫は自らの問いにひとまずの解を示した。

しかしながら、今の薫にはそれ以上の思考を巡らせる余裕はなかった。右脳も左脳も、前頭葉も側頭葉も、その全てが由乃のことで一杯なのだ。薫は今も由乃と過ごした夜の中から抜け出せずにいた。そして、あの夜の由乃の鼓動や体温は今なお薫の体内に棲み続けていた。誰かをこんなにも愛おしく想ったことも、息苦しいほどの胸の痛みを味わったことも、経験したことはなかった。脳内物質のバランスが崩れているという理由だけでは説明がつかないほど、薫は由乃を欲していた。「ボクハヨシノヲアイシテル」口に出せば世界が壊れてしまう呪文のようなその言葉だけが、今の薫を支配していた。

「チーン」という音と共にエレベーターの扉が開いた。

利用者は一人もいなかった。

薫はエレベーターに乗り込み、ライムの病室へと向かった。

窓の外には、どんよりとした雲に突き刺さるスカイツリーが見えていた。それ以外に見える景色と言えば、荒川沿いに密集する背の低いビルや住宅街ばかりだ。霞んだ東京湾の先には薫の実家である市原市があるはずだが、文京区の病院の六階からでは見えそうにない。

病室に対する苦手意識は、いくら外の景色に救いを求めても拭うことができなかった。脳梗塞で倒れ、植物状態のまま何年も生かされ続けた祖母を思い出してしまうからだ。薫にとって、病室という空間には憐れな死に方を強いられた祖母の記憶しか残っていないのだ。宮松ライムの病室が個室だということも、そんな祖母の最期を想起させられてしまう原因であろう。

薫は昭和の病棟の病室とは一体どんなものかと危惧していたが、そのフロア全体の内装は思いのほか綺麗だった。扉や窓などの建て付けの古さこそ感じるが、壁や床は綺麗に張り替えられており、渡り廊下があった二階とは天と地ほどの差があった。病室に置いてある設備も最新のもので、ベッドサイドの床頭台には液晶テレビや冷蔵庫が設置され、それらの使用は入院患者専用のカードで管理されていた。

「やっぱ薫ちゃん、スィーツセンスいい」とライムはベッド脇のパイプ椅子に座る薫に少し鼻が詰まったような声を出した。

近所のケーキ屋でメロンが入っていないものを選んだだけではあるが、寒空の中走り回って買って来た甲斐はあったようだ。

手掴みでショートケーキを食べ終えたライムは、ベッドの上で人差し指に付いた生クリームを舐めた。ライムは化粧をしていないせいか先日よりは少し幼く見えるが、整った目鼻立ちや少し厚ぼったい唇は高校生には見えないほど大人びていた。服装は病院が用意したラウンジウェアではなく私服だった。水色の薄手のガウンの下には胸元が大きく開いたTシャツしか着ていないようで、うっすらと乳首の形が見えていた。更には胸のあたりにクリームが付いた小さなスポンジ生地が付いているため、薫はベッドの上に座るライムを見るたびに目のやり場に困った。

「で、そのくまちゃんのせいで私は階段から落ちたってわけ？」とライムはまるで腑に落ちていないといった表情を浮かべて言った。

「恐らくね。フラノクマリンが原因だと思う」と薫は答えた。

「つまり一昨日の夜に私が飲んだグレープフルーツジュースの中にそのくまりんが入ってたせいで、睡眠薬の効き目が倍増したってこと？　それでコケて全治二週間だなんてただのアホじゃん、私」とライムは箱に残っているケーキを物色しながら言った。

そう。ライムはなぜオーバードーズしたのか、という薫が聞きたかった一つ目の質問は、グレープフルーツがあっさりと解決してしまったのだ。

　フラノクマリンはグレープフルーツなどの果物の中に含まれている有機化合物の一種である。一般的に、薬は体内に入ると代謝酵素で分解されてその効力を失っていくのだが、フラノクマリンにはそれを邪魔する働きがあるのだ。そのため、薬の種類によってはフラノクマリンと一緒に摂取するとその作用を増強させてしまうという特徴があり、それに伴う副作用も強くなってしまう。またフラノクマリンは少量の摂取でもその効果は一〇時間以上持続すると言われているため、併用を禁止されている薬もあるほどだ。特に今回のライムのようにベンゾジアゼピン系薬物であるトリアゾラムなどを主成分とした睡眠薬が処方されている場合は、フラノクマリンが作用するため注意する必要があったのだ。

　ちなみにフラノクマリンはグレープフルーツだけでなく、夏みかん、ライム、ダイダイ、スウィーティーなどに含まれているが、みかん、ゆず、レモン、ネーブルなどには含まれていない。このように、似たような柑橘系の果物でも正確な知識を持っていなければその有無を判断することは難しいため、薬を服用する際には柑橘系の果物は避けたほうが無難だろう。

「自分が飲んでる薬については結構勉強してるつもりだと思ってたんだけどな。そんなの高校生の私が知るわけないじゃん」とライムは薫を睨んだ。

「処方してもらった時に医者から言われなかった？」と薫は謂れなきライムの抗議を受け流した。

「どうだろ。あの先生、私の体にしか興味がないみたいだったから」

ライムの胸元に付いたスポンジ生地が目に入った。薫はその胸元から目をそらすついでに、その言葉の意味も振り払った。

「私、名前のわりに酸っぱいの嫌いだから普段はグレープフルーツジュースなんて飲まないんだけどね、お風呂上がりにたまたま冷蔵庫を覗いたらあったから……あ、まさかあの人が私を殺すために冷蔵庫に残して旅行に行ったとか？」

あの人とは宮松の現在の妻、美憂のことだろう。

「それは考え過ぎじゃないかな」と薫はケバケバしいネイルを思い出しながら言った。先入観でしかないが、薫には美憂が医学の知識を持っているようには思えなかった。

「でも、昔は仲良かったんだろう」

「パパから聞いたんだ。あのね、なんか誤解されてるようだけど、私は別にあの人のこと嫌いじゃないよ」

すでに喧嘩腰になっているライムの態度が気になったが、続きがありそうだったので薫は黙って聞くことにした。

「パパがあの人と結婚するって聞いた時、私はとても合理的だと思ったの。だって、あの人はパパのお金が目当て、パパはあの人の体が目当て、二人の利害は完全に一致してたから。しかもパパ、あの年でしょ。介護問題も控えてるし、そういう意味では私にもメリットはあった。それにあの人、私の相談とかにも乗ってくれたりして、結婚する前からすごくいい関係が築けてたから、私はパパの結婚に賛成だったの。

でもね、結婚して家で生活するようになったある日、あの人の性格が突然変わったの。私のことを母親だと思ってなんでも相談してね、とか言いだしたりして。私、意味がわからなかった。あの人はパパの結婚相手のはずなのに、どうしてそれがお母さんになるのか、まったく理解できなかった。それで、どう付き合えば良いのかわからなくなっちゃったの」

話を終えると、ライムは今にも雲に隠れそうなスカイツリーを眺めた。

アスペルガー症候群を持つ人は言語的表現以外のコミュニケーションが苦手だと言われている。例えば、相手の表情やその場の空気を読むといった非言語的な情報の取得が極端に苦手という特徴があるのだ。ライムの場合、父の恋人だと思って付き合っていた美憂に、ある日突然母親のように振る舞われたことが理解できずに苦しんでいたようだ。もちろん、美憂にはなんの悪意もなかったはずだ。ライムはただ、美憂の言動の意図が読めずに、その後の付き合い方がわからなくなってしまっただけなのだ。それが美憂からすれば、優しい言葉をかけたはずのライムの態度が急に冷たくなったように受け取ってしまい、二人の距離が一気に離れてしまう原因になったのだろう。アスペルガー症候群は、身内でさえ理解が難しいと言われる発達障害なのである。もちろん、それで一番辛い思いをしているのは本人であるということを忘れてはならない。

空はライムの心を映し出すようにどんよりとしていた。

薫はライムの気分を変えるために言った。「全部食べてもいいんだよ、三つともライムのために買ったケーキだから」

「え、いいの？」

ライムの表情が中国の変面《へんめん》のように一瞬にして晴れた。その糖分と脂肪分の塊は彼女のドーパミンと直結しているようだ。

「ああ、僕はあまりケーキが好きじゃない」

「やった、ありがとう。薫ちゃんって実は優しいんだ。もっと怖い人だと思ってた」とライムは箱の中からモンブランを手掴みで取り出してそのまま食べ始めた。

薫はクリスマスの夜を思い返してみたが、怖い人と呼ばれる心当たりはなかった。

ライムはモンブランを口に頬張ったまま言った。「そうそう、こないだのプレゼントどうだった？」

その言葉は薫の全身の筋肉を硬直させた。プレゼントとは、透明の分包に入ったあの薬のことで間違いないだろう。一連の服薬自殺の中心人物はライムなのか、という二つ目の質問については彼女のほうから切り出してきたのだ。

「どうだった、というのは……」と薫は慎重に問い返した。

「食べてみた？」とライムは口の中に入っていたモンブランを飲み込んで言った。

真顔で薫を見つめるライムの唇の横には、マロンペーストがほくろのようにくっ付いていた。

「あれは、食べ物ではないよね」

「やっぱり。薫ちゃんならあれを見てすぐにピンとくると思ったんだ。でもなんですぐに連絡くれなかったの？　ま、今日こうしてケーキ持って来てくれたからいいけど。あれはね、薫ちゃんへのメッセージだったんだよ」

「メッセージ？」

「忠告って言うべきかな。そろそろ世間が騒ぎ始めてるから気をつけて、っていう」

薫はなぜ自分がライムに忠告されなければならないのか、まったく理解ができなかった。

ライムは続けた。「まだニュースとかにはなってないから安心して。でもＳＮＳとかでは結構話題になってるんだよ、セリーヌのこと」

「セリーヌって？」

薫はもはや鸚鵡返しすることしかできなくなっている。

「隠さないでも大丈夫よ、私は味方だから。私は一個しか持ってないから人にあげたりすることはできないけど、もし私が薫ちゃんならきっと同じことをすると思うよ。だって、あの薬のおかげで私は前向きになれたんだから」

ライムの言う薬が、芹澤が完成させたそれであることはその文脈から理解できた。だがなぜ薫はライムに心配され、しかも励まされているのだろうか。そして、セリーヌとは一体なにを意味しているのだろうか。それは芹澤が研究室から持ち出したラットに付けていた名前のはずであるが……。

「薬は一つしか持っていないって言ったよね。それじゃ、僕の家に置いていったあの薬は？」と薫は複雑に絡まった紐を解くように尋ねた。

「ラムネだよ」とライムは即答した。

ライムがラムネを薫の家に置いて帰った。彼女は何かの冗談を言っているのだろうか。

「あのラムネはねえ、お兄ちゃんが特別に私だけにくれたの。ほら、ラムネならいくらでも死ぬ練習できるでしょ。で、私はあれを見た薫ちゃんがどんな反応をするのか知りたかったってわけ。余計なお世話かもしれないけど、薫ちゃん、あんまり派手に今の活動を続けてたらそろそろ警察に目をつけられちゃうんじゃないかって思ってたから。こないだは、それを教えてあげるつもりだったの。でもまさか、あそこまで徹底してお兄ちゃんの部屋を再現してるとは思わなかった。薫ちゃんってガチのサイコなんじゃないかって、私怯えてたんだから」

ライムはベッドの上の体をそっと薫から引いた。

硬直していた全身の筋肉が、今度は一気に弛緩した。由乃が持ち去ったのは薬ではなかったという心の弛みが体中の神経に伝播したのだろう。だが、脳の硬直だけは解けることはなかった。そもそも、薫はライムが行なっている活動の危険性を忠告し薬を破棄させるつもりで来たのに、その立場が逆転しているのだから無理もない。

「それじゃあ、君はあの薬を人に渡したことはないということ？」と薫は絡まった紐の根元を抜き取るように尋ねた。

「ちょっと待ってよ、私がセリーヌのわけないでしょう。さっきも言った通り、あの薬は一個しか持ってないんだから」とライムは半分残っているモンブランを箱に戻しておずおずと続けた。「ねえ。もしかして薫ちゃん、セリーヌではないの？」

「セリーヌって芹澤さんが飼っていたラットのことだよね。ひょっとして、それ以外に何か意味があるの？」と薫は答えた。

「うそ……」とライムは回転し切らずに途中で止まってしまった変面のような表情のまま固まってしまった。

薫は脳と体を無理やり一体化させ、病室中に散乱した情報の収集と整理に努めた。

まず、ライムの話では彼女は一連の服薬自殺には関与していないということがわかった。なぜならライムは薬を一つしか持っていないからだ。それどころかライムは薫を疑い、その活動を自制させようとしていたのだ。だが、その人物はもちろん薫ではない。続いて、その人物はSNSの世界ではセリーヌと呼ばれていることもわかった。もしかすると、その人物が警察が調べている篠原誠一郎なのかもしれないが、判然としないライムの情報だけではその答えを出せるはずもなかった。

体の全ての臓器に生じた混乱はしばらく治まりそうになかった。薫は安定剤を求めるように、自分が考えていたことの全てをライムに打ち明けた。

そして、黙って話を聞き終えたライムも薫に全てを話した。

その後のライムの話によると、彼女は自分が利用しているSNSのタイムラインに偶然流れてきた自殺志願者の投稿から、セリーヌというアカウント名を使った人物が芹澤が作ったものとよく似た薬を分け与えていることに気づいたのだそうだ。ライムはその後もあらゆるSNSを利用してセリーヌの情報を調べ続けていたが、特に水羽ここの死以来、そのような投稿は急激に増えたのだと言う。そこで先日、宮松家に芹澤の友人が来ると知り、その人物がセリーヌではないかとピンときたそうだ。宮松家でライムが異常なほど薫を睨みつけていたのはそのためだったらしい。

確かに、ライムがセリーヌではないとすれば、彼女の目には薫は得体の知れない人物に映ったに違いない。それにもかかわらず、ライムはわざわざそれを忠告するために薫の家に来たのだ。そう考えると、薫は彼女が嘘をついているとは思えなかった。ちなみに、ライムは篠原誠一郎という人物に関しては露ほども知らない様子だった。

「あの薬はね、命よりも大切な私のお守りなの」とライムは言った。

「前向きになったと言っていたね」

「パパから聞いたかもしれないけど、私、オーバードーズしたのは一回だけじゃないの」

薫は思わず口を開けたが、ライムの言葉が先行した。

「今回は違うよ、くまりんのせいだから安心して。一回だけって言うのは、パパに見つかって病院に運ばれたのがってこと。あの時はすごくむしゃくしゃしてたから、自分の家でやっちゃったんだ。それでパパに見つかっちゃって。それ以外はね、全部お兄ちゃんの家でやってた。お兄ちゃんね、その度に私の口の中に指を突っ込んで吐き出させてくれてたの。私、きっとお兄ちゃんに構って欲しくてやってたんだと思う。それでも、お兄ちゃんは何も言わずに私を介抱してくれた」とライムは小さな息を吐いて続けた。「ねえ薫ちゃん、お兄ちゃんがあの薬を作った理由、知ってる？」

「いや」と薫は自分が出した結論を伏せた。

「お兄ちゃんはね、私のためにあの薬を作ってくれたんだ。お兄ちゃんは、私があの薬を持っていればもうオーバードーズなんてしないだろうって考えていたの。そしてその通りになった。私はあの薬のおかげでオーバードーズなんて危険なことをやめることができた。だってそれさえあればいつでも好きな時に死ねるし、なによりもその薬を持っているだけで、安らかな気持ちになれたから。

私ね、お医者さんに自分の障害を告げられた時、これまで苦しんでた理由がわかったのと同時に、この先どんなに頑張ったところで人とは同じになれないって宣告されたんだって気づいたの。それなのになんでこの先ずっと無理して生きなきゃならないんだろうって思った。私みたいな人間はね、いつでも好きな時に死ねるっていう保証さえあれば、明日もう一日だけ頑張ってみようって思うことができるの。それさえあればどんなに暗い夜でも安心して眠ることができるの。お兄ちゃんはね、そんな私のためにあの薬を作ってくれた。そして、自らその効力を証明してみせてくれた。私を救うために……。

だからね、私はもうちょっとだけ生きてみようって思ってる。少なくともパパが死ぬまでは。だってパパ、どう見たってお爺ちゃんでしょう。それなのに無理して若作りして、若い奥さんまでもらっちゃって。なんか可愛いと思わない？　あんな強面《こわもて》のくせして、すっごく私に気を使ってるんだよ。だからせめて、パパが死ぬまでは自分なりに精一杯生きるつもり。だってお兄ちゃんのことで一番辛い思いをしてるのはパパなんだし」

ライムの唇の横に付いていたマロンペーストは涙で流れ落ちていた。

薫は、芹澤ノエルがこの世界に生きていたという証をこうして誰かと共有できることに喜びを感じていた。

しんとした病室に、窓の隙間から風が漏れるような音が聞こえていた。

薫は窓を確認したが、それはしっかりと閉められていた。

音を辿っていくと、病室の入り口に目頭を押さえた宮松が立っていた。

「宮松さん……」と薫は声を漏らすように言った。

ライムはじっと窓の外の曇り空を眺めていた。

「いつまで経っても素直になれないもんです、家族っていうのは。人はなぜ本当に大切な人の前では口を閉ざしてしまうのでしょうかね」と宮松は嗄れた声で言葉を噛みしめるように続けた。「数納さん、今日はあなたのおかげで娘の気持ちを知ることができました。本当にありがとうございます。ノエルもライムも、私にとっては自慢の子供です。今さらそんなこと言葉にしてもきっと遅いでしょうが、死んだ家内には感謝しないといけませんね。私は人生で二度も、こんなにも素晴らしい家族を持つことができたのですから」

宮松は病室の窓辺に立ち、ライムと同じ空を眺めながら続けた。「ノエルはね、ライムにずっと負い目を感じていたんです。彼は私と死んだ家内の間に子供ができたことを知って、ある種の後ろめたさのようなものを覚えました。そしてそれは、家内の死によってより大きなものになりました。他人であるはずの自分が母親を独占してしまったという自責の念だったのでしょう。あの子はね、ああ見えて人の心を嫌というほど汲み取ってしまう性格なんです」

「だからって家を出る必要はなかったのに」とライムが呟いた。

宮松は涙を押し戻すように大きく息を吸って言った。「実はね、ノエルが家を出た理由はもう一つあるんだ」

ライムは宮松を見上げた。

「ノエルが高校の卒業を控えた頃のことでした。ある日、見知らぬ男が私たちの家を訪ねて来たのです。もちろん家内もノエルもその男とは面識はありませんでした。身なりが良く、関西弁で話すその男は、自分を芹澤と名乗りました。そして、大阪で大きな病院の院長をしていると言いました。お察しの通り、その男はノエルの実の父親だったのです。その証拠を突きつけられたわけではありませんでしたが、私はその体格や目鼻立ちを見ただけで血が繋がっているとすぐにわかりました。私と家内は、男がノエルを引き取るつもりで私たちの前に現れたのだとすぐに察しました。ですがあまりにも突然のできごとだったため、私も家内もノエルも、言葉を失ったままその身なりの良い男をポカンと眺めていることしかできませんでした。

ところがその男は、ノエルを認知するつもりは一切ない、ただ成長した自分の遺伝子を一目見たかったから来ただけだと言い放ちました。そして男は、唖然とする私たちの前に大金を差し出しました。これまでノエルを育てたお礼と、今後のノエルの進学のために使って欲しいと。そして男はさっさと帰ってしまったのです。それ以来、その男が家に来たことも連絡をよこしたことも一度もありません。ですので、その男は未だノエルが死んだことさえ知らないのではないかと思います。

確かに、今思い返してもその男は終始横柄な態度だったことを記憶しております。ですがなんと言いますか、当時の私と家内はほっとした気持ちのほうが大きかったです。私たちが愛する息子を、その男が奪い取りに来たのではないかと思っておりましたから。もちろん、あの時ずっと俯いていたノエルの気持ちは私にはわかりません。ノエルはその男とほとんど目も合わせませんでしたが、内心はとても怯えていたことでしょう。

ノエルはね、生まれてすぐに父に捨てられ、ほどなくして母にも捨てられました。そしてまた、再び現れた父親に捨てられたのです。ノエルは、きっと私たち夫婦にもいつか捨てられるかもしれないと、ずっと怯えていたのではないでしょうか。彼はもうこれ以上誰かに捨てられるのが怖くて家を出た。そしてついには、誰かに捨てられる前に自らその生を捨ててしまったのです。私は、ノエルの死をそんなふうに受け止めています。

でもね、ノエルはもう十分に親孝行をしてくれました。ノエルはその男のお金に頼ることなく、自分で稼いだお金で大学へ進学したのですから。私はそんな息子がとても誇らしかった。彼は実の父よりも、私を選んでくれたのです。あいつはね、私を父親に選んでくれたんです」

窓の外を眺める宮松の視線の先には小さな晴れ間があった。

「そのお金、どうしたの」とライムが尋ねた。

「ああ、あれはその男の病院の理事長宛てに送りつけてやった。調べたところ、理事長はその男の父親だったんでね。きっと当時は大騒ぎになっただろうよ」

宮松とライムはにやりと視線を合わせ、再び窓の外を眺めた。

そこには、薫が立ち入ることができない家族の絆が確かに存在していた。

人はなぜ本当に大切な人の前では口を閉ざしてしまうのだろうか。そんな宮松の言葉が、病室の静寂を埋めるように薫の耳管で反響していた。

廊下からガラガラと回転するキャスターの音が聞こえて来た。

ベッドや車椅子よりも、もっと小さなキャスターの音のようだった。

その音は徐々に近づき、薫たちがいる病室の前でピタリと止まった。

宮松が病室の入り口を見て言った。

「美憂……」

「どう？　ライムちゃん」と美憂はスーツケースのハンドルを握りしめたまま言った。

ケバケバしいネイルは相変わらずだが、美憂はひどく心配した様子で病室の入り口から中を覗き込んでいる。

ライムは窓の外を眺めたままだった。だが、少しだけ嬉しそうな顔を浮かべているように見えた。

言葉などなくても良いのかもしれない。大切なのは、その人のそばにいてあげることなのだ。薫は静かに席を立ち、その不器用で温かい家族の輪からそっと身を引いた。

第8章　セリーヌの夢

警察が数納薫のマンションを訪ねて来たのは、その日の夜のことだった。

薫は玄関先で名刺を受け取ると、彼らをダイニングキッチンへと通した。背中に針金が仕込んであるのではないかと疑うほど姿勢の良い安西京香《あんざいきょうか》という女と、三〇代後半と思われる中肉中背の荻堂陽太《おぎどうようた》という男の二人組だった。年齢は京香のほうが若く見えるが、荻堂の態度を見る限り上司は彼女のようだ。

恐らく丸川のもとを訪ねたのも彼らだろう、と薫は察した。

薫はキッチンの戸棚から由乃が買い込んでいたはずの紅茶のティーバッグを探し当て、ティーポットに湯を注いでテーブルの上に出した。

「年末のお忙しい中すみません。どうぞおかまいなく」と京香は椅子から一度立ち上がって丁寧に頭を下げた。

窓辺に立ち、吸い込まれるように夜景を眺めていた荻堂は、京香の言葉に反応するようにテーブルに戻って来た。

「学生さんのうちからこんな部屋に住めるなんて、いやあ羨ましい限りで」と荻堂はハンカチで額の汗を拭きながら言った。

薫は荻堂の汗を見て空調の温度を下げるべきか迷ったが、あまり長居されたくなかったのでそのままにしておくことにした。

「せっかくですのでいただきます。ほかにはあと何部屋あるのですか」と京香はティーポットを持ち上げ、三人のカップに紅茶を注いだ。

「え、全部の部屋から夜景が見えるんですか。あとで見せてもらってもいいですか」と荻堂がジャケットを脱いだ。

薫は荻堂のシャツの脇に滲んだ汗染みを見つめながら、彼らの長居を懸念した。

「掃除していないのでお断りします。すみませんが、今日はなんの用があっていらしたのでしょうか」と薫は彼らの意識を部屋から遠ざけた。

まだ何一つ彼らの用件は聞いていないし、決して高圧的な態度を示されている訳でもないが、薫はすでに喉元が締め付けられるような不快感を感じていた。とはいえ、警察が芹澤が作った薬のことを調べているのであれば、いずれ彼らが薫のもとにも現れることは予想していたため驚きはなかった。ただ、警察を毛嫌いする丸川の気持ちはわかったような気がした。

「本日は、数納さんにご協力していただきたいことがありまして参りました」と荻堂が言った。

「協力、ですか……」

「ええ」と荻堂は腫れぼったい顔で機械的な笑みを作り、身を乗り出して言った。「その前にいくつかご質問させて下さい。まず、数納さんは丸川先生の教え子という認識で間違いはないでしょうか」

「科目を一つ選択しているだけです。それが教え子という定義に当てはまるのでしたらそうなると思います」と薫は答えた。

「では、丸川先生と個人的な付き合いはないわけですね」と荻堂が念を押した。

「ありません」

事実、薫は丸川と個人的な付き合いなどないので嘘にはならないだろう。丸川が薫のことを警察に話しているとも思えなかった。

「それでは次の質問です。数納さんは成瀬由乃さんをご存知ですか」と荻堂は言った。

京香は背筋を伸ばしたまま口を閉ざしていた。荻堂の質問に答える薫の様子を窺っているのだろうか。

「同じクラスの学生です。実習でたまに一緒になることはありますが、話したことはありません」と薫は答えた。

薫は大学では由乃との距離を極力置くように努めていた。そのため、学内の誰に聞いても薫と由乃が親しい関係にあるとは知らないはずである。

だが、荻堂は肉厚の唇を少し尖らせるような仕草を見せた。

「お恥ずかしい話ですが、僕は一〇年も浪人したので同じ学年の学生たちとは年が離れすぎているんです。ですので、大学には友人と呼べる友人はいないのです」と薫は不必要な情報であるとわかっていながら付け加えた。

荻堂はゆっくりと何度か頷いて言った。「なるほど。それでは、学年は違うかもしれませんが、芹澤ノエルさんをご存知ですか？　確か彼もあなたと同じように浪人を……」

「彼は僕の親友でした」と薫は遮った。

「そうでしたか」と荻堂は小さく息を吐いて続けた。「そうとは知らず、申し訳ございませんでした。数納さんにとっては辛いできごとだったのですね」

「あの。今日は一体なんの用があっていらしたのでしょうか。協力して欲しいと仰いましたが、僕から何かを聞き出そうとしているようにしか思えません。明日は実家に帰るので僕も忙しいのですが」

父と弟の家族が待ち受ける実家になど帰る予定はなかったが、彼らへの苛立ちが事実とは反する言葉に変換されていた。だが、協力を求める振りをして相手に近づくのは彼らの常套手段だということも、薫は心得ていた。

「明日は大晦日《おおみそか》ですからね。お忙しいところ申し訳ございませんが、もう少々お付き合いいただけるとこちらも助かります。なるべく早く済ませますので」と荻堂は首元にハンカチを突っ込んで汗を拭いた。

薫はわざと大きなため息をついて言った。「手短にお願いします」

「不愉快な思いをさせてしまいすみません。しかし、あなたが何かの事件について疑われているとか、またその捜査対象になっているようなことは一切ございませんので、どうぞご安心下さい」と荻堂は続けた。「それでは、質問は次で最後とさせていただきます。数納さんは篠原誠一郎という男をご存知ですか？」

「知りません」と薫は答えた。

嘘はついていない。しかしその名を昨日丸川に聞いて以来、何度も頭の中で復唱しているため表情筋が強張っていることは自分でも気づいていた。先ほどから口を閉ざしている京香の視線がずっと薫を捉えていることもその原因の一つだ。人は警察という権力を前にすると、なぜか本心ではない言葉や態度が露呈してしまうようである。

薫は言った。「質問は最後だと言いましたね。それで、僕に協力して欲しいことがあるとはどういう意味でしょうか」

「ご回答ありがとうございました。確認させていただけなければお話しできない事案でしたためご了承下さい。また、あなたに協力を仰ぐ前にご説明しなければならないこともございます。もう少々お付き合いいただけると助かるのですが……」

荻堂は人懐っこい喋り方をしてはいるものの、自分のペースを崩すことはなさそうだった。

薫は諦めて答えた。「わかりました」

荻堂は軽く頭を下げてから話を始めた。「これからお話しする内容は、ニュースになったりしている訳ではございませんので数納さんはご存知ないかもしれません。実はここ最近、とても不自然な自殺が増えているのです。ご親友をああいう形で亡くされた数納さんにこういうお話をするのも気が引けるのですが……ただ、自殺というのは今に始まったことではありませんし、それ自体は珍しいことではありません。しかし今回の場合、その方法にある共通した特徴がありまして。ここ最近、特に二ヶ月以内に限られた話ではありますが、似たような亡くなり方をされた人が、我々が把握しているだけで五名もいるのです。その方法というのは、服薬自殺です。

意外に思われるかもしれませんが、服薬自殺というのは自殺志願者にとっては最も嫌厭される方法の一つなんです。なぜなら、成功する確率が他の方法よりも圧倒的に低いからです。確かに昔は多少の知識さえあれば市販の睡眠薬を過剰摂取することで死ぬことはできたようです。しかし現在の薬ではどんなに大量にそれを摂取したとしても、死に至ることはまずないと言われています。そのため、多くの自殺志願者はそれ以外の方法を用いる傾向があるのです。

その服薬自殺が、ここ最近続いているのです。まあそういった話でしたら、薬学部に通われている数納さんのほうが我々よりもお詳しいかもしれませんね」

口の中が乾いたようで、荻堂は冷めた紅茶を一気に飲み干した。

薫は京香の様子を窺った。

京香はその姿勢を崩すことなく薫を見つめている。

薫は重なった視線を振り解くために瞳を動かそうとしたが、外眼筋が上手く反応しなかった。吸い込まれそうなその瞳の中に、見覚えのある景色を見たような気がしたからだ。それは、薫の夢に出てくる水のないプールの天井に浮かぶ闇だった。薫は力任せに瞳をそらし、意識を強引に京香から引き離した。

彼らはそうやって僕の心に付け入りその反応を観察しているのだ、と薫は自らの油断を戒めた。
荻堂は続けた。「にもかかわらず、この二ヶ月のうちに五名ものかたが服薬自殺でお亡くなりになったのです。これは我々が把握している数にすぎません。調べを全国にまで進めれば、もしかすると同じようなケースが他県からも見つかるかもしれません。しかも亡くなられた彼らは皆明らかな自殺ですので、我々が強制的に司法解剖や行政解剖を求めることはできません。そのためその五名という数も、ご遺族の許しを受けて調べさせていただいた範囲のものです。ですが我々は、五名のご遺体からある共通点を見つけました。彼らの血液の中から、致死量を遥かに超えるテトロドトキシンという毒性の強い成分が検出されたのです。ご存知でしょうか、テトロドトキシンというのは……」

「知っています」と薫は遮った。

薫は荻堂の口からその説明を受けることに嫌悪感を覚えた。

「さすが、よく勉強なされていますね。どうやらそのテトロドトキシンを主成分とした薬を何者かが作ったようなんです。我々もまだ調べ始めて間もないということもありまして、確実な情報とは言い難いのですが、たった一錠で死ぬことができる薬のようです。その薬はインターネット上でも噂になっているようで、それを自殺志願者に渡している人物がいるらしいのです。そしてその人物は、セリーヌという名前を使っています。そう言えば、お亡くなりになったご親友のお名前は芹澤でしたね。これは偶然なのでしょうか」

薫は荻堂の白々しさに我慢できず、テーブルを叩いていた。

「さっきから一体なんの話をしているんですか。僕には一切関係のないことじゃないですか！」

それは薫の防衛本能だった。だが、守るべき相手は自分ではない。薫は由乃を守ろうとしていた。ライムがセリーヌではないことを知り、薫はその全てを把握してしまったのだ。セリーヌを名乗り、自殺志願者にあの薬を分け与えていた人物は成瀬由乃だったことを。そして警察はずっと前から由乃を疑っており、地に潜む蛇のように由乃に近づいていたことも。それは薫が考える最悪のシナリオでしかなかった。だが由乃がセリーヌであるという前提でこれまで得た情報を時系列に並べれば、それら全ては確かな線として繋がってしまうのだ。

由乃が芹澤が死んだ後も薫のマンションに泊まりに来ていた本当の理由は、彼が複製したその部屋に薬が保管されていたからだ。そしてその部屋は、芹澤の死後、薫でさえ入ることのできない神聖な場所となった。由乃がそう仕向けたのだ。彼女がその部屋に頻繁に出入りしているという事実が、薫の心に見えない鍵をかけていたのだ。

そして由乃はその部屋を拠点に、芹澤が完成させた薬を自殺志願者に分け与え始めた。恐らくその時期は警察が言うように二ヶ月前だったはずである。それは由乃がもっとも頻繁に薫のマンションに泊まりに来ていた初冬を過ぎたあたりのことだ。当時の由乃の精神は、今にも崩れそうなブロック塀の上を目を瞑って歩いているような危うい状態にあった。彼女が芹澤の死に大きな虚脱感を抱いていたことは事実だが、それと共に薬を人に渡すという行為への罪悪感が由乃の精神をより不安定にさせていたのだ。

それだけではない。由乃の心は徐々にその薬に蝕《むしば》まれていった。丸川やライムはその薬を手にすることで、それが持つもう一つの効力、つまり生きる力を得ることができた。しかし由乃はその薬が持つ本来の効力、つまり死を手に入れることができるという恐ろしい麻薬に精神を侵されていたのだ。丸川やライムがその薬によって生きる力を得たのは、彼らが死を欲していたからこそ働いた効力なのである。死を欲していない由乃にはその効力が働かないばかりか、むしろ死と隣り合わせの毎日を強いられることになったはずだ。だからこそ、由乃は薬を人に分け与えることでその苦しみから逃れようとしたのだ。

そしてクリスマスの夜、由乃にとって神聖な空間であるはずのその部屋に、ついに自分以外の人間が足を踏み入れた。しかもその人物は芹澤の妹のライムだった。だが、由乃はその神聖な空間を汚されたことよりも、自分以外に薬を持っている人物がいたという事実に大きな衝撃を受けた。そして、由乃はその薬を手に入れるために薫と一夜を共にした……。

由乃を中心に考えれば、全ての点はたった一本の線に姿を変えてしまうのだ。しかし、それで全ての疑問がなくなった訳ではなかった。どうしてもわからないのは、芹澤はなぜあの薬を由乃に渡したのかということだった。もし由乃が行なっている活動が芹澤が立てた計画であったとしても、それを薫に託すという選択肢もあったはずだ。更には、丸川とライムに渡したその薬を、なぜ薫には一つも残さなかったのか。薫はその理由を知りたかった。

芹澤が薫のマンションに作った部屋についても疑問は残っていた。あの部屋は、初めから彼の計画の中に入っていたということなのだろうか。もしそうであれば、由乃はそれを初めから知っていたという可能性さえあるのだ。

薫がテーブルを叩いたことで、ダイニングキッチンにはどんよりとした静寂が広がっていた。

部屋の重い空気に針を通すような声で京香が言った。「荻堂の質問が数納さんに不快な思いをさせてしまいました。どうかお許し下さい」

京香に続き、荻堂も頭を下げた。

京香の瞳に先ほどの闇は見当たらなかった。

「先ほども申し上げた通り、我々は数納さんを疑っている訳ではなく、協力していただきたいことがございまして参りました。そして我々は、数納さんが成瀬由乃さんを守ろうとしていることも存じ上げております。しかしご安心下さい。我々が調べていた人物、つまりセリーヌは成瀬由乃さんではありませんでした」

　薫の呼吸は中途半端に息を吸い込んだまま停止してしまった。

　京香は薫を諭すように続けた。「すでに別の人物が全てを自白したのです。先ほど荻堂が言った、篠原誠一郎という男です。彼は自分がセリーヌであることも、自分がその薬を作り上げたことも、全てを自白したのです」

「それじゃ、由乃は……」と薫は身を乗り出した。

　もはや彼らに何かを隠す必要などなかった。

「ええ、彼女はその篠原という男に唆《そそのか》されて彼の手伝いをしていたにすぎません」

「では、由乃にはなんの罪もないということですか」

「篠原の証言が全て事実であれば、成瀬由乃さんは逆に被害者という立場になりうる可能性もあるかもしれません」

　薫は浅い呼吸を強引に繰り返し、京香の言葉に集中した。

「実は昨日の午後、我々は都内の公園で成瀬さんが篠原と一緒にいるところを職務質問しました。本当のことを言ってしまうと、我々は二人の行動を少し前から別々に監視していました。そして任意同行という形で、二人に大崎署まで足を運んでいただきました。そして別々の部屋で彼らから話を聞いたところ、篠原が全てを自白しました」

「では、今由乃は？」

「それが、現在もうちの署にいます」

「どうして……だって、由乃は無実なんですよね」

「ええ、篠原の話ではそのはずです。しかし成瀬さんは何も話してくれないのです。彼女のご実家にも連絡を入れてはいるのですが、年末で忙しいのか未だ連絡はついていません」

由乃の両親は夫婦で旅館を経営しているため、この時期は家にいないのだろう。

「由乃は何も話していないのですか」

「ええ。あなたを呼んで欲しい、ということ以外は。そして、あなたが来るまではここを動かないとも言っています。ですので昨夜は仕方なく会議室で寝てもらいました。彼女は今、食事さえ食べてくれない状況です。我々もあなたに頼るべきか悩んだのですが、この状況が続けば彼女の体のほうが先に参ってしまうのではないかと……。数納さん、大変厚かましいお願いではありますが、明日大崎署までいらしていただくことはできないでしょうか」

京香と荻堂は息を揃えたように深々と頭を下げた。

薫は彼らの話を素直に信じることはできなかった。彼らの話を幾度反芻したところで、篠原誠一郎という男がセリーヌだとは思えなかったからだ。いや、セリーヌは間違いなく由乃なのだ。そしてあの薬は、丸川の助言をもとに芹澤が完成させたのだ。それが薫も丸川も知らない第三者に託されるなど到底考えられなかった。

だがどういう経緯かはわからないが、篠原という男は由乃の身代わりになって全てを自白している。京香の話通り、二人が別々の部屋で聴取を受けたのであれば、由乃は男が自白したことさえ知らされていない状況にいるはずだ。つまり、由乃は一連の事件についてまだ一言も話していないだけ、ということになる。その状況で薫が大崎署へ出向き、そこで由乃が口を開けば、それはそのまま彼女の自白へと繋がってしまう恐れがある。そして警察はそれを期待している。彼らも薫と同じようにセリーヌは由乃であると考えているからこそ、彼女の口からそれを言わせたいのだ。もし明日、薫が大崎署へ出向けばそれこそ警察の思う壺なのだ。

薫はどうしても由乃を守りたかった。このまま由乃が篠原の自白通り、自分は関係ないとさえ言えばそれで全ては解決する。いや、由乃が何も言わずに大崎署を後にすればそれだけで良い。それができれば、由乃が罪に問われることはないのだ。

指先から脈拍を感じ取ることができるほど、その鼓動は激しく高鳴っていた。薫は途方もない葛藤の中にいた。

「事情はわかりました。少し考える時間をもらってもよろしいですか。明日、連絡します」

それが、かろうじて口にできた薫の言葉だった。

安西京香と荻堂陽太は、薫の意思を確認すると深々と頭を下げてマンションを後にした。

時を刻むように水滴が落ちる音が聞こえていた。降り注ぐ冷気と、タイルの冷たさに挟まれて、体温はゆっくりと下がっていく。冷気は天井にぽっかりと開いた丸い穴から入ってきているのだろう。

僕は水のないプールの底に一人で寝そべっていた。

プールの夢を見るのは久しぶりだ。その導入は冷たい孤独に覆われているけれど、結末は優しさに包まれて終わる。それがまた始まろうとしているのだ。

今度こそ祖母に会えるかもしれない、と僕は微かな期待を胸にそっと瞼を開いた。

しかし目を開けると、僕はプールの底ではなくプールサイドにいた。

いつもなら祖母が満たしてくれるはずのプールには、すでに溢れるほどの水が入っている。

僕は室内を見回し、祖母の病室へと続く扉を探した。だが、室内に扉は一つもなかった。あるのは天井にぽっかりと開いた丸い穴ぼこだけ。そしてその先に見えるのは星空ではなく、ただの黒い闇だ。

よく見ると、プールの底に誰かが沈んでいた。僕ではないようだ。目を凝らしてその歪んだ像を形にすると、それは芹澤さんだった。

僕は慌ててプールに飛び込み、彼を引き上げてプールサイドのベンチに座らせた。何度か深呼吸を繰り返すうちに、青白かった芹澤さんの顔は徐々に生気を取り戻していった。

僕は安堵して彼の隣に座った。

芹澤さんの跳ねた髪先から水が滴り白い肌を伝う度に、照明の光が反射して輝いた。やはり彼はどんなシチュエーションでも絵になる男である。

「久しぶりやないか薫。なんや、えらいげっそりしてるやんけ、寝不足か」

芹澤さんの出鱈目《でたらめ》な関西弁が懐かしかった。

「そんなところです。芹澤さんのおかげで、退屈しない大学生活を送っていますよ」

「ほんなら良かった。俺がいなくなっても薫には退屈させたくなかったんでな」

僕は皮肉を込めて言ったつもりだったが、芹澤さんは真に受けたようだった。

「残された人たちの代表として言ったのですが」と僕はあらためて無愛想に言った。

芹澤さんはようやく僕の言葉の意味を理解したようで、小さく笑って言った。「お前は自分のことより、誰かを案じて生きていくタイプやからな」

「否定はできませんね。でも本当のこと言うと、そろそろそういう生き方にも疲れてきたところです」

「生き方か……お前は優しいやつやからなあ」と芹澤さんは呟いた。

「芹澤さんのほうこそどうなんですか。理想の死に方を手に入れたんでしょう」

「どうもこうもって、なんもないで。なーんも。こっちの世界には出会いもなければ別れもないしな。まったくもって平坦な世界や。俺はな、生きてる時からこういうのを望んでたんだ」

芹澤さんは天井に開いた丸い穴ぼこを眺めていた。

僕もそれを覗いてみたが、質感のない真っ黒な闇しか見えなかった。

「なあ薫。死に方ってのは、生き方の中に含まれると思うか？」

「それはまた難しい問題ですね。いかに死に赴くか、というのが哲学だと聞いたことはありますけど」

「ソクラテスか。彼は死を恐れていなかったらしいで。なぜなら、彼は死を知らなかったからだそうだ」

「そりゃそうです。この世に生きている者は誰一人だって死を知りませんからね。知らないからこそ、人は死を恐れるんです。もし死に方が生き方の中に含まれているのであれば、人は常に死ぬことだけを考えて生きていくことになってしまうと思います」

なぜか僕は熱っぽく語っていた。

「そもそも、死に方と生き方は対極にある、ということか」

「そうですよ。でないと僕らが学んでいる医学を否定することになってしまいます。なので、死に方は生き方の中には含まれない、というのが僕の答えですね」

「なるほど。さすがは医者の息子やな」

それは芹澤さんだって同じでしょう、と僕は言おうとしたがそっと胸に戻した。

「でもな、ソクラテスが有名になったのはその死に方があったからなんだ」と芹澤は続けた。「彼は哲学を用いて碌《ろく》でもない知恵を市民に吹き込んだと告訴され、死刑を要求された。だが、彼は何一つ弁明をしなかった。つまり彼は、最後まで許しを乞わなかったんだ。なぜなら、彼にとって重要だったのはその死に方だったからだ。もしあの時、彼が自分の哲学を投げ捨てて死刑を免れていたら、彼の哲学は後世にまで残ることはなかったはずだ」

僕はふと、谷中霊園にひっそりと佇む川上音二郎の墓を思い出した。

「要は死に方なんだよ。死に方の中に、生き方が含まれているんだ。俺はそれを確かめたかった」

「芹澤さんは、その答えを求めて死んだのですか」と僕は尋ねた。

「アホ言うな。死んだ人間に答えなんか出せる訳ないやろ。ソクラテスだって、弟子のプラトンが勝手に彼の哲学を広めていっただけのことなんだから。ソクラテスの意思ではなかったというところがポイントや。彼は自分の死を利用して、弟子の生涯をコントロールしたのさ」

「では、芹澤さんは哲学の代わりに服用するだけで死ぬことができる薬を残した。しかしそれを世に広めたいとは考えていなかった。そういうことですか」

「そうや、それをどのように使うかを考えるのは俺ではない。あの薬を手に入れることで、俺のように安らかな死を手に入れる人もいれば、逆に生きる力を手に入れる人もいるだろうしな」

僕はわざと大きなため息をついて言った。「わかりませんね」

「お前とまたこういう議論ができて嬉しいよ」

芹澤さんは目尻を目一杯下げてプールを見つめていた。

水面には波紋の一つさえなかった。

「それより薫、今日は聞きたいことがあって俺を呼び出したんじゃないのか」

呼び出した……僕が芹澤さんを呼び出した？　そうか、そうなのかもしれない、と僕は自分の夢の意味を理解した。

「俺がなぜあの薬を薫に渡さなかったのか、それが聞きたいんだろう」

「ええそうです。僕は芹澤さんがあの薬を作ったことに対して、何一つ驚きはありませんでした。これでもあなたのことを理解しているつもりでしたから。でも僕は、その薬を見たことさえないのです」

「やっぱり気にしてるんやな」と芹澤さんは唇の両端を少し下げた。

「当然です！　由乃や芹澤さんの妹、更には丸川先生までが手にしているというのに、なぜ僕だけが……いや、なぜ僕じゃなくて由乃だったんですか」

僕の声が水面を跳ねる小石のように室内に響き渡っていた。

やはり僕は由乃に嫉妬しているのだろうか。いや、そうではない。プラトンのように、彼の意思を世に広めるという使命を見出すことができたセリーヌという存在に対して嫉妬しているのだ。僕はずっと、その任務を遂行すべき人物が自分ではないことに妬《ねた》みを感じていたのだ。

「なんでだろうな」と芹澤さんは言葉の続きを探すように続けた。「俺にもわからへん。ほんまはな、完成させた薬は全て薫に託すつもりやったから」

「え？」

「だってほら。その証拠に、俺はその拠点をわざわざ薫んちに作ったんやで。それがどういう訳か、気づいた時には由乃に……」

「じゃあ、由乃は初めから全てを知っていた訳ではないんですね」

芹澤は少し考えてから言った。「もしかしてお前、初めから俺と由乃の計画だったと思うてたんか？」

「由乃があの薬を持ってセリーヌという名前で人に分け与えている現状を見れば、そう考えないほうが不自然だと思いますが」

「確かにそうやな。でもな、最初はそうじゃなかったんやで」

「初めから芹澤さん一人の計画だった、という意味ですか」

「それもちゃう。さっきも言った通り、あの薬は自分のために作っただけや。俺は死んだ後のことなんて考えてなかったからな……ただ、由乃にポロっと話してしまったことがあってさ」

「由乃がその薬を欲しがったと？」

芹澤さんは何度か頷いて言った。「でもさ、俺たち薬学生だろ。冗談として聞き流すだろうと思ってたんだ」

「由乃は、死を必要としていたのですか」

芹澤さんは天井に開いた丸い穴を眺めながら言った。「死を必要としていたかどうかはわからんけど、由乃はそれを抱え込んで生きていた。由乃にはな、どこまで潜っても底が見えない闇があったんだ。それは、俺や薫にも想像のつかない深い暗黒なんだ」

「抱え込んで生きていたとは、どういう意味ですか」

「それは薫が自分で確かめるといい。死んだ俺が言えることではないよ」と芹澤さんはベンチから立ち上がってあくび混じりに背伸びをした。

「どこへ行くんですか」と僕は尋ねた。

「行くとこなんてある訳ないやろ。行くところがあるのは薫のほうやないか。そっちの世界には時間ってもんがあるからな」

「そうやってまた僕を置いていくんですね」

「大袈裟なやっちゃな。そうやないって」と芹澤さんはなぜか嬉しそうな顔を浮かべて続けた。「薫の世界ではこうしている間も苦しんでるやつがおるって話や。今のあいつを救えるのは、薫しかいないんだから」

由乃……。確かに芹澤さんの言う通りだった。彼女はこうしている今も、大崎署で僕が来るのを待っているのだ。

だが、由乃を救うとはどういう意味なのだろうか。そもそも僕は彼女に呼ばれる理由すらわからないのに。いや、由乃が死を欲していたという芹澤さんの話が本当なら、彼女は今、死を求めているということになる。つまり由乃は、僕があの薬を大崎署に持って行くことを望んでいるのだ。

僕は由乃を失いたくない。由乃にあの薬を渡すなんてできるはずがない。そもそも僕はあの薬を持っていないし、見たことさえないのだ。

……それなのに、僕はその薬の在処《ありか》を知っている。

だからこそ、由乃は僕を呼んでいるのだ。由乃が僕とセックスをした本当の理由。それは、ライムが残した薬を手に入れるためでも、あの部屋を神聖な空間として僕に再認識させるためでもなかった。薬の在処を僕に知らせるための行為だったのだ。

「そんなの、僕にはできませんよ！」と僕は立ち上がった。

同時に、プールの水面に大きな水しぶきが舞った。

僕はすぐに駆け寄ってプールを覗き込んだが、芹澤さんはおろか、そこに満たされていた水さえも消えていた。

だがプールの底には人影があった。それはプールの底に仰向けのまま張り付いている、睡眠状態を脱した覚醒した僕だった。彼はその体勢のまま動くこともできず、ギョロギョロと目玉だけを必死に動かしている。その姿は、いつか芹澤さんのマンションのベランダで見たラットのようだった。

「大丈夫？」と夢を見ている僕は、覚醒した僕に尋ねた。

プールの底にぴたりと張り付いた彼は、何か言いたげに目玉を大げさに動かしているだけだった。しかし夢を見ている僕は、彼が何を訴えているのかが手に取るようにわかった。

「わかってる、これは夢なんだよね。さっきまでここにいた芹澤さんもそう、夢の中で僕が作り上げた幻影さ。心配してくれてありがとう」と僕は言った。

覚醒している僕は、夢を見ている僕の言葉を聞いて安心したのか、そっと目を閉じた。

プールには誰一人いなくなった。

天井にはぽっかりと口を開けるように闇が浮かんでいた。


薫は芹澤の部屋のソファーの上で横たわっていた。

窓から見える空はうっすらと白んでいるが、部屋の大部分は闇に覆われている。

薫は握りしめていた手をゆっくりと開いた。そこには、透明の分包に入った一粒の薬があった。薬は薫が予想した通り、ソファーの下に隠されていた。座面を持ち上げてクッション材をどかすと、そこには小さな空間があった。室温保管そして暗所保管という意味では、湿度管理さえ怠らなければ理想的な保管場所だった。薫はいくつかの乾燥剤の中からその薬を探し当てた。しかし薬は一錠しか見つからなかった。

薫はソファーから身を起こし、目を擦ってその薬をあらためて観察した。焦点がゆっくりと重なっていき、二重に見えていた小さな白い球体が一つになった。色や歪な形は先日ライムが置いていったラムネにそっくりではあるが、大きさはこちらのほうが一回り小さかった。芹澤が完成させた薬であることは間違いなさそうだ。

薫はついにそれを手に入れたのだ。その存在を知った時からずっと欲しかった物を。だが、充足感はなかった。薫はこの薬が欲しかった訳ではなく、芹澤に認められることを望んでいただけなのだ。むしろそれを手に入れたことで、彼はなぜ自分にだけ薬の存在を隠していたのか、という疑問は増幅するばかりだった。しかしどんなに思考を巡らせたところで、芹澤がその薬を作った目的も、彼がそれをいくつ残したのかさえも、薫には知る由《よし》もなかった。

ただ、もしこの薬が最後の一つなのであれば、由乃がこれを自分のために使おうとしていることは薫にも想像がついた。だからこそ彼女は薫を呼んでいるのである。由乃は警察で全てを自白し、この薬を使うつもりでいるのだ。

しかし、たとえどんなに由乃が死を切望していたとしても、薫は由乃を失いたくなかった。薫は由乃を切望しているのだ。しかしそれは薫のエゴであることもわかっていた。生きることに絶望している人間に、生きることを強要するほうがよほど残酷であることを、薫は十分に理解しているからだ。

由乃を救うという芹澤の言葉には、一体どんな意味があったのだろうか。由乃に薬を渡し、彼女を生きる苦しみから解放することが救いなのか。生と死。芹澤の言葉には、対極の意味が存在していた。ならば、死を選ばないで済む方法はないのだろうか。由乃に何も喋らすことなく警察から連れて帰って来る。それは彼女を救うことにはならないのだろうか。現に、篠原という男は由乃の身代わりとなり全てを自白しているのだ。由乃さえ何も喋らなければ、彼女はもとの生活に戻れるはずだ。その後しばらくは警察に監視されることになるかもしれないが、薫はそれを案じてはいなかった。

「僕が守ればいい。僕が由乃を……」と薫は薬を握りしめた。

しかし由乃はそれを必要としていない。薫の助けも、罪を免れることも。由乃にとってはもとの生活に戻ることのほうが苦痛なのだ。彼女は今、その苦痛の全てを捨てるために敢《あ》えて大崎署を離れようとせず、そこで薫を待っているのだ。由乃を救うなどという考えは、やはり薫のエゴでしかないのだ。

薫は拳を解き、その薬を見つめた。

この薬が持つもう一つの効力は、なぜ由乃には働かなかったのだろう。由乃が抱えている闇があまりにも深いせいなのか。それはどんな形をした獣なのだろう。薫には由乃が抱えている闇も過去も知る術はない。そして、それを知ったところで由乃の苦しみが消えることもない。薫は由乃のことを何一つ知らなかった。愛する人のことを、何一つ知らないのだ。

薫のマンションの中に存在する芹澤の部屋は、水のないプールのようだった。あるべきものがそこにない。そこにあるのは芹澤と由乃の乾いた抜け殻だけ。所有者さえいないその部屋には、果てしない闇だけが広がっているのだ。そしてその闇は、部屋に差し込んだ冷たい朝の光さえ飲み込もうとしていた。

終章　二本のペットボトル

数納薫が大崎署に到着したのは夕刻を過ぎた頃だった。

大崎署は前面がガラス張りの大きな建物だったが、エントランスは大学病院の夜間受付のように小さかった。受付にいた職員に事情を告げると、すぐに安西京香が駆けつけて来て、薫はそのまま二階の『会議室５』と書かれた部屋へと案内された。

通された部屋は狭かったが、想像していたような陰湿さはなく、大きな窓がある清潔な空間だった。室内には二つ一組に並べられた会議机とキャスター付きの椅子がいくつかあるくらいで、不必要な物は一切置かれていなかった。大崎署は山手通りに面しているはずだが、分厚い窓ガラスが外の音を遮断しているようで部屋は静けさに包まれていた。大晦日の夜のため、交通量が少ないという理由もあるだろう。

居心地の悪い静寂の中で時計の秒針に耳を澄ましていると、ノックの音に続いて京香が筆記用具を持って戻って来た。

明るいグレーのパンツスーツを着ているせいか、京香の印象は昨日よりも柔らかかった。その瞳を覗いても、昨日見つけた闇は確認することができなかった。もっとも、昨日は薫が警察という存在に対して一方的な偏見を持ち過ぎていただけなのかもしれない。

「遅くなってすみませんでした。なかなか用事が片付かなかったもので」と薫は椅子から立ち上がり、軽く頭を下げた。

薫は午前中に京香に連絡を入れ、午後には大崎署へ伺うと伝えていたのだ。

「とんでもございません。こちらこそ、ご実家に帰るところをすみませんでした」と京香は深々と頭を下げた。

昨日ついた嘘の効力がまだ効いているようだ。もちろん薫には実家に帰る予定などなかった。

「由乃はどこに？」

「ええ。一つ上の階にここと同じくらいの部屋がありまして、そちらにいます。健康状態は悪くないと思いますが、相変わらず食事はおろか、水さえも口にしてくれない状態でして」

「そうですか……」

「もうすぐこちらに来ると思いますので少々お待ち下さい」と京香は部屋の隅に並べられた椅子に姿勢良く腰掛けた。

薫は次の言葉を失ったまま分厚いガラスを眺めていた。

暫くするとノックが聞こえ、扉が開いた。

荻堂陽太に続いて、成瀬由乃が部屋に入って来た。

薫は由乃が手錠でもされているのではないかと思っていたため、丁重に扱われている様子を見て少し安堵した。

荻堂は由乃を薫の向かいの席へと促した。

由乃は力なく椅子を引き、そこに座った。

荻堂はそれを確認すると、京香の隣に丸い腹を沈めた。

彼らは由乃の背後の壁沿いに座っているため、彼女の視界には入っていなかった。

薫は、目の前に座る由乃をあらためて見つめた。

由乃も薫を見つめていた。

目の下には少し隈ができていて頬も少し痩《こ》けているが、その眼差しは薫が知るどの由乃よりも強かった。彼女とはつい数日前に会ったばかりのはずなのに、久しく会っていなかったようにも思えた。しかし、由乃は薫が最後に会った日と同じ服装をしていた。恐らくあの日から家に帰っていないのだろう。

荻堂に目を移すと、彼も昨日と同じ服を来ていた。彼は彼で、家に帰ろうとしない由乃を心配してくれていたのかもしれない、と薫は推察した。

視線を戻すと、由乃は先ほどと同じ姿勢のままじっと薫を見つめていた。そこに表情はなく、何かを切望する黒い瞳だけがあった。彼女が求めるものを差し出さなければ、その瞳は一ミリさえも動くことはないのだろう。薫はその意味を痛切に理解していた。

薫は京香と荻堂に悟られぬよう、小さく深呼吸をした。そして震える手を押さえつけるように、持って来た鞄の中から一本のペットボトルを取り出した。

薫は京香のほうを見て言った。「あの、差し入れしてもいいですか？　一昨日から何も食べていないと聞いたので」

荻堂は覗き込むように身を乗り出したが、京香がそれを制するように言った。

「ありがとうございます。せめて水分補給だけでもして欲しかったので助かります」

「よかった。彼女好きなんです。これ」と薫はグレープフルーツジュースが入ったペットボトルを由乃の前に差し出した。

由乃はようやく薫から視線を外し、それを食い入るように見つめた。

薫は覚悟を決め、鞄の中からもう一本のペットボトルを取り出して由乃の前に差し出して言った。

「急に飲むと酸っぱいかもしれないから、一応これも置いとく」

今度は水が入ったペットボトルだった。

京香も荻堂も、それらのペットボトルに違和感を感じている様子はなかった。

由乃は二つのペットボトルを交互に見つめると、薫に視線を戻した。

一瞬だが、彼女の表情が和らいだように見えた。


大崎署への到着が遅れたのは、二本のペットボトルの準備をしていたためだった。

まず薫は丸川に連絡をして大学へ呼び出し、彼の研究室で全てを打ち明けた。丸川は由乃のことはよく知らなかったようだが、彼女が芹澤の恋人だったことを話すと事情を理解し、薫に協力すると約束をした。

その上で薫は丸川に、芹澤ノエルが作った薬の成分の中には脂溶性の物質が入っているかという質問を投げた。その主成分がテトロドトキシンであることはわかっていたが、それ以外の成分、特に睡眠の導入に使われている薬剤の性質を知る必要があったからだ。つまりそれは、その薬を水に溶かして服用しても同様の効力が得られるかという質問だった。

一般的に、薬は水溶性か脂溶性に分かれている。水溶性の薬は水に溶けやすく細胞膜を通過できないという性質を持ち、脂溶性の薬は水には溶けにくいが細胞膜を通過できるという性質を持っている。もし芹澤が作った薬の中に脂溶性の成分が入っていれば、それを水に溶かして服用することは難しいということになってしまうのだ。

丸川はその薬に使われているもう一つの主成分はトリアゾラムだと答えた。トリアゾラムは水溶性の性質を持った薬剤のため、薫は芹澤が作った薬は水に溶かして服用してもその効力は変わらないという結論を出した。丸川にも見解を求めたが異論はないようだった。

そして薫は丸川の助言をもとにペットボトルに精製水を入れ、薬をその中で溶解させた。精製水を使用したのは、水道水の中に含まれる雑菌で薬の性質を変化させないための予防策だった。

薫は丸川に礼を告げ、続いてライムが入院する病院へと向かった。

ライムに会いに行く理由は、彼女が先日飲んだグレープフルーツジュースのメーカーを特定するためだった。トリアゾラムに対してフラノクマリンが有効であることは、すでにライムが実証済みだったからだ。薫は由乃にフラノクマリンを摂取させてから薬を服用させることで、彼女が少しでも早く目的を達成できることを望んでいたのだ。

病室に着くとライムは暇そうに窓の外を眺めていた。

手土産を差し出すと、ライムは「二日連続で同じ店のケーキ持ってくる人なんている？」と言葉とは裏腹の笑顔で薫の質問に快く答えた。両足を捻挫して院内を歩くことさえ禁じられているライムは、ちょうど良い暇つぶし相手ができたことを喜んでいたようだったが、すでに西日が差していたため薫は適当に話を切り上げて病室を後にした。

そしてスーパーを三軒回り、目当てのグレープフルーツジュースを手に入れて大崎署へと向かったのだ。

どれほどの時間が経過しただろう。

数納薫と成瀬由乃は、狭い会議室の中でお互いを見つめていた。

部屋の隅に座る安西京香と荻堂陽太も、ただじっと床を眺めているだけだった。

時を刻む秒針だけがこの部屋の中で唯一動いていた。

由乃の前には、まだ手が付けられていない二本のペットボトルが置かれている。

薫は由乃の望み通り、その薬を大崎署へ持ち込んだのだ。それが正しい選択だったのかなど薫にはわからない。しかし由乃を苦しみの中から一分一秒でも早く救い出すためには、それ以外の答えは見つからなかったのだ。それに、どんなに考えたところでもう後戻りはできなかった。

由乃は小さな息を吐き、テーブルの上のペットボトルの蓋を開けてそれを少しだけ口に含んだ。グレープフルーツジュースが入ったほうである。

京香と荻堂の視線が、由乃の背後からその挙動を静かに捉えている。

続けて由乃はそれを一気に半分ほど飲んで、薫を見つめて小さく微笑《ほほえ》んだ。

それは彼女が薫のメッセージを完全に把握したという証でもあった。

薫は由乃が警察署に来てから一切の食事を受け付けなかった訳を理解した。彼女は薬の効力を高めるためにそうしていたのだ。

「ありがとう。よく憶えてたね、私がこれ好きなの」と由乃は重い口を開いた。

「ああ、だっていつもそればかり飲んでたから」と薫は答えた。

もちろん嘘である。

薫は京香と荻堂に意識を向けたが、今の会話に特別な意味を感じている様子はなさそうだった。

由乃は黄金色の液体をゆっくりと揺らしながら、短い単語を宙に並べ始めた。

「私ね、薬が効かない体かもしれないの。もともと私の体の中になんらかの耐性が備わっていたのか、もしくはあの日の体調や食べ合わせが原因だったのか……。

お医者さんは、私が助かったのはそのおかげだって言って笑ってた。おかしな話よね。私は死ねなかったことのほうがよっぽど辛いっていうのに、その人は笑ってたんだよ……」

由乃は一体なんの話をしているのだろうか。

京香も荻堂も、その言葉の意味を掴めていない様子である。

「私、薫くんには話したことあったよね。親戚夫婦が薬剤師だってこと」

由乃の実家の近所で薬局を経営している夫婦のことだろう。確か、夫のほうは関西から来たと言っていたはずだ。

薫は由乃の顔を覗くように頷いた。

由乃も小さく頷き、再び言葉を宙に並べた。

「その夫婦は、お母さんの妹とその旦那さんだった。私ね、高校二年の時にその旦那さんの子供を宿したの……。

当然、妊娠は親にもばれたわ。でもお腹の中の子の父が誰かなんて口が裂けても言えなかった。そりゃそうよね。私はその夫婦がずっと子供ができなくて悩んでいたことも知っていたし。だからね、ネットで知り合った人にお金をもらってセックスをしたって嘘をついたの。それが彼を守る唯一の方法だったから。

噂はあっという間に広まったわ。とても狭い街だし、特にうちは商店街の人たちとの付き合いも深かったから。でもね、私はその人のために子供を産むつもりだった。彼のそばでその子を育てようって。バカでしょう。いかにも高校生が考えそうなことよね。でもその時の私は真剣だった。彼が自分の子供を望んでいたことをよく知っていたから。

彼も彼でね、そんな私の話を受け入れてくれた。私たちは人目を忍んでその子の未来のことを話し合ったわ。そして、そのたびに愛し合った。彼に抱かれている時、私はすごく幸せだった。彼はそれまで以上に私のことを愛してくれたから。

でも時間は待ってくれなかった。そうしている間にも私のお腹はどんどん大きくなっていったの。私は日を追うごとに自分の体が怖くなっていった。それと同時に、彼の子供を一人で産んで育てるという現実が怖くなってしまったのかもしれないわ。

それで結局、赤ちゃんを堕《お》ろすという結論を出したの。もちろんそれは、私たち二人が決めた前向きな決断だった。彼が奥さんと別れて、私が成人するまで待ってくれると言ってくれたから。

だから私は、二人の未来のために子供を堕ろした。でもね、その手術で私はもう子供が作れない体になってしまった。子宮内感染症が原因で後遺症が残ってしまったの……。

赤ちゃんが死んでしまったことも悲しかったけど、それよりも私たちの未来が殺されてしまったような気持ちだった。二人の未来のために決断したのに、逆にそれを失ってしまったのだから。私たちは間違った選択をしてしまったことを来る日も来る日も後悔した。その人も毎日泣いていたと思う。

そんな状態の私たちを見て、まわりの人たちの目も変わっていったわ。私のお腹の中にいた子の父親がその人だってことは、誰が見てもわかることだったから。その頃になると私たちももう隠そうとはしていなかったし。

結局、居場所も未来さえも失ってしまった私たちは、二人で死ぬことを決意した。彼は薬剤師だったから、できるだけ苦しまずに死ねる薬を調合してくれることになったの」

由乃の心の中に宿る無形の闇が、その言葉によってゆっくりと形成されていくようだった。

薫は由乃の話を止めるべきか悩んでいた。その闇の中の獣を恐れているからではない。これは自白だからだ。彼女はこれから、自分が犯した罪を全て自白しようとしているのだ。

薫が口を開こうとした時、由乃が椅子を引いて立ち上がった。

反射的に荻堂も腰を浮かせたが、京香がそれを制した。

「東京ってさ、月が小さく見えるよね……」

由乃は窓際に立ち、遠くの空を見つめるように話を続けた。

「その日はね、星を包んでしまいそうなほど大きな満月が空に浮かんでいたわ。私たちは二人でよく散歩した海岸に座って、見えなくなるまでその月を眺めていた。そして朝の光に星たちが飲み込まれそうになった時、私たちは手を繋いで一緒にその薬を飲んだ。私と、その人と、私たちの赤ちゃんは、永遠に一緒になれるはずだった……。

なのにね、私だけが死ねなかった。おかしいよね、彼と同じ薬を飲んだはずなのに」

由乃はペットボトルを握りしめ、残っていたグレープフルーツジュースを一気に飲み干して続けた。

「その人の奥さんが亡くなったのは、その次の週のことだった。彼女は彼と同じ薬を作って自らの命を絶った……。

私はそうなって初めて知った。自分という人間の恐ろしさを。人の幸せだけでなく、人生さえも奪い取ってしまう自分の恐ろしさを。

もちろん私も死のうと思った。でも、私が死んだらどうなると思う？　私はその奥さんからまた彼を奪うことになっちゃうんだよ。だから、私に残された選択肢は生きること以外にはなかった。

それなのに、生きれば生きるほど、私はあの人に会いたいと願うようになっていった。私はそんな自分が恐ろしくてたまらないの。こうしている今も、あの人と一緒になれる方法を探していたんだから……。

だからね、ノエルくんから薬の話を聞いた時、私は救われた気持ちになった。私を固く縛り付けていた無数の結び目が、解けていくような気がした。そして、世の中には私と同じように苦しんでいる人もいるんだってことに気づいた。だから私は……」

「もういい、もう何も喋るな！」と薫は由乃の言葉を遮った。

立ち上がった勢いで薫が座っていた椅子が大きな音を立てて倒れた。

「そういう薫くんの優しさが私を苦しめるの！」

由乃の刺すような眼差しが、薫の喉元を縛り付けた。

「私には、薫くんの気持ちを受け入れる隙間はないの。だって、それを受け入れるたびに、大切な人はみんな私の前から消えてしまうから。だから私は、あなたを受け入れることができない……この世界にはね、そういう人間もいるんだよ。

私は自分がしたことを後悔なんかしていない。せめてノエルくんが残した薬の数だけでも、同じ苦しみを抱えている人を救いたかった。私は彼がこの世界でやり残したその神聖な行為を受け継ぎ、そして全《まっと》うした。ノエルくんの名代《みようだい》として……。

でもね、あの薬には不思議な力が宿っていた。死ぬことが主作用であるはずのその薬には、副作用として生きる力が宿っていたの。信じられないよね。でも残念ながらその力は私には及ばなかった。なぜだかわかる？　それはね、私の心はあの浜辺でもう死んでいたから。

私はノエルくんのおかげでやっとあの時の罪滅ぼしができた。ようやく、私にもその順番が回ってきたの。薫くん。ありがとう。考えてみたらいっつも迷惑かけてばかりだね。ごめんね」

由乃は精製水が入ったペットボトルを取り、その蓋《ふた》を外して口を付けた。

薄く小さな唇から溢れ出た無色透明の一筋の光が、由乃の首筋を這うように伝っていった。

薫は喉元を縛り付けていた鎖を引きちぎるように声を発した。

「やめろ！」

薫は咄嗟に由乃の腕を掴んだ。

由乃の手から、ペットボトルが落ちた。

精製水が一気に床に広がっていった。

闇を切り裂くような由乃の悲鳴が小さな会議室に響き渡った。

その声を聞き、数名の職員が部屋に入って来た。

由乃は床に這いつくばり、溢れた精製水に口を付けていた。

京香と荻堂が慌てて由乃を押さえつけた。

「すぐに拭き取って下さい！　早く！」

薫は職員に向かって叫んだ。

京香もそれに呼応するように職員に指示を出した。

職員はすぐに引き返し、モップと雑巾を持って部屋に戻ると床の水を拭いた。

由乃の悲鳴は精製水が全て拭き取られるまで続いた。

京香が職員たちを部屋から出すと、由乃は力なく床に尻をついた。

薫も崩れ落ちるように両膝を床に落としていた。

由乃の荒い呼吸が薫の鼓膜を何度も突き刺していた。

薫は由乃が切望するものを奪ってしまったのだ。由乃がようやく手に入れた理想の死に方を。

薫は這うように由乃のもとへ近づき、陶器のような彼女の白い手を床の上で握った。力一杯握りしめても、その手が反応することはなかった。それどころか、その冷たい体温が由乃の痛みと共に体内に入り込んでくるようだった。

「ごめん……」

薫は自らの言葉に痛みを覚えた。由乃が感じている痛みが薫の体にも伝わっているのだ。

「できなかったよ……由乃を救いたかったのに。できなかったよ。ごめん、由乃」

痛みが、喉元を締め付けるような苦しさに変わった。強く意識しなければ呼吸さえ困難なほど苦しかった。由乃も同じ苦しみを感じているのだ。

薫は苦しみを堪えながら言葉を吐き出した。

「でも、由乃は死んじゃだめなんだ。それを止める権利など誰にもないことはわかってる。だけど、僕には由乃が必要なんだ。君が死を必要としているのと同じくらいに……。

僕は君と出会って初めてこの世界の中に小さな居場所を見つけることができた。由乃が芹澤さんと家に泊まりに来るようになってから、僕は目覚めるたびに君を探してた。君が近くにいてくれれば、僕は幸せだった。それだけで幸せだったんだ。君が、生きていてくれるだけで……。

僕はこの年になるまでそんな気持ちを味わったことはなかった。生きたい。心の底からそう思うことができたんだ。由乃はね、僕の世界に明かりを灯してくれたんだよ。

由乃とは比べものにならないかもしれないけど、僕も心の中に闇を抱えて生きていた。芹澤さんはそんな僕だから声をかけてくれたんだ。でもね、芹澤さんは気づいていたんだと思う。由乃に出会って、僕が死とは対極の場所へと去ってしまったことを。だから芹澤さんは僕に薬をくれなかったんだ。僕にとっては、君が生きる力だったから。

どんな薬よりも、あなたが僕にその力を与えてくれました。生きて下さい。僕のために、どうか生きて下さい。あなたがどこにいようと、生きていてくれさえすれば、僕は生きていけます。だから、生きて下さい……」

薫の涙が、拭き取った精製水の跡を覆うように床に広がっていた。

静寂が再びその部屋を包み込んだ。

耳管に届いていたはずの秒針のさざめきさえも消えていた。

陶器のような白い手からは脈拍さえ感じることができなかった。

薫はそっと目を閉じた。

水のないプールの天井に見えた漆黒の闇と、それと同じ質量の誰かが満たしてくれた水が、世界を覆い尽くした。

風も光さえも届かない海原に、薫と由乃そして芹澤を乗せた一艘の小舟が浮かんでいた。

しねるくすり　了

本書は第六回「暮らしの小説大賞」受賞作「しねるくすり」
（二〇一九年五月発表）に加筆し、修正を加えたものです。

平沼正樹（ひらぬま　まさしげ）
1974年生まれ。神奈川県小田原市出身。帝京大学文学部心理学科卒業後、アニメーション製作会社スタジオ4℃へ入社。2005年にウェルツアニメーションスタジオを設立し、日本初となる3Dアニメーション『アルトとふしぎな海の森』を監督。その後、オーディオドラマレーベルを発足し『キリノセカイ』（角川文庫より小説化）、『さくらノイズ』『盗聴探偵物語』『マネーロード』など数々の作品をプロデュース。現在は会社経営、番組プロデュース、そして小説の執筆に専念している。
ブログ https://ameblo.jp/hirashige/

しねるくすり

2019年10月16日　第一刷発行
2020年 9 月14日　第二刷発行

著者　平沼正樹

装画　ダイスケリチャード

装幀　bookwall（村山百合子）

発行　株式会社産業編集センター
〒112－0011　東京都文京区千石4－39－17

印刷・製本　株式会社シナノパブリッシングプレス

ISBN978－4－86311－240－7 C0093